J O Y

享受讀一本好小說的樂趣

無名之女

林斯諺——著

林斯諺《無名之女》解說

日本名推理評論家／玉田誠

林斯諺以《無名之女》（為了與本作品加以區別，稱為「初稿版《無名之女》」）投稿參加第二屆島田莊司推理小說獎，看完這部作品後的震撼至今仍然記憶猶新。雖然這部作品最後沒有得獎，但交換大腦的恐怖題材，再加上富有哲學性的主題，最後昇華為美麗的戀愛推理故事，令我留下了深刻的印象。

進入決審階段後，該如何評斷初稿版《無名之女》中，兇手的完美犯罪的計畫性，以及兇手的心理，成為最大的爭議點。狡猾的兇手犯下了無懈可擊的完美犯罪，和以精采的推理加以揭露的名偵探——按照古典推理的標準，的確會在乍看之下，覺得初稿版《無名之女》中兇手的計畫太粗糙。

但是，我個人認為兇手在犯罪計畫中隱約透露出的「動搖」，完美地刻劃出人類心理難以理解的一面，也對此大力推崇。請各位回想一下，作者林斯諺在《雨夜莊謀殺案》破案時，偵探林若平引用了希臘神話破解了「兇手」的名字。初稿版的《無名之女》中所描述的犯罪計畫中，可以看到那個「兇手」的影子——從這個角度思考，就會發現兇手在犯罪過程中，必然會產生這種「動搖」。這種「動搖」也完美地表現出人類心理的複雜。而且，既然是本格推理，既然是小說，並非只要清楚交代事件的來龍去脈就算大功告成。初稿版的《無名之女》的最大魅力，就在於作者採用了和《雨夜莊謀殺案》不同的方式，從神的角度描寫了人類難以理解的心理。

各位讀者目前拿在手上的本作品，是作者在初稿版的《無名之女》的基礎上，經過大幅度修改而成的完美版。作者林斯諺到底對一部以抒情的方式拉開序幕，描寫了愛這種人類深奧心理的戀愛推理作品，初稿版的《無名之女》做了如何的改變？

我先說結論。本作品絕對是二十一世紀本格推理的傑作，林斯諺以驚人的手法，將包含了哲學主題的戀愛推理改寫成一部前衛的本格推理小說。

在此，可能有必要談論一下隨著寵物先生的《虛擬街頭漂流記》的出現，在台灣也受到矚目的「二十一世紀本格推理」。島田莊司所提倡的「二十一世紀本格推理」，並非只是在本格推理中引進最先進的科學技術而已。之前也曾經有推理作品運用了一般讀者無法瞭解的專業醫學知識，那些作品和二十一世紀本格推理到底有什麼差別？換一種方式來解釋，就是必須瞭解這些最先進的科學知識，對身為「驚奇裝置」的本格推理的哪一個部分有所貢獻。在故事中結合走在時代尖端的先進科學，會導致最先進的科學帶來的「未來（真相）」和「現代（現在）」之間產生「差異」。由這種「差異」來發動「驚奇裝置」，正是「二十一世紀本格推理」的真諦。

這種「差異」也可以讓讀者身處的「現代」觀點，和作品中包含真相的觀點之間產生「落差」。創作「二十一世紀本格推理」時，和古典推理的創作模式——首先構思一個可以引發事件的詭計，在這個基礎上編故事的公式——有著極大的差異，如何在佈局中靈活運用這種「差異」和「落差」，就變得極其重要。「二十一世紀本格推理」既然繼承了綾辻行人藉由《十角館殺人》拉開序幕的新本格推理，為了充分發揮「驚奇裝置」的效果，也必然會在作品中運用很大的詭計。

寵物先生在《虛擬街頭漂流記》中運用了最先進的電腦技術，藉由虛擬世界的幻想和現實世界的「差異」，出色地完成了精緻的詭計。同樣地，作者林斯諺充分咀嚼二十一世紀本格推理的真諦，成功地將原本充滿抒情氛圍的極致戀愛推理小說，重新改寫成二十一世紀本格推理的用心，也同樣令人敬佩。書中角色所編織的戀愛故事，在先進科學的瘋狂邏輯之下，最後變成了惡魔般的殘酷故事，讀者一定會對帶有恐怖小說要素的最後一幕感到驚奇。

島田莊司提倡的「二十一世紀本格推理」，在隔海的台灣不斷出現優秀的作品這個事實，證明了台灣的推理已經走在時代的尖端。在二〇一二年的此刻，拿起林斯諺的《無名之女》這部作品的讀者，可以在未來回顧亞洲推理史時，成為歷史的證人。沒錯，「在《無名之女》出現後，台灣推理界向前飛躍了一大步」，我們站在可以用過去式說這句話的未來之中。

目　次

序幕・絮語

我的女朋友被換腦了。

世界上真的有換腦這回事嗎？再無知幼稚的人都知道這是鬼扯，但這件不可思議的事，卻真真切切地發生在我愛的人身上。

十六個月前，我跟芷怡偶然相遇，開始交往。就在如膠似漆之際，她卻突然人間蒸發，讓我遍尋不著。我悲苦地等了一年，等到的卻是一名長相完全陌生的女人，宣稱她就是我從前的愛人。她說，她被一名戴著面具的瘋狂科學家綁架，並把她跟另一名女孩的大腦做了交換。

我當然不相信她，但她卻擁有芷怡的記憶，她所表現出來的心理狀態，跟芷怡分毫不差，幾乎要把我說服了！

夜晚，我看著睡在身旁的陌生人，心中升起困頓，究竟是我的記憶出了問題，還是芷怡真的換了腦？

芷怡……不，她是芷怡嗎？她，是誰？

她是沒有名字的女人。

真是可笑！我竟然連自己戀人的名字都不知道！與其陷在這樣的泥沼中，我寧願相信自己是瘋了！

我該接受她嗎？如果我接受了她，是否代表我愛上了另一個人？
當人們說「我愛你」這三個字時，是表示愛上了對方的心靈，還是身體呢？
我原本不需要煩惱這些問題，但面對這件換腦怪事，我遲早要找出答案。
因為我不能愛上一名錯的人，而背叛了對的人。
真相，我得要找出真相……

第一部
交錯

「如果一個帶著前世記憶的王子靈魂，進入了一個剛被自身靈魂拋棄的補鞋匠身體，任何人都會認為他與王子是同一個『人』（person），因為他有著王子的言行，但誰會認為他與王子是同一個『人體』（man）呢？」

——洛克（John Locke）

過去（一）・邂逅

1

十月六日

昨晚吻了一名女孩，但她令我感到害怕。

昨天下午課後，我去了圖書館一趟，查閱下堂課需要的資料。當我從書堆中抬首時，窗外的夜幕已悄然降下。看了一眼手錶，已經是九點十五分。

離開了圖書館，我到校園內的便利商店買了一個便當，一瓶飲料，便走向通識課程大樓附近的一個小公園。

這個小公園處在一個陷下來的谷地，裡面種了許多樹木，有個涼亭就位在樹林之內。

我踏上步道，走向樹林。前方佇立著一盞路燈，遠遠地便能望見涼亭的輪廓。

到了涼亭外頭時，我才發現裡頭有人。

一名女人坐在石椅上，背靠著柱子，一腳著地，一腳曲起膝在椅上。她的臉籠罩在陰影中，不甚明晰，但可看出她的頭髮往上盤起，紮了個髮髻，裹身在一件大外套裡，右手則握著一個瓶子。我靠近時，她正將瓶子湊近嘴邊。

我打消了在這裡用餐的念頭，掉頭就走。

「是張老師嗎？」

就在我才邁出第二步的時候，背後的女聲問道。

我轉身，面對那道影子，她仍靠坐在原處，一動也不動。

「我是，請問有什麼事嗎？」

「我是芷怡啊，你不認得我了嗎？」

語畢，一陣咯咯笑聲從她喉中湧出，清脆、自然、響亮。

芷怡？我在腦中立刻進行搜尋，卻找不到適當的面孔，我從來沒有聽過這個名字。

她轉頭望向旁邊的草地，一手托著腮，側影露出愁思。這時候，月光突然從陰影中透出，女孩沐浴在金黃色的光芒中，我看清了她的臉。她那濃重的黑眼圈更加重了愁苦的意象。白皙的脖頸與面頰一覽無遺。

就在我注視著她的短暫片刻，她突然轉過頭來，與我的視線相交。她很快地露出了微笑。她的笑不露齒，因此在嘴唇的曲線上形成了一種說不上來的壓抑，但唇線的奇妙角度，正是使得她的笑容展露出魅力的關鍵。壓抑中卻又帶著天真、調皮的質素。

「很抱歉，我不認識你。」我說。

「前天我有去聽你的演講喔。」

「啊？」

我這才想起前天在通識課進行了一場演講，開放給全校師生，講題是「文學的樂趣」，但來聽的人不多。

「你是有發問的學生嗎？」我實在記不起來發問學生的臉孔了。

「你說呢？」她歪著頭看著我。

「謝謝你的發問。」

「噢，我才沒有發問呢。」她笑了。

「那你是……」

「我只是在學校亂晃，看到有演講，講台上的你看起來很可愛，就進去啦，那間教室的椅子坐起來很舒服呢。」

她的聲音，音調不偏高，也不偏低。不知道是不是錯覺，她的語調一直帶著笑意。

「原來是這樣。」我想不出還能怎麼回答了。

「那你又為什麼會在這裡呢？」她一臉饒富興味地問。

「我還沒吃晚餐，想說來這裡坐著吃飯。」

芷怡放下曲在石椅上的右腿，站了起來，嬌瘦的身子有些搖搖晃晃的。那張帶著笑意的面孔在黑暗中擴散開來。她的身體散發出一股令人困惑的氣味。

「老師，你在講台上的樣子很帥喔。」她突然這麼說道，仍舊帶著微笑。

「咦？」

「我們應該沒有說過話吧？除非你私下留意過，不然你怎麼會知道我是芷怡？」

「抱歉，我聽不懂你在說什麼。」

「你騙人。」

她又咯咯笑了起來，左手摀住嘴唇，拿著瓶子的右手上下晃動。我突然聞到一陣氣味，頓時，我明白了那瓶中的液體是什麼。

芷怡的身子一個不穩，突然往前跌了過來。我下意識地接住了她。她的身軀撲倒在我懷裡，手上的瓶子隨之掉落，砸在地面上，玻璃碎裂的聲響於暗夜中清晰可辨。

黑色的液體渲染了冰冷的地面。

「你騙人。」女孩用右手捶打著我的胸口，然後又笑了起來。

「你喝太多了，」我把芷怡的身子扶正，正視著她，「你怎麼會自己一個人跑來這裡喝酒？你還好吧？」

那帶著笑意的眼神凝望著我，下一瞬間，女孩整個人失去重心，朝我倒了過來，我只得快速再張開雙臂，扶住她的身子。

芷怡向前撲到我懷裡，我這才知道這次她是故意的。

她在我的懷中磨蹭起來。「老師，你喜歡我對不對？」

「你在說什麼？」我壓抑住自己的語氣，「芷怡，你不應該——」

「從你第一次看我的眼神，我就知道你愛上我了，」她從我的胸口抬起頭來，晶亮的視線射穿了我，「你就承認吧，老師。」

「聽著，你如果再——」

「你就承認吧，老師，」芷怡貼在我的胸前，抬頭這麼問道，「你喜歡我，對不對？」

「我……」

「說謊是不好的喔！」她抿起嘴唇，不露齒地笑，兩邊唇際再度壓抑出曲線。

「你喝多了，我扶你出去。」我緩緩將她推離我胸前，她順服地後退。

「你是不是臉紅了？」女孩噗哧一笑，濃重的酒氣從嘴中湧出，她的腳步十分不穩。

「小心！」

眼看著芷怡一邊咯咯直笑，一邊往後踉蹌倒去，我趕忙上前攙扶住她。

「哇哈哈哈！」

她瘋狂地笑著，一邊用右手食指用力戳著我的胸膛，噘起嘴，反覆說：「你喜歡我！你喜歡我！」

黑暗掩藏不住她的面容；我凝視著她，沉默。

「我們走吧。」在她的笑聲沉入寂靜之後，我拉著她的手說道。

「你要帶我去哪裡？」她歪著頭看著我。

「我送你回去。」

不待她回答，我已經將她往涼亭外拉動；隨著我急促的腳步，芷怡整個人也被拉著走。

「唉唷！你好粗魯喔！」

我稍微放慢腳步，轉過身面對她，並放下她的手，「你可以自己走了嗎？」

「可以。」她笑著點點頭，兩個拳頭舉在胸前，身體不穩地往左傾斜。

「你怎麼來學校的？」

「走路。」她吃吃地笑著。

「走路？你住學校附近嗎？」

「對啊。」

「我可以開車送你回去，你這樣搖搖晃晃地應該走不回去吧。」

「你是因為喜歡我所以才這麼做的嗎？」她那壓抑的微笑又出現了。

「走吧。」我轉身往前走。

她猶疑了一下，然後才用踉蹌的腳步跟著我。

我考慮著要放慢腳步讓她跟上，沒想到就在這當兒，她已經跟我並肩走著了。

我沒有說話，她也沒開口，兩人靜靜地穿越樹林，爬上階梯，來到校園內的大馬路上。我往停車場的方向走去。

「你還沒吃飯耶。」她指著我手上的塑膠袋，突然這麼說道。

「喔，無所謂，我先送你回去。」

「這樣真的沒關係嗎？」

「沒什麼大不了的。」

我從口袋掏出遙控器，按下。車子發出短暫的尖銳叫聲。

「你的車好可愛喔！」芷怡一臉興奮，伸手去觸摸車體。

「謝謝，請上車吧。」

我上了駕駛座，女孩上了副手座。關起車門，車內彌漫著酒氣，混雜著香氣，可能來自她身上的香水，或是洗髮精。

「你得告訴我你的住處在哪裡。」我一邊倒轉車子，一邊說。

「你先開出去，我再告訴你啊。」

車子離開了停車場，朝校門口駛去。

「左轉一直開，要轉彎時我會告訴你。」她說。

學校這一帶不算太熱鬧，尤其是入夜之後便冷清了下來。我看著前方的道路，躊躇著是不是該說些什麼。我沒有轉頭看芷怡，不過她瞬間變得很安靜。

「你為什麼自己一個人在喝酒呢？」我又問了一遍剛剛沒有獲得答覆的問題。

「喔。」她擎起右手，把手肘撐在車窗邊，手掌貼著臉頰，「這邊右轉，到了。」

我轉動方向盤，拐入一條小街。芷怡示意我靠邊停車。

我轉頭看著她，想告訴她該下車了，但話到嘴邊，又吞了回去。

「老師，謝謝你。」她也轉過頭來，露出微笑。

「不會，以後不要自己一個人跑到那麼偏僻的地方，太危險了。」

「嗯，」她突然低下頭，嘴唇往下抿，一副喪氣的樣子，「你應該沒有生氣吧？我剛剛那樣說。」

我注視著她，微微搖頭，「不會啊。」

「真的嗎？」她抬起頭，一瞬間又露出笑容。

「當然是真的。」

「那麼……為了報答及抱歉，我送你一個小禮物。」

「哦……」

「請閉上眼睛，不能偷看喔。」

我閉上雙眼。

有好一陣子，什麼事都沒有發生，我正打算開口詢問時，事情就這樣發生了。

我的嘴唇感受到兩片溫潤的物體，非常輕快地觸碰後，便移開了。

短暫的瞬間後我才意識到那是什麼。我慌忙地睜開雙眼，但只看見女孩快速打開車門，像隻兔子跳了出去。

「芷怡——」我伸出右手呼喊，但安全帶限制了行動。

她彎下身探進車內，用笑容注視著我。

「再見！」

車門被砰的一聲大力關上。芷怡飛快進入了眼前那棟房子，沒有再回頭。

我愣在原處，看著她的背影消失在視線之中。

唇上的濕潤感猶未消逝，封閉的車內彌漫著芷怡身上的氣味。

我嘆了一口氣。右手放上排檔桿，然後踩下油門。

車子駛離小街的同時，我回頭看了一眼芷怡的住處。

突然，一陣相當輕快的音樂響起，音量之大讓我差點從座位上彈起！

我快速將車子駛向路邊，停了下來。那不知名的流行歌在我的外套口袋內迴盪，在黑暗之中，口袋似是裝了一塊發光石，閃閃發亮。

是手機鈴聲，但不是我的，這是怎麼回事？

我伸手從外套內掏出一支小巧的紅色手機，疑惑感瞬間爬滿心頭。

一開始我沒有意會過來螢幕上顯示的號碼代表什麼意義，但當我定睛審視那串數字時，才發現那是我的手機號碼！

吸了一口氣，按下通話鍵。

「喂？」我好不容易吐出這個字。

對邊一陣輕笑。

是芷怡。

我覺得喉嚨相當乾澀。「你偷換了我的手機？」

「Bingo!」她的笑聲從彼端傳來，我彷彿可以再次看見她那帶著壓抑唇線的笑容。

「你到底在想什麼？」我回想起她稍早撲到我胸前的畫面。

「沒什麼，只是剛好發現你的手機放在外套口袋，就換了咩。」

「為什麼這麼做？」

「給你一個回來的理由。」

「這……」

「我剛剛跑上樓後，就從窗戶偷看，看你會不會下車來追我，結果你沒有……我、就、知、道、你、不、會！」她用力地強調，「調換手機就是為了預防這個狀況。」

「芷怡……」

「所以，」我雖然看不見她的臉，但卻可以知道她的笑容是甜蜜的。「所以，你願意回來陪我嗎？」

2

十月十日

今天是國慶日。

難得的休假，我卻癱在床上睡覺，什麼也不想做。

可能是最近工作太累了，加上我對慶祝活動一點也不感興趣。更何況，我孤身一人，也沒有什麼好慶祝的。

吃完晚餐後，我去了較常光顧的一家書店，翻閱最近出版的新書，消磨了一個多小時。

我喜歡閱讀小說，這或許也是我喜歡把日記用小說形式表達的原因。

近來比較少到書店流連，不知道今晚為什麼會心血來潮。也許，是因為最近的心情煩亂，需要轉換注意力。

可能是芷怡的緣故。

我看了一陣子的書，然後才驅車回家。洗完澡後，我坐到書桌前，打開桌燈。那條銀色的水晶球吊飾掛在檯燈上，垂瀉下來。我盯視著它。

我看著那框在透明球中的五角星星，陷入了沉思。

上禮拜四夜晚，我駕著車，回到芷怡的租屋處，當我找了個空位停車後，她已經出現在大門口，將門敞開等著我。

來到二樓，她打開了三扇房門的中間那扇。

我脫了鞋，走了進去。

一直到現在，我仍然會思索著當時我到底該不該走進去，但如果我對於這個選擇感到疑惑，我應該也要對更早之前的選擇感到疑惑。我打從一開始就不應該跟她有所接觸。

芷怡要我陪她睡覺，她要我上她的單人床，躺在她身邊。

她要我抱著她睡。

我從背後摟著她。她的身軀相當柔軟，散發著淡香。我沒有抱得很緊，但她緊抓著我的手臂，好像怕失去什麼似的。

我翻轉過她的身軀，我們的視線交會，兩人面對面躺臥著。

她的吻很輕柔，但又帶點任性，讓人不自覺又索求了幾次。但再無別的。

當曙光照進室內時，我從床上起身，離開她溫熱的身子。她睡得很沉。

我將外套穿好，拉上了拉鍊。

「你要去哪？」芷怡睜開惺忪睡眼，從床上爬起，打了個呵欠。

「我得走了。」我半轉身面對她。

「你要走了？」她又打了個呵欠，嘴巴張得老大，「現在嗎？」

「我下午還有課。」

「你不幫我買個早餐嗎？」

「很抱歉，我在趕時間。」

「好吧，我不送了。」

她閉上眼睛，往枕頭上倒了下去，模樣看起來像一隻躺在草皮上的狗。

我離開了她的房間。

那天晚上，她撥來了電話。

「來載我出去吃飯，」她用嬌嗔的語調說：「我肚子好餓。」

「芷怡，」我說：「我想請你認清一件事。」

「我肚子好餓啦！」

「不論你有沒有在聽，我都要告訴你，」我加重語氣，「我沒有跟你交往的打算。」

「你幾點要過來啊？」

「我是說真的，請你別誤會了。」

對邊沉默了一陣，然後她突然哈哈大笑，「誰要跟你交往啊？我只是想跟你做朋友，做朋友！」

「芷怡，很抱歉，我們之間的關係必須劃分清楚——」

「你不是喜歡我嗎？」

「我沒有這麼說。」

「那你是不喜歡我囉？」

「也不是。」

「你不是不喜歡我，那你就是喜歡我啦！喜歡我幹嘛不跟我做朋友？你好怪喔！」

「聽著，」我沉住氣，「我暫時沒有談戀愛的打算。」

「我沒有要跟你談戀愛啊！」

「我們走得太近，就是在談戀愛。」

「那你幹嘛抱我？幹嘛親我？你怎麼這麼不負責任啊？」她連珠炮似的高聲起來。

「我——」

「不要就不要，誰稀罕！」

我還沒來得及回答，她就掛斷電話了。

3

十月十七日（內容為十月十四日發生之事）

傍晚上完太平洋大學的課，就準備放週末了。我的住處是在太平洋大學與另一所技術學院之間，考慮到在這兩間學校兼課，因此挑了個位於兩點距離中間的住處，比較方便。

下課後，我駕著我的二手中古車到附近的書店，準備好好放鬆一下。

在書店附近找好停車位之後，我下了車，往目的地走去。這家書店的特色是販售許多原文書籍，我偶爾會來這邊的原文書櫃晃晃。

我往二樓走去。

原文書區的客人很少，只有零星兩三人。我走到當代小說的架子前，瀏覽了起來。翻了幾本書後，我一邊注視著書架上的書，一邊平行往右邊移動。來到轉角處時，突然一道沉重的衝力撞擊在我的身體上！

我退了一步，但隨即穩住身子，抬頭一看，我愣住了。是芷怡。

她穿著黑色針織衫，外罩黑色外套，領口處繡著白色線條，外套上則有白色英文字；黑色絲襪搭配著棕色長靴，使得原本個子不高的她看起來高䠷許多。她的頭髮垂散到面頰兩側，髮長及肩，尾端翹起；右肩掛著一個紫色彎月包。

那深刻的黑眼圈，深刻的眼袋加上蝌蚪般的雙眼，還有一身以黑色系為主的打扮，讓她渾身散發出一股妖魅的氣息。

芷怡見到我，似乎有些訝異。就在我不知道該說什麼好時，她板起臉孔，轉身就走。

我看著她的背影，話語到了喉嚨又吞了下去。

她走沒幾步，轉過身來，瞪了我一眼。

「撞到人也不會道歉，你這人真沒禮貌！」

「抱歉。」

「好沒誠意！好隨便！」

「對不起，我走太快了，你有沒有怎麼樣？」

她把頭歪向一邊，下巴抬得老高，哼了一聲。「沒事。」

「真的非常抱歉。」

「你要怎麼補償我？」

「啊？」

「你上次把我甩掉，今天又撞我，你應該要補償我吧？」芷怡突然露出微笑，那個不露齒、壓抑的微笑。她的嘴唇要是再往前突出一點，看起來會有點神似鴨子，但就是因為短，反倒有一種異樣的美感。

突然有一種很熟悉的感覺。

「我……」

「嗯？」

「那我請你吃頓飯可以嗎？」

「哦？」她歪起頭，嘟著嘴，「你終於想通了。」

「不過，就跟我先前說的一樣，我不打算發展任何關係，請你不要誤會。這頓飯只是我對你的道歉。」

芷怡似乎想說些什麼，但把話壓回去了。她斜睨了我一眼，然後用漫不在乎的語氣說：「隨便你。不過，你可以幫我一個忙，用來代替請客。」

「可以，你需要我幫你什麼？」

她從皮包中掏出一張對摺的紙。

「你知道這個住址嗎？」她將紙張攤開，遞向我。

我看見她的手指塗了黑色指甲油，我頓了一下，接過紙，看了一眼。

上面用非常工整的字跡寫了一行字：花蓮市漢平路三一二號三樓七室。

「漢平路？」我說：「離這裡有點距離，算是市郊了。」

「我對這裡不是很熟……漢平路要怎麼走呢？」她一邊用右手順著頭髮，一邊用期待的眼神看著我。

我說明了從書店到漢平路的走法，但芷怡看起來一頭霧水。這也難怪，連我自己在描述走法的時候，都覺得有點複雜，更何況是對這裡不熟悉的人。

「太複雜了啦！」芷怡叫道，「帶我去帶我去！」

「如果你願意用這個服務代替請客的話，我就帶你過去吧。你怎麼來的？」

她比了個ＯＫ的手勢，「我騎機車。」
「你到漢平路辦事要很久嗎？」
「不用，只是拿個東西給別人。」
「那我載你去，再載你回來騎車。」
「太好了！那我們走吧！」
我還來不及反應，她已經飛快地抓起我的手腕，把我拉向樓梯走去。我放棄抗拒，沒有掙脫。
我的車停在對街，我們一起過了馬路，走向我那輛破舊的嘉年華。直到我們走到車邊，她才放開我的手。
「不好意思，是很破爛的二手中古車。」我說。
「才怪，滿有型的！」她一臉興奮的樣子，用手撫摸著車身。
「真的嗎？很高興你這麼說。」
「喂！拜託，我老早就看過你的車了，」她兩頰鼓起來，「你也太誇張了吧！」
「對喔，我竟然忘了。」
我們上了車。
夜幕開始罩上大地，車上的電子鐘顯示時間是晚上六點半，冬天的夜來得特別快。我轉亮車燈，踩下油門。
「你怎麼會對這裡不熟呢？你不是太平洋大學的學生嗎？」我問。
「誰說我是太平洋大學的學生啦？」
「難道不是？」

「我可從來沒這麼說喔。」她轉頭看著我。

「那你是？」

「我只是暫時住在這裡罷了。」

「什麼意思？為什麼是暫時？」

「就蹺家嘛！居無定所啊。」

「離家出走？」

「嗯。」

「為什麼？」

「你很奇怪耶！幹嘛問人家的秘密。」

「這樣啊，好吧。」

「反正我就是暫時住這裡啦。」

「沒有工作，哪來的錢？」

「我自己有存一些，你不用管。」

「你怎麼會出現在書店？」

「我從來不會出現在書店！我超討厭看書！我是騎車找不到漢平路，打算在這裡問路，結果剛好看到你走進書店！我就立刻跟進去了。本來想故意跟你來個不期而遇，沒想到一不小心還真的跟你撞在一起！」

「……可以請問你到漢平路辦什麼事嗎？」我提了個老早想問的問題。

「喔……其實沒什麼，」也許是轉開了她不想談的話題，芷怡看起來沒有剛剛的警戒心了，

「我在網路上拍賣一本書，要拿給買家。」

「拿？」我有點訝異，「拍賣不是都用寄的嗎？」

「這名買家希望面交，他怕用寄的會丟失。」

「不會吧？怎麼可能？」

「我也不是很清楚啦，現在怪人那麼多……」

「這種交易聽起來不是很可疑嗎？」

「我知道，可是這個交易非完成不可。」

「怎麼說？」我不由得對她的堅持感到不解，同時，好奇心也湧了上來。

芷怡默默地打開她的紫色彎月包，一陣香氣竄了出來。她緩緩取出了一本書。

大概是知道我在開車，所以她沒有把書遞給我；我稍微分心轉頭瞄了一眼，幸好現在還沒脫離鬧區，周遭光線還算明亮，因此大致可以看清楚書的樣貌。

書籍大約十八開大小，厚度不明，書名是《靈魂圖像》；因為燈光的緣故，封面不甚明晰，只知道好像是有好幾種花式線條交織在一起。

「這是什麼書？」我問。

「有關藝術創作的書。」

「你看藝術的書？」我本來想說她一點都不像是會看書的人，更別談有藝術氣質了。但我忍住了。

「噢，當然不是，只是以前大學修過相關的課，被迫買來當課本罷了。」

「現在堅持要把書賣掉？」

「嗯，經濟拮据啊。我現在都得靠自己。」

「只賣一本書應該沒多少錢吧，而且，你還得親自跑一趟，這樣划得來嗎？」

「這本書對方出價很高。」她回答。
「哦？多少錢呢？」
「六千塊。」
我的腳差點不自覺踩下煞車。沒聽過書拍賣這麼貴的，這簡直是天價。
「這到底是什麼書？值那麼多錢？」
「這是一本好幾年前，由一群藝術家共同創作而成的作品，是一本集藝術理論、創作技巧之大成的書。印量不多，已經絕版好久了。」
「可是這個人堅持要面交，而且要你送過去，這不是很奇怪嗎？」
「我知道很奇怪，但是我想會買這本書的人應該都是藝術家吧，想法可能跟一般人不一樣，會有一些奇怪的堅持。」
「你不怕有危險嗎？」
芷怡沉默了半晌，最後她說：「現在你不是陪我去了嗎？」
「如果沒有遇上我的話，你難道會自己去？」
「噢，如果那樣的話，我會在路上搭訕個帥哥陪我去。」
我沒有答話。
「生氣了吧？哇哈哈……」她一邊笑一邊看著我，好像在觀看馬戲團的猴子，「臉別那麼臭嘛！就是因為你帥才搭訕你啊！」
「你搭訕別的帥哥我也不反對。」
「唉唷，別裝作漫不在乎的樣子啦，我知道你在生氣，不要生氣唷！」她拍了拍我的肩膀，然後自顧自地又笑了起來。

現在車子已經出了市區，馬路兩邊的建築稀疏起來，燈光聚集的密度也降低。

「我還沒吃飯耶。」她突然說。

「哦？」

「你吃了嗎？」

「還沒。」

「那你等一下請我吃。」

「……那請客就定在今天吧。」

「太好了！我最喜歡你了！」

她突然冷不防地撲過來，在我的面頰輕啄一下。因為太突如其來，我嚇了一跳，方向盤往左邊偏去，車子劇烈晃動！

芷怡尖叫了一聲，上半身倒在我胸口上，她頭髮的香氣就像翻湧的海潮竄進我的鼻腔。

「你快起來！」我叫道，「以後別這麼突然，還好對向沒車，不然我們早被撞死了！」

她從我的身上離開，甩了甩頭髮，我可以感覺到她在斜睨我。「你很沒情趣耶。」

「你想吃什麼？」我沒有轉過去看女孩的表情，不過似乎可以感覺到她笑逐顏開。

「嘿嘿，那我就恭敬不如從命囉，」她說：「我要吃法國菜。」

「可以，只是我不知道這一帶哪裡有法式餐廳，問看看就知道了。」

「開玩笑的啦，隨便吃什麼都好，我可不想讓你花太多錢。」

「你也會考慮到我的錢啊。」原來她還是有貼心的一面。

「騙你的啦！我當然要吃法國菜！」她又咯咯笑了起來。

我沒時間繼續想，因為從前面那個路口右轉後便是漢平路，要開始找地址了。

「你看得到外面房子的門牌號碼嗎？」

這一帶有點空曠，但還算是大馬路，民宅跟一些商店混雜排列著。芷怡按下她那一側的車窗，往外看。

「三一〇號，再往前。」

問題是往前去似乎就沒有任何建築了。右邊出現一片田地，左側則是一個水潭。

「前面好像有一棟大樓。」過了一個急彎後，芷怡指著前方說。

這裡是漢平路的盡頭，眼前聳立著一棟五層樓建築，看起來很像公寓大樓，但沒看見窗口有燈光。

「是……這裡嗎？」芷怡說，右手食指抵著下唇。

「我不知道，我下車去看看。」

我沒熄掉引擎便下了車，外頭沁涼如水的空氣掠過我的臉頰，讓我不自覺深吸了一口氣。

轉身面對大樓，那灰色的建築如同怪物蟄伏在地面之上。

當我抬頭一望時，一陣悚慄感瞬間襲遍全身。

在月光的照耀下，吊掛在大樓正面的物體讓人湧起冰冷的震顫。

無數被肢解的人體——頭部、軀幹、四肢……不只一組，就像錯亂的水果拼盤般浮貼在高處的壁面上，猙獰地望著我們。

現在（一）・重逢

1

從補習班下班後，已經是晚上八點半了，我走到隔壁的麵館，叫了一碗牛肉麵，點了一盤海帶豆干，津津有味地吃了起來。

用完餐後，我循著街道散步，沒過多久便來到鐵道公園，這裡位於花蓮市最繁華的地區，沿著舊有的鐵道修築了休閒步道，橫越街區，沿途有涼亭還有攤販，在夜晚時分總是特別熱鬧。

我喜歡在下班之後來這裡走走、放空自己。廣場上有些正在跳著街舞的年輕人，我坐在木椅上，看著他們搖來擺去。

仰望著星空，夜色相當柔和。

「逸承！」

突然有高亢的女聲說道。

我轉過頭去，是一名年輕女子。她留著一頭長髮，個子十分高䠷，雙腿修長；她的臉形瘦削，五官清秀，有著一對明顯的鳳眼，面頰皮膚粉嫩，但臉色有些憔悴。她穿著一件紫色羽絨外套，黑色長褲，黑色女鞋，揹著一個藍色的休閒背包。

我並不認識這名女孩，但在看到她的當下，心底升起一股奇怪的熟悉感。

「不好意思，你是？……」我困惑地問。

「我終於找到你了！終於！」她露出開心的笑容。

那個笑容，我覺得似曾相識。那是——

「我太開心了！」

她快步走了過來，拉住我的手臂，一臉欣喜；我不知所措地想收回手臂，但卻被她拉住不放。我立刻從椅子上起身，面對著她，她仍緊抓住我的手。

「好久沒看到你了，你沒什麼改變呢！」她突然整個人撲了過來，雙臂緊緊環抱住我。

「很抱歉，你可能認錯人了。」我輕輕將她推開，但她不肯放手。

「我沒有認錯人！」

「可以請你先放開我嗎？」

我掙扎了許久，她終於一臉不情願地將手臂鬆開來，往後退了一步，站在我面前。她幾乎與我一樣高，甚至可能還高出幾公分。她仔細端詳著我，眼睛睜得老大，把我上上下下打量一遍，然後又露出那個微笑。

「沒有錯！真的是你！我好開心！」

她又突然向前抱住我，用力往我胸前磨蹭。我迅速推開她，向後退了一步，大腿碰撞到木椅。

「真的很抱歉，小姐，你認錯人了。」

她看起來有點生氣，嘴巴嘟了起來。

「你是張逸承吧？」

「我是。」

「我沒認錯啊！我要找的就是你！」

「請問你叫什麼名字？」

「我嗎？」她嘆了一口氣，「也難怪你會不認得我，但只要說出名字，你一定會嚇到的，聽好了，我是劉——芷——怡！」

在她唸出名字的那瞬間，彷彿有一道閃電貫穿我的腦際，我覺得呼吸困難，胸口窒悶；我望著她，一時之間說不出任何話語。

「劉芷怡？芷、芷怡？」我奮力吐出了這幾個字。

「我是芷怡！我是芷怡！你不認得我了嗎？」女孩跳腳起來，激動之後她的臉色轉為喪氣，喃喃自語道：「也不能怪你不認得我，因為我的臉不一樣了。」

我仔細打量著她。她似乎帶著期望地任我打量，不時還露出淺笑。但我看得愈久，心中的那道閃電就消逝得愈快。

「我的確有個朋友叫做芷怡，但她長得跟你不一樣，我想應該是巧合吧。」

「不是巧合！我就是那個芷怡！」她大叫起來。

旁邊走過去的幾名行人停下腳步，紛紛投以好奇的目光。

「小姐，抱歉，我真的不認識你，」我說：「我還有事，我得先走了。」

語畢，我轉身離去。

「等等！」她叫道。

我沒有理會她，繼續往前走。

突然，我的右手被拉扯住，整個人被往後拉！

「你聽我說嘛！」

她握抓的力道變得很大，讓我的手臂有點痛。我開始感到不耐，於是轉過身來再次面對她。

「小姐，我要說幾次，」我壓抑住逐漸上升的怒氣，「我真的不認識你，現在可以放我走了嗎？」

「你不可能不認識我，你是逸承，你是我的男朋友！」

「可是我真的不認識你。」

「你不認識我是因為我的臉變了，」她似乎也開始失去耐性，「但我仍然是芷怡，我仍然是芷怡！」

「你不只臉跟芷怡不一樣，你連身高、聲音都跟她不同。我沒時間玩遊戲了，再見。」

「等等！芷怡是不是在一年前失蹤了？」她語調氣急敗壞。

我才正轉過身，便半回頭回答她：「是又怎樣？」

「我那個時候被綁架了，我發生了很多事情，所以才會失蹤這麼久！所以你才會認不出我！」

「我真的得走了。」

「你不能抹滅我們的一切！我跟你交往了四個月！你到底認不認得我！」女孩的聲音開始嘶啞。

當我聽到「四個月」這三個字時，猶豫了一下。我又一次轉過身重新面對她。

「我的確跟芷怡交往了四個月，」我說：「可是她有一天突然不告而別……你怎麼知道我跟她交往了四個月？」

「因為我就是芷怡啊！你要我說多少次呢？」女孩又暴跳起來，一邊用右手指著自己，不斷地強調。

「你如果真的是芷怡，就應該知道芷怡該知道的事。」

「我當然知道！你問啊！你問嘛！」她尖銳的聲音讓我耳膜不舒服，芷怡的嗓音根本沒那麼高。

我突然感到荒謬，眼前這個女人從外貌看再怎麼樣都不可能是芷怡，我為什麼要花時間問她問題呢？但是一看到她那堅持的眼神，就明白不能隨便轉身就走。這點任性倒是跟芷怡一樣。

「那你說說看，我跟芷怡交往的日期是哪一天？」

「十月十四號！」

我愣了一下，沒想到她真的知道。

「芷怡最喜歡吃什麼食物？」

「拜託！這還用問嗎？當然是火鍋啊！」

「芷怡最討厭吃什麼食物？」

「甜食！噁心死了！問難一點的好嗎？」

「交往那天，我們一起去了一個很詭異的地方，那個地方叫什麼名字？」

「鬼樓，」她回答，「要我把那天的細節全部描述給你聽嗎？」

我沉默，靜靜凝視著她。她也回看著我，然後露出微笑。

那個兩端唇際壓抑、不露齒的微笑……

芷怡的微笑。

如出一轍。

「你可以張開嘴巴，讓我看看你的牙齒嗎？」我問。

「什麼？你要看我的牙齒？」她似乎有些驚訝。

「嗯，如果可以的話。」

「要看就看啊！」她打開嘴巴，瞬間不自覺打了個呵欠，嘴張得老大。

「呃，這樣看不到，你笑一下，但露出牙齒好嗎？」

「你很囉唆耶！」

她做了一個小丑般的誇張笑容，看起來很滑稽，我差點控制不住笑出來。不過我已經看到我要看的東西，她的上下排牙齒非常整齊，不像芷怡是嚴重的齒列不整。

「你笑什麼呀！」她說道，「我看起來很可愛對不對？」說完，她又露出一遍剛剛的微笑，這次笑得更誇張，整張臉都扭曲了。

我噗哧笑了出來。

「哈哈哈……你笑了你笑了，你終於笑了，」她拍拍手，「你要這樣才對嘛！剛剛那麼嚴肅！」

我立刻收回笑容，不知怎地有一種被耍的感覺。

「是芷怡告訴你這些細節的嗎？」

她立刻收回笑容，取而代之的是惱怒，「你真的很誇張耶！竟然懷疑我……我明明就是芷怡啊！」

「你們的外貌完全都不像，你要我怎麼相信？」

「只要你願意聽我說，我就全部告訴你！我們找個地方坐下來談嘛！」

我看著她，那懇求的模樣跟她的外形實在搭不起來。從剛剛到現在，這名女孩的身上一直散發出一種氛圍，一種熟悉的氛圍。

她的言行舉止的確很像芷怡，但是，外形就是不對。
「你就聽我說嘛！」她上前來拉住我的手，不斷拉扯著，「聽我說聽我說！」
我嘆了一口氣，「好吧。我們去咖啡店坐著談，這樣可以嗎？」
「我就知道你會答應！」她笑了，「趕快帶我去吧！走走走！」她牽著我的手興奮地走了起來。
「那你可以先放開我嗎？」
「為什麼？」她皺起眉頭。
「這樣牽著好像不太對，我——」
「我是你女朋友啊！牽著你有什麼不對？趕快走啦！往哪邊走？」
我放棄抵抗，保持手指的鬆軟，任她抓握。我們走出了公園，來到街上。
「我的機車放在補習班前面，我們過去騎。沒有很遠，走路五分鐘就到了。」
「你的車子呢？」她緊緊貼著我問。
「賣掉了，因為用不著。」她知道我以前有車子。
「為什麼？」
「我住的地方離我工作的地方很近，不需要開車。」其實是因為需要錢，擁有一輛車的開銷太大了。
「你不當大學講師啦？你以前的工作呢？」
「不想做了。」
「那麼好的工作幹嘛不做啦？」
「只是兼任講師，賺不了什麼錢。」

我開始對她的連珠炮問題感到有些厭煩。心不在焉地應付了一堆類似的疑問後，我們來到機車旁。我跨上機車。

「我沒有多餘的安全帽，不過咖啡廳很近，將就一下吧。」

「沒差啦！這裡看起來不會有警察……我上車了喔！」她話還沒說完就跨上了機車。

車子在街道上奔馳起來。女孩緊緊抱著我，兩手伸進我的外套口袋。突然，她開始抓搔起我的肚皮，我不自覺縮了縮身子，她咯咯笑了起來。

「拜託你，別鬧了，很危險！」我轉頭在風中吼叫道。

「好久沒看到你了，讓我玩一下嘛！你好像變瘦了。」

我沒有回答她。

繞過了幾條街之後，來到了目的地。我把機車停在店門口，然後跟女孩一同走進店裡。

女孩對我耳語，「挑隱密一點的座位吧。」

我選了靠窗的座位，兩旁沒有其他客人。女孩在我對面坐了下來。

「請我吃三明治。」她一邊翻閱著服務生遞上來的菜單，一邊說道。

「你沒有吃晚餐嗎？」

「當然沒有，我坐公車過來的，為了省錢，便當也沒買。」

「你點吧。」

「謝謝！」她對我微笑。

那似曾相識的微笑。

我只點了杯水果茶。

服務生收走菜單後，我兩肘枕在桌上，看著窗外，問道：「你要說你的故事了嗎？」

「我說了你一定不相信。」
「你就說吧。」
「你一定會嚇到。」
我開始感到疲憊，有點後悔帶她來這裡。「不管是什麼樣的故事，我都有心理準備。」
「這是你說的喔。」她一臉得意的樣子。「我問你，你為什麼不認為我是芷怡？」
「這太明顯了，你長得跟芷怡完全不一樣。就算是整形，也不可能連聲音還有身高都改變吧？」
「但我的確是芷怡。」
我轉頭正視著她，「這個謊言你打算玩多久呢？你不可能說服我你是芷怡，你明明就是另一個人！」
「我的外貌的確跟你所認識的芷怡不一樣，但我很清楚我是芷怡，而且沒有人比我更清楚。」她看著我，說道。
我沒有回答，只是接下她的視線。
「我現在的身體，」她繼續說：「不是芷怡的身體。」
「你在說什麼？」我開始懷疑眼前這名女孩精神有問題了。
「逸承，」她微笑，眼睛瞇了起來，「你知道一年前我為什麼失蹤嗎？因為我被綁架了。」
「哦，你剛剛的確是這樣說的。」
「我被綁走，被迫接受一個手術。」
不知為何，我突然可以感受到一片陰影籠罩在她的身上，她的臉被陰影覆蓋了。

她繼續說著，「我的大腦被移植到你現在所看到的這個身體——我接受了換腦手術。」

2

空氣凝結了，周遭的人聲彷彿也凍結了。眼前的女孩，表情也不再戲謔。
我靜靜看著她，她靜靜看著我。
然後，她噗哧一笑。
「嚇到了吧？還說你不會嚇到。」
「你別開玩笑，我是因為你的表情很認真，所以一時之間才愣住。」
「我說的是真的。」
「我無法相信。」
「你不相信也得相信，因為這就是我遭遇到的事！」
「我——」
這時候濃湯送上來了，我打住話語，先讓服務生把食物端上。
女孩抓起湯匙，大口大口喝了起來。
「你不介意我先吃吧？」她嘴巴塞滿湯汁，口齒不清地說。
「請便。」
我啜著水果茶，一邊看著窗外。
一種異樣的氛圍彌漫著，我感到不安。
「我們倒不如等正餐上來再討論正事吧，」她說：「我肚子真的快餓扁了。」

「我還能說什麼？」

「嘻嘻。」

等待三明治送上來的期間，女孩東拉西扯地問著我最近的生活，我有一句沒一句地答著，心想主菜怎麼不快點送上來。

當三明治終於出現時，我才真正感到飢腸轆轆。

我偷眼瞄著眼前的女孩。就算整形技術再怎麼先進，也不可能把芷怡改造成這個樣子。很明顯地，她絕對不是芷怡。但是，撇開外貌不談，以談吐而言，她的確很像芷怡。但這是不可能的。換腦手術？再沒有科學素養的人也知道以目前的科技辦不到，絕對是胡扯，這是個騙局。重點是，這名女孩顯然知道一些我跟芷怡的事，一定是芷怡告訴她的。這會不會是一個陷阱？但，這個陷阱的目的是什麼？

當女孩塞下最後一口三明治後，她滿足地灌了好幾口濃湯，然後用紙巾擦擦嘴巴，說道：「真好吃！」

「吃飽了，可以說故事了吧？」

「這才不是故事！是真人實事！」

「隨便你怎麼說……如果你真的是芷怡的話，失蹤那天到底發生了什麼事？」

她歪著頭，「我想一下喔……該從哪裡說起呢？嗯……對了！我那個時候不是有在玩網拍嗎？」

「我記得，因為你逃家，經濟拮据，當時會去鬼樓也是因為你要把書賣掉。」

用「你」來稱呼眼前這個女孩似乎已經承認她就是芷怡，我雖然感到不協調，但目前也只能這樣對話最順。

「對呀，我那時候除了賣書，也賣其他一些用不著的東西。我在網路上放了一些不再穿的衣服，後來有一個人寫信跟我訂購一件洋裝，出價很高。」

「沒聽你提過這件事呢。」

「這是瑣事，沒必要提吧。總之，他說他是太平洋大學的學生，直接面交即可。」

「女的嗎？」

「我不知道他是男是女。他在晚上突然傳簡訊來，說他從學校正要回家，想順便跟我拿衣服。」

「這是哪一天晚上？」

「我跟你失聯的前一晚。」

所以，如果她的話屬實——雖然我仍認為她在編故事——芷怡在前一晚就失蹤了。

「接下來呢？」

「那時候已經很晚了，應該超過十點了吧？我剛掛完你的電話，就接到他的簡訊。我匆匆忙忙拿了衣服，就出門去了。他跟我約在學校後門。」

「那麼晚了，你還敢出門？太平洋大學也算是很荒涼的學校，你未免太有膽了。」出於本能，我一直想抓她故事的漏洞，但話才一出口，就發現自己的問題站不住腳。芷怡可不是那麼膽小的人，若她是的話，當初就不會自己一個人在夜晚的涼亭裡喝酒了，也不會有膽量跟我獨闖鬼樓了。

「你不知道我就是有膽嗎？你是故意這樣問的吧？」她一副質問的臉。

「……你拿去給他，他在嗎？」

她瞪了我一眼，才繼續說：「我到了後門，那裡空蕩蕩的，沒有任何人。我站在冷風中，覺得自己快暴斃了。我只好躲到廁所旁邊，避一避風勢。約莫五分鐘之後，我突然覺得背後好像有人，還來不及轉身過去，口鼻就被摀住，然後就不省人事了。」

「這不是電影裡面常用的手法？哥羅芳或乙醚之類的藥物。」

「我不知道啦！總之就是昏死過去。下一瞬間我再醒來的時候，發現自己在一個小房間內。」

「小房間？」

「一個很簡陋的小房間，」她歪著頭思索著，「很像旅館房間的簡略版，裡面只有一張床、幾張桌椅，一個書櫃、置物櫃、衣櫃還有浴室，整體空間不算太大，而且很陳舊。有一扇窗戶，窗戶被木板封死，看不到外面。房內唯一的裝飾品是牆上的一幅畫，可是畫的內容很嚇人，上面畫著一個女人骨肉分離的慘狀。我看到那畫時，心中立刻升起不祥的預感，心想我一定是被變態殺人魔給綁架了。

「我醒來之後很驚慌，因為不知道自己身在何處，大聲喊叫也沒人回應，身上的手機也不見了。跑到門前去開門也打不開，好像從外面上鎖了。那時候真的很想哭呢。」她露出憂愁的面孔。

我想不出怎麼接話，於是靜靜地等待她繼續說下去。

「房內有一台液晶螢幕的電視，突然自己打開了，」她說：「我聽到電視有聲音，於是轉頭過去看，不看還好，一看差點嚇死。」

「發生什麼事？」

女孩的臉上出現心有餘悸的表情，「你還記得那個面具跟蹤狂嗎？我看到他出現在螢幕上！」

「你是說那個戴著套頭面具的人？可是你不是沒有見過他？」

「就跟你的描述一模一樣啊！鐵定就是他了！而且他自己也承認了！」

「……了解。」

「那個面具看起來很可怕，慘白色的，把整個頭都包起來，連耳朵跟頭髮都看不到，只有眼睛跟一點嘴唇露出來。」

「他說了什麼？」

「他叫我不要害怕，他說他不會傷害我，也不會強暴我……他說『強暴』這兩個字的時候，我突然覺得有點滑稽，怎麼會有歹徒特意這樣強調的呢？不過也因為這樣，我才覺得稍微放心。對方好像不是真的要做什麼壞事。

「安撫過我之後，他說他是一個科學家，正在研究一個實驗，需要以人體來試驗，於是挑中了我。他要我接受一個手術，但沒有說是什麼手術，他只強調不會危及我的性命，要我不要擔心。

「我還是有點擔心害怕，畢竟不知道會發生什麼事。我對著電視大叫，他卻完全沒有反應，那好像是個單向的播放裝置，他似乎聽不到我的聲音。最後他說要我好好休養一段時間再進行手術，並告訴我無聊的時候可以在房間內看電視。」

「結果呢？」

「他說完後畫面就消失了。我認為自己不能繼續待下去，於是開始想辦法逃出去，可是發現根本不可能。我首先考慮窗戶，但窗戶不只由外用木板釘死，還加裝了鐵窗。就算房內有工具，憑我的氣力也不可能把鐵窗鋸開或撬開。於是我放棄了窗戶路線。

「再來是房門。顯然，門外有加裝門閂，因為我從內側怎麼也打不開。我試過撞門，但根本撞不開。本來想在房間內找什麼器械把門打壞，房裡卻沒有那種東西，有的就只有盥洗用具，其他什麼多餘的都沒有。」

「拿椅子把門砸壞呢？」我竟然認真地幫她思考了起來。

「我有想過，可是椅子很重！」她叫道，「你以為每個人都像你一樣有力氣啊？而且就算我勉強可以把椅子抬起來，也沒有辦法把它高舉再丟出去！所以這個方法我也放棄了！」

「好吧。」

「後來我開始檢查整個房間，想要找看看有沒有什麼密道，或是可以破壞的牆壁。我把牆上的畫拿下來，查看背後的牆壁；我還鑽到床底下去視察，然後翻查整間浴室……但最後當然是白費力氣。弄了老半天把自己搞得很累，除了發現置物櫃裡面放了很多日常用品外，沒有其他收穫。我躺在床上不知不覺就睡著了。」

「那時候你的確早該睡了。」

「等我醒來時，應該已經是早上十點了。」

「你怎麼知道時間？」

「房間牆上有一個時鐘，而且光線會從木板縫隙透進來。再說，我也有聽到窗外有鳥叫聲。」

「我知道了。」

「接著，電視又自己打開來，那個戴面具的人又出現了。」

「這次他說些什麼？」

「他叫我吃飯，他說電視旁邊的牆壁上有一個小門，可以打開來，裡面有飯菜。稍早我搜查房間就發現那裡有個小空間了，但我以為只是儲物空間，不知道原來是用來輸送飯菜的小升降梯。我把小門打開，裡面有一個方形托盤，上頭放了飯菜還有湯。」

「類似升降電梯那種裝置嗎？」

「是啊，很方便。」

「簡陋的房間有這種裝置？」

「我也感到很不可思議。總之，我的三餐就是這樣被送進來，」女孩望著我，微笑著，「我可以點杯飲料嗎？我口渴了。」

我幫她叫了杯水果茶，然後催促她說下去。

「吃完飯後，我覺得很無聊，雖然旁邊有書櫃，上面放滿了書，但你也知道，我最討厭看書了，所以翻都沒翻。我想起面具歹徒告訴過我可以看電視，我便開始尋找電視遙控器。後來果然在電視下方的抽屜裡找到，我便打開電視觀看。裡面有很多頻道，我看了很久，打發時間。」

我點點頭，沒有答話。

「就這樣過了好幾天，」她說：「我沒有計算時間，只知道每天的生活就是吃飯、看電視、洗澡……」

「你有乾淨的衣服可換嗎？」

「喔，我忘了說，浴室裡原本就有放一套乾淨的衣服，還有洗衣服的刷子跟香皂，我得自己動手洗衣服。其他我可能會用到的東西都放在置物櫃內，例如衛生棉，還有其他你想得到的東西。至於房間內的垃圾，對方要我集結後用塑膠袋打包裝起來，然後放在小升降梯內，他會處理。日用品不足時，也會從升降梯運下來。這些都是一些日常生活的瑣碎細節。」

「你怎麼告訴他你的日用品不足，或你需要什麼？」

「置物櫃內有字條，如果我需要跟他聯絡，我可以把內容寫在紙條上，然後放在托盤內，隨著空餐具一同送回給他。」

「……我知道了。你繼續說吧。」

女孩歪著頭，舔了舔嘴唇。「這樣的日子一開始的時候讓我很緊張不安，但隨著時間的流逝，我的戒心也漸漸鬆懈下來。直到有一天……」她突然停頓下來，似乎在思索什麼。

「怎麼了？」

「戴面具的人問了我一些奇怪的事，他詢問了我的健康狀況，以前有沒有接受過手術或全身麻醉，他還問了我有沒有戴牙套或假牙。我那時還不清楚他這樣問的用意。」

「……這應該是手術前的準備吧。」

「接下來是手術前的那一天……我得要回想一下那天究竟發生了什麼……對了，我吃完晚餐，然後開始看電視，但看到一半，突然覺得腦袋昏沉沉的，結果不知不覺就睡著了。」

「哦？」

「事後回想起來，應該是食物中下了安眠藥吧。總之我昏迷了，等再度醒來時，我發現自己躺在手術檯上，手腳無法動彈，好像被綑綁住了。正上方有兩盞大燈，上面有好幾個圓孔；四周有很多不知名的機器，還有小型滑動的台架，上面放了手術器具。

「……手術檯旁邊站著一個人，就是那名戴著面具的歹徒，他居高臨下地看著我，那副慘白面具看起來好恐怖，完全沒有表情的樣子。從電視上看就已經讓人打冷顫，近距離看更是毛骨悚然……」

我回想起那副面具，的確是不想讓人再看第二次。

「啊，等等，我去上個廁所好嗎？」

一邊說她已經一邊站起來，對我拋出一個微笑。我還沒回答她就已經消失得無影無蹤了。

等待期間，我點的水果茶送上，但女孩還沒回來，我只得瞪著她的茶發呆。

接下來到底該怎麼辦呢？我咀嚼著她剛剛說的話。這個女人的故事愈說愈玄，自從遇見她後，心中那股奇怪矛盾的感覺一直無法消散。矛盾的感覺……

陷入沉思一陣後，遠遠地，我望見她從洗手間出來。察覺到我望著她，她立刻給了我一個微笑，那個標準的、壓抑唇線的微笑；她的眼神相當嫵媚，讓我聯想起芷怡的黑色漩渦。但當我意識到她的外貌時，那種神似感立刻煙消雲散。

我轉回視線，沒多久她便在我對面落了座。

「怎麼樣？終於想起我了嗎？」她一臉笑意地問。

「沒什麼……你繼續說吧。」

「我說到哪了？」她偏著頭思索著。

「手術檯。」

「喔，對對，我躺在手術檯上，只剩下頭可以轉動。我發現我的頭髮好像被剃光了，頭感覺很冰冷……」

「是因為要動手術的緣故嗎？」

「嗯，我到那時才赫然發現，原來是要動腦部手術，」她啜了口送上來的茶，「我大叫起來，但戴面具的人叫我不要慌張，他不斷強調一切會沒事的，但我實在聽不下去。就在我掙扎的時候，我才發現面具醫生身後還有另一個手術檯，上面躺著另一個人。

「我看不到那個人的臉，但面具醫生察覺我發現了後面的人時，便把身子挪開。我看見那個人兩眼無神地望著天花板，看起來很無助。她的頭髮一樣被剃掉了。我感覺得出來她是女人。從眼角的餘光，我看到那個女人的身邊站著另一名女人，她穿著手術服，戴著口罩與帽子，我完全看不清楚她的臉，好像是面具醫生的助手。」

「現場還有其他人嗎？這種手術不可能只有兩個人進行吧？」

「我的視線有限，雖然沒有看到其他人，但我想應該是有的。」

「接下來呢？」

「我大叫到底想對我做什麼，話還沒說完，只看到一個面罩往臉上蓋下，然後我就昏迷了。」

那應該是可以導入吸入性麻醉藥的面罩。聽說過程中還會將一根氣管內管插入氣管，以便維持正常的呼吸。麻醉結束後拔掉，喉嚨會殘留疼痛感。我暗忖著女孩之後會不會提到這細節，如果沒提，可能就是編造的故事。

我暫時沉默不語。女孩也暫時停頓下來，似乎正在回想著細節。

「當我再度睜開眼睛時，人在另一個小房間裡，看起來很像醫院裡的病房。我的臉上戴著氧氣面罩，覺得時間好像過了一千年之久，身體好重，頭整個快裂開了，而且感覺很疲憊，喉嚨還有疼痛感。隱隱約約看見面具醫生站在我面前，他湊過來，我可以聽見他的耳語。他告訴我，等我好一點會告訴我發生了什麼事。

「痛苦的復元日子過了好久，我也算不清了。這是我第一次接受這麼大的手術，弄得我身心俱疲……」

「在這段期間，照料你的人也是面具醫生嗎？」

「不是，是另外一個女人，應該是手術時看到的那個吧。但她始終戴著口罩、帽子，我只看見她的雙眼。」

「也就是說，歹徒至少有兩人了。」

「嗯……我在那間病房待了好長一段時間，那名蒙面女人每天都會送來飯菜，偶爾我開口問她問題，但她都敷衍帶過，連聲音都聽得出來是刻意掩飾。我後來也放棄跟她聊天了。她只是做著例行性的工作：觀察我的呼吸、心跳和血壓等，看狀況是否穩定。麻藥過後，我的頭痛得快裂了，面具醫生開了些止痛藥給我，他說疼痛會妨礙復元狀況，因此手術後的止痛很重要。

「這段日子我沒有察覺什麼異狀，只除了發現自己的專注力和記憶力好像變差了，醫生告訴我那是麻醉後的副作用，很快就會恢復。另外，我覺得聲音好像變尖了，但我以為那也是手術的後遺症，因此沒有在意。

「不曉得又過了多久……這邊我記憶實在有點模糊，因為整天被關在房間裡，人又不舒服，做的事情又都一樣，我幾乎沒有時間概念，也沒有意識到日子與日子之間的差別性……總之，應該是過了滿久的，我人也漸漸恢復了，幸運的是，沒有發生併發症的現象或排斥反應。某天那名女護士走了進來，說我復元得不錯，要把我換回原來的房間。我聽到她這樣說時，其實心中也感到舒服些，因為這個小病房住起來充滿了藥水和儀器的氣味，我相當不喜歡，還是先前的房間比較有閒適的氣息。

「她掏出一個眼罩，幫我戴上，然後告訴我等一下她會拉著我的手走，要我不要亂跑。

「因為眼罩的關係，我什麼都看不見，只感覺到左手被女護士戴著手套的手握住、拉動著。我跟著她走，腳步小心翼翼，生怕不小心就撞到東西。

「出了房間後，她拉著我往右邊走。我猜我們是在一條走廊上，我探出右手去觸摸，但只摸到牆壁，好像還有摸到窗戶。這時候我突然意識到，既然有機會出了房間，為什麼不把握機會逃出去呢？」

「哦，那你有試看看嗎？」

「當然！你忘了嗎？我可是愛冒險的女孩耶！」她一臉得意地說：「於是，我上演了一齣逃脫記！」

3

咖啡廳的人潮逐漸減少，不知不覺，只剩下零星幾桌的客人。快接近打烊時間了。

胃中的三明治正在消化著，我吃得有點撐，但這生理上的不適感仍比不上現時心理上的震撼——來自於自稱是芷怡的女孩所述說的詭異遭遇。我暫時按下她到底是不是芷怡的疑惑，專心傾聽著她的故事。

女孩將杯中的茶喝光，拿起茶壺，又替自己倒了一杯，啜飲之後，她才繼續說：「決定可以利用機會脫逃後，我一手扯掉眼罩，然後左手猛力拉扯，掙脫了對方的抓握。我瞬間看見自己處在一條陰暗的長廊，右側有著一排窗戶，窗外可以看見青翠的山……」

「這麼說來，你被囚禁的地方是在山上？」

「應該是，難怪我覺得很涼爽，晚上甚至很冷……不過我沒有時間觀察景色，女護士就已經撲過來了。

「我只能往回跑，很快地經過了剛走出來的那間病房；長廊兩側有許多門，但都緊閉著。護士在我背後大叫，讓我加快了奔跑的速度。突然，右側一扇門打開來，一道身影閃出，是面具醫生，他的手上握著一片白布！

「他還來不及擋住我的去路，我就已經奔過他面前；正覺得自己脫逃有望時，眼前一堵牆赫然出現！

「由於已經是死路，我在慌亂之下，下意識想躲進一旁的房間，於是伸手去推左側一間房的門，但卻推不動，這才發現外面有一道門閂。我匆忙拉開門閂，推開門，那一瞬間，背後一隻強而有力的手握住了我的左手臂……

「我使盡吃奶的力氣奮力掙脫！但也因用力過猛而重心不穩，整個人往前跌去，趴倒在地上。我兩手與兩膝撐起身子之際，發現有一雙腿垂在床邊。我抬頭一看，一名女子坐在床沿，正以驚訝至極的表情看著我。當我看到她的臉時，我的心臟簡直要跳出胸口了！」女孩說到此處，停頓下來，啜了一口茶。

「接著呢？」

她抹了抹嘴，說道：「那個女孩子長得跟我一模一樣！我完全不敢相信自己的眼睛！除了頭髮很短之外，她可以說根本是我的複製人！她穿著我來到此處時穿的衣服——」

「你在病房時不是穿你自己的衣服嗎？」

「不是，那時他們另外準備了兩套衣服讓我換穿。」

「我懂了。」

「當我還沒從目睹自己的衝擊中回神過來時，眼前突然一片漆黑，一塊東西蓋住了我的臉，一陣甜味湧上，我失去了意識。當我再度醒過來之時，發現自己又回到了先前的房間。我覺得非常沮喪，同時也非常疲倦。我腦中立刻泛起了先前的畫面，也就是最讓我在意的一件事……

「就在這時，房門打開了。那名女護士走了進來，手上拿了一面大鏡子。我正要開口之際，她示意我安靜，面具醫生跟在她身後，他穿著醫生的白袍，手上跟護士一樣戴著白色手套，那白色死灰般的面具依舊讓人不舒服。

「他首先問我感覺怎麼樣，精神有沒有恢復了，頭有沒有比較不痛了，都是一些形式上的問候，我沒有太搭理他，只是糊弄過去。接著，他說我太心急了，沒有必要自行脫逃，等我復元後，他就會放我出去，現在只要好好休養即可。他說既然我已經見到了他的『實驗成果』，只好提早告訴我很重要的事情，要我仔細聽好。」

我的水果茶已經喝光了，透明茶壺中的液體乾涸。我不打算再點餐，只是靜靜地看著對面的女孩，聽著她訴說著她的遭遇。

「他說他正在研究一項最新的手術技術，並且認為自己已經可以證實這套技術的可行性。於是他挑選了我跟另一名女孩來做實驗，就是早先我在手術檯看到的那位……」

「他有說為何挑選你們兩個嗎？」

「沒有。他只說決定好我是其中之一的人選後，就開始做準備工作。他得要了解我的生活作息，我的住所，我住所的周遭環境，我平常比較常走的路……等等，以便進行綁架。這就是為什麼他得要花時間跟蹤我。後來他被你發現之後，認為不宜再打草驚蛇，而且蒐集資料的工作也大致完成，沒有必要再跟蹤，只需要等待時間下手即可。剛好那段沉寂也造成了我們的鬆懈。」

「原來是這樣。」

「他接下來問了我許多問題，不外乎是關於我的一切。比如說我叫什麼名字，來自哪裡，住在哪裡，我家的地址，我的手機號碼，還有我的生活細節……我一開始摸不清他為什麼要問這些問題，因為他既然調查過我，不可能不知道這些資訊。但後來才察覺他似乎是要測試我的記憶。

「問完之後，他很滿意地點點頭，說他的手術成功了。我問他到底對我做了什麼事情，為什麼會有另一個『我』？他說他完成了世界第一創舉。他說他把我的大腦跟另一名女孩的大腦交換了，他說他成功完成了換腦手術！」

我屏息著，沒有說話。

女孩右手托著腮，眼睛盯著空洞的茶壺，「我一開始以為他在開玩笑，我明白自己的確接受了某種手術，要不然身體不會這麼不舒服，頭的傷口也不會這麼痛，但我沒有想到會是換腦手術！我的第一個念頭跟你一樣，這根本不可能！這絕對不是真的！再怎麼沒有知識的人也會知道換腦手術是天方夜譚！」女孩說到此處，兩手捶著桌子，流露出不可置信的神情。「他看到我不相信的樣子，便叫護士把鏡子拿到我面前。當那面鏡子豎立在眼前時，我從鏡子裡面看到了一個陌生人。那張臉不是我的臉！

「雖然手術檯上的另一名女孩我只有過匆匆一瞥，但我可以看出，鏡子裡的那張臉應該是她沒有錯。我簡直快瘋了，難道我真的跟她交換了身體？我反覆看著鏡子，確認了好幾次，最後不得不相信自己所看到的。我激動地審視我身體的其他部位——手指、指甲、手掌、大腿、腳趾還有軀體……仔細一看後，整個身體跟之前完全不一樣了，我很確定那不是我的身體！因為沒有想到會發生這種事，所以手術後壓根兒沒注意到這些細節的變化！我至此才知道，我的聲音會變尖不是因為術後後遺症，而是我的聲帶改變了！我完全無法相信這一切，太不可思議、太震撼了！我以為自己在作夢……」

女孩的眼神黯淡下來，跟方才判若兩人。她似乎一邊回憶，一邊思索，也一邊反芻著情緒。我心中的那股矛盾感愈形擴大，腦袋無法思考，只能呆滯地看著她。

「似乎是為了讓我確定自己不是在作夢，面具醫生說他要再次讓我看看另一個女孩現在的樣子。他拿出了遙控器，打開了電視，切換了頻道，螢幕上立刻出現先前我闖進去的那個房間，當時沒有時間細看，現在仔細一看，格局完全一模一樣，連牆上的畫都一樣！那名女孩坐在床沿發呆，身上穿著我的衣服，然後，她突然抬起頭來……

「那一刻我的訝異已經達到了不能再高的頂點，雖然已經看過一次，但這次的震撼仍不亞於前次！那個女孩子真的是我！我不可能看錯，她的的確確是我！我知道自己的大腦真的被移植了！那一瞬間，我的腦袋被衝擊淹沒，完全無法思考……」

「太不可思議了。」我終於說出我壓抑已久的評論。

「豈止不可思議，簡直就是不可能！」女孩激動地高聲道，但隨即又沉著臉，「我……看到螢幕中的自己後，不知道為什麼——因為複雜的情感衝擊吧——竟然哭了起來，我只記得流了好多好多的眼淚，大聲地哭叫，哭了多久我不曉得，當我抬起頭來時，醫生與護士都不見了。

「我衝下了床，衝到了房門前，發狂地捶打門板，但只引來劇烈的手痛。我跪坐在地上，背靠著門板，又哭了起來。這次，我哭著哭著，睡著了，」女孩的聲音變得細微，「我不知道自己睡了多久，總之我醒來的時候，我聽到面具醫生的聲音，電視螢幕又自動打開了。

「我撐著身子站起來，全身無力，走到電視前。那時候我只想把電視砸掉，我雙手握住椅背，想把椅子抓起來，但卻力不從心，最後只能沮喪地跪坐在椅子旁……他告訴我不要做無謂的動作，事情已經發生了，無法扭轉，我應該要好好休息，等身心調整好了，就會放我出去。他說手術很成功，他已經達到他的目的，沒有必要再留我下來。他還說了一些感謝我的話，還有道歉的話。但我根本聽不下去。

「那天之後，護士出現的頻率也變少了，偶爾會進來檢查我的身體狀況。有一次我抓住她的手臂，不讓她離開，逼問她跟醫生的身分，但她很快地掙脫掉，並拿起針筒，威脅要把我麻醉。她的動作很快，警戒心也很高，更重要的是，力氣還頗大的。有兩次我想試著趁她不注意時逃出房間，都被她拖回去。在那之後我便放棄了脫逃。」

因為說了太多話的緣故，女孩的聲音開始有點沙啞。她停頓下來舔了舔嘴唇，我則跟服務生要了一杯水。

「我不要冰水喔！」女孩強調，「別忘了我不喝冰的！」

「噢。」芷怡的確不喝冰水。

溫開水送上來之後，女孩一口氣把水喝光，並對我露出微笑。我示意她繼續說下去。

「在那之後的日子，我就像行屍走肉一樣，」她說：「護士把那面鏡子留在桌上——」

「浴室內本來沒有鏡子？」

「有，只是我不知道她為什麼沒有把鏡子帶走，也許是認為沒有必要吧！我每天刷牙洗臉時，總是避開鏡子，但常常會忍不住多看了一眼，仔細看看這張臉、這個身體跟我的身體有什麼不同。也許我是想試著證明，這個身體仍是我的，只不過是被整形過罷了。但事實證明這個想法太荒謬了，我身上根本沒有整形的痕跡。我變成另外一個人了……這個想法就像是惡鬼般糾纏住我，讓我幾乎精神錯亂！

「我有一天進去刷牙洗臉時，又看見鏡子中的陌生人，一陣怒氣湧了上來，我忍不住衝到房間外，把桌子上的鏡子抓起來，用力摔到地上，」女孩露出咬牙切齒的神情，「鏡子四分五裂，碎片掉得滿地都是。我得到暫時性的發洩，卻發現只是自找麻煩，因為地上都是碎屑，造成我走動的不方便。」

「唔……他們不怕你用碎片自殺嗎？」

「我不知道，也許房內有監視器也說不定呢！誰曉得？很奇怪的是自殺的念頭並不夠強烈，大概是因為事件太詭異了，我的反應也不正常了……但很沮喪倒是真的。」

「然後呢？」

「我無法調適這種變化，只能用哭來發洩，不知哭了幾個禮拜，淚水都哭乾了，餐點也吃不下，就只是呆坐在床上，然後打開電視，讓房內有人的聲音，驅散沉默，但心神根本不在電視上。

「就這樣日復一日地過去。習慣是一種很可怕的事物，只要你習慣了一件事，它就自然而然了。漸漸地，我接受了新身體成為自身的一部分，情緒沒有剛開始那樣容易波動了，食慾也恢復了。我開始可以專心在電視節目上，跟著劇中的人物哈哈大笑，那時候我發現自己好久沒笑了。那種感覺……真的是很奇妙。」她停了下來，拋給我一個虛弱的微笑，「從電視上的資訊，我也得知了從我被綁架後，已經過了將近一年。」

「你失蹤這麼久，」我問道，「都沒有人報警搜尋你嗎？」

女孩搖搖頭，「沒有人會找我。我沒有熟到會關心我行蹤的朋友，我也沒有工作，而我跟家裡又已經斷絕關係了，家人也不可能找我。」

「斷絕關係？」我有點訝異，「芷怡從來沒提過這個，她只說跟家人關係不好。」

「那是不想讓你擔心！而且也怕你覺得我是個壞女孩，」女孩瞪視著我，「還有，你還是不肯稱呼我為芷怡嗎？說得好像我是另外一個人似的！」

「你說被綁架過了一年，然後呢？」我語氣疲弱地說。

「哼！別以為轉移話題就可以了事！」

「先把你的奇遇說完吧，我想知道接下來發生了什麼事。」

她本來似乎想繼續跟我爭辯，但話到唇邊又止住。她斜睨了我一眼，才繼續說：「總之，我的心情逐漸平穩，但我仍不知道自己什麼時候會被釋放。雖然好像已經習慣了小房間內的生活，但是那麼久沒有出到戶外，實際上是非常難受的，有一種心胸沒有辦法開展的感覺。此外，我也一直惦記著你，我知道我突然不告而別，你一定會發狂似的找我……被囚禁的這段期間，我一直很想再見到你！」

「我有收到你傳給我的簡訊，你告訴我不要去找你，說時間到了你會來找我。」

「簡訊裡面是那樣寫的嗎？」她突然瞪大眼睛，「那個傢伙竟然私自加了這些內容！」

「你在說什麼？」我一頭霧水。

「我在被綁架初期，曾經寫了字條給面具醫生，希望他能夠讓我打通電話給你，至少不要讓你那麼擔心。但是他不願意讓我直接和你通話，大概是怕我會向你求援吧！不過他答應用我的名義幫我代傳簡訊。於是我口述了內容給他。」

「原本的內容是什麼？」

「我想想……應該是『我要去參與一個秘密實驗，沒有生命危險也不會被傷害，不用擔心我，我很快會去找你，不便說太多，你多保重，愛你！』。」她說最後兩個字的時候，眼神突然變得含情脈脈。

「我收到的不是這個內容。」

女孩的臉色變了，憤怒在她臉上漾開來，「他改成什麼？快告訴我！真可惡！不守信用的傢伙！」

我告訴了她內容。

「他應該是要避免我去追查你的下落，才這樣修改的。」我說：「所以，你的手機一開始就不在身邊嗎？」

她搖搖頭，「我被綁那個晚上，我帶了錢包、鑰匙跟手機出門，但我在小房間醒來之後，這三樣東西都不在了。」

「我懂了，你繼續說吧。」

「我說到哪裡了……」她皺起眉來，「……對了，也已經記不起來是哪一天，那天生理期來，心情覺得很煩躁、沮喪，肚子痛得受不了。我坐在床上，好不容易平復的憂鬱情緒又湧上來，覺得自己好像被困住了，什麼出路也沒有……雖然面具醫生說會把我放出去，但還是不能排除他在欺騙我的可能性，我心中抱著一絲期望可以再度見到你，不過一想到自己的身體已經失去，便覺得萬念俱灰。你會接受這樣的我嗎？你恐怕會認不出我來，那我該怎麼辦？我在這個世界上唯一能倚靠的人只剩下你，如果連你都不相信我，那我活著也沒有什麼意義了！我當時是這樣想著！」

我凝視著女孩的臉，此刻的她眼神注視著桌面，眼眸中閃著微光，情緒在臉上波動著。有那麼一瞬間，我竟被她眼中蘊含的情感所打動，這讓我心中糾結的那股矛盾感瞬間更為深沉。

「沉浸在那絕望的思緒中許久，」她說：「我明白該掙脫出來了。正當我拿起遙控器，打算轉開電視時，房門突然打開了，面具醫生的身影出現。我知道他又有話要說。

「他走到床邊，注視著我，說近期內就會放我出去，要我做好心理準備。另外，為了答謝我及向我道歉，他願意告知我你的去向。」

「我的去向？」

「是呀，他說你在花蓮市一間補習班工作，並告訴了我補習班的名字。」

「他怎麼會知道？」

「我不知道。我本來想問他關於你的事，但他似乎察覺到我的意圖，立刻舉起手制止了我，他說什麼都不必問，也沒有問的必要，說完轉身就離開了。我只好默默等待。結果稍後，我在吃了午餐——還是晚餐？——之後，頭突然變得非常重，我立刻知道食物中又放了藥物，於是任憑自己往床上倒下。這之間我的記憶當然是一片空白，當我再度醒來時，我發現自己已經不在小房間內了！

「那一刻的感受非常奇妙……籠子裡的狗還可以透過籠子看到外面的世界，但我卻不行，因此當看到外面的景色之際，有一種世界完全改變的感覺，我好像處在一個完全不一樣的時空中。那一瞬間……有一股感動，直到現在都還記得。」女孩凝視著桌面，似乎沉浸在當時的記憶中。

「結果你人是在哪裡呢？」

「我倒在一片草叢之中，旁邊放了一個背包——就是你現在看到這個。天色是暗的，我爬了起來，看見不遠處有路燈，於是揹起背包，往馬路走去。

「被關了那麼久，突然被放置在開闊的空間，讓我有想奔跑的衝動。但畢竟藥效剛過，全身鬆軟無力，我連背包都揹不太動了，更何況是奔跑。我吃力地走到路燈下，打開背包查看裡頭的東西。

「裡面有一套衣服，包括內衣和外衣褲、外套。這套衣服是另外那名女孩原本穿的，換腦之後，這套衣服被收在我房間的衣櫃中，讓我跟另外一套換穿——就是我當時身上穿的那套。」

「原本收在浴室那套跑哪去了？」

「換腦之後，因為大小不合身，我猜可能被拿給另外一名女孩穿了，也就是說，我當時身上穿的那套早先也是醫生準備給那名女孩穿的。」

我點點頭，「因為身體交換的緣故，衣服的交換的確很合理。」

「我的手機還有錢包、鑰匙串也都在背包裡頭。除此之外就沒別的了。我立刻取出手機，把它打開，查看了一遍之後，發現通訊資料都還在。我立刻撥電話給你。」她斜睨了我一眼，「但是，你的手機卻已經停用了！這是怎麼回事？你不想再接到我的電話了嗎？我簡直不敢相信你會這麼做！你是不是不想跟我在一起了？」

「不是你想的那樣。我的手機……不見了。」

「不見？」她的眼睛瞪得跟銅鑼一樣。

「不小心弄丟了，只好辦一支新的。」

「你怎麼會這麼粗心！你竟然把我跟你唯一聯絡的方式給搞丟了！」

「你先不要激動，我會弄丟是因為你的緣故。」

「會弄丟是因為我？什麼意思？你說清楚！」

「你失蹤後，我非常心急，幾乎陷入了瘋狂狀態，我跑到山上喝酒……就是我們曾經去過的那個觀景台那裡。我可能因為精神恍惚，不小心摔落山谷，手機也遺失了。」

「天、天啊！你沒事吧？」

「還好沒事，只不過手機已經找不到了。」我嘆了口氣，「我後來發了電子郵件到你的信箱，告訴你我換了號碼，不過顯然你是不可能收到信件的。我也曾經想過用別人的手機傳簡訊給你，但是……我沒有把你的手機號碼背下來。」

「你這個笨蛋！」她大叫。

「真的很抱歉，不過，很少人會把號碼背下來吧？難道你就記得我的號碼？」

她瞬間拉長了臉，「我……不記得。」

「那就扯平了。繼續你的故事吧。」

女孩也嘆了口氣，才又繼續說：「我得先知道自己身在何處，於是我沿著馬路走，途中有看到幾戶人家，我便走進去詢問，才知道自己在一個叫做新城的地方，就在花蓮市隔壁而已。一個好心的老婆婆告訴了我公車站牌在哪裡，於是我搭了公車來到花蓮市中心，找了老半天，問了幾個路人，終於找到你工作的地方。我在門口附近等了好久，好不容易看到你走出來，卻一時之間不敢叫住你，因為我知道我的外貌已經不是芷怡的樣子了。還好你沒有立刻騎車走掉，我便跟在你身後，一直跟到剛剛的鐵路公園……」

「所以，這就是事情的經過。」

「是呀，你覺得怎麼樣呢？」她用饒富興味的表情看著我，似乎亟於知道我的反應。

「我……不知道該怎麼說，這實在太難以令人置信了。」

「那是當然。」

「你說面具醫生有歸還你的皮夾？」

「嗯。」

「有少什麼東西嗎？」

「沒有，反而多了東西。」

「多什麼？」

「多了一筆錢。」

「哦？大概是謝禮吧。」

「我想是吧，我被當成實驗品，也該回饋些什麼給我。」

「你介意皮夾讓我看看嗎？」

「你想看什麼？」

「我只是想知道，你是不是真的擁有芷怡的證件。」

「你還在懷疑我！」

「以前在書上讀過一句話，『人不是為了懷疑而懷疑，而是為了信任而懷疑』。我只是想檢驗，你不要太在意。」

「哼！說得還真好聽，真的信任的話就不會懷疑了！我沒有芷怡的證件啦！為了生活方便，假面把我跟另一女孩的證件交換了。」

「不然我可以看看你的手機嗎？」

她臭著一張臉把手機遞給了我。的確是那支小巧的紅色手機。

我進入訊息備份，裡面有一些芷怡以前傳給我的簡訊，但我卻找不到面具醫生傳的那條。

「沒有你最後傳給我那則簡訊呢！」我說。

「喔，應該被刪了吧！他怎麼可能把它留下來！」

「說得也是，」我把畫面切換到收件匣，裡面有許多我從前傳給芷怡的簡訊。我打開最新的一則。「唔，在你最後傳給我簡訊之後，我立刻回了一則給你，這裡面沒看到。」

「你有回我？」她睜大雙眼，「你寫了什麼？看來一定被那傢伙刪了！」

我告訴她我寫的內容。

「可惡！」女孩叫道，「他竟然沒有告訴我！管控訊息也不需要那麼嚴格吧！」

「也許他覺得沒必要讓你知道。」

「……唉，算了！不重要了！那現在到底怎麼樣？你相信我是芷怡了吧？」

我沉默了半晌，然後靜靜地說：「平心而論，還是很難相信。」我說這句話時心中的矛盾感又湧上來，但我暫時壓抑住那股矛盾感，決定先將所有其他疑惑解決掉後，再回來處理它。

「我都告訴你所有實情了！你還想怎麼樣？我說真話了啊！」女孩高聲起來，臉色開始變得咬牙切齒。

「不要激動，別人都在看我們。」

不遠處有幾個客人用怪異的眼神看向這邊，好像在嫌我們太吵似的。

「我不管啦！你到底想怎樣？」女孩依舊大叫著，「你不承認我是芷怡嗎？」

「我聽完你的故事有幾個疑問，你願意回答嗎？」

「你問啊！」

「你說你被釋放後，手機也被歸還，然後你打了電話給我？」

「我剛剛不是說了嗎？」

「那表示你的手機還能用，可是你一年沒用手機了，應該早就被停話了吧。」

「這哪是什麼問題！我的手機費設定成自動從帳戶扣款，怎麼會被停話？」

「那手機是誰幫你充電的？難不成那個戴面具的人特地幫你充電？」

「一定是啊！他都特地給我錢了，充個電算什麼！他對我動了那種手術，多多少少會有良心愧疚吧，這些小細節當然得幫我做好。」
「那你原來住的地方呢？你一年沒繳房租，房東早就報警了吧！」
「啊，這個我忘了提嗎？面具醫生告訴我，他從我的手機中找出房東的電話，跟他聯絡後，已經付了一年的房租，但只有一年，一個禮拜內我如果不把東西搬走，就不能繼續再住了。」
「好吧，到目前為止，你的故事我沒有發現任何矛盾之處，只是……我還是很難相信你真的接受了換腦手術。」
女孩瞬間柳眉倒豎，但她沉住氣，用壓抑的語氣說：「你不相信的話，我給你看證據。」
語畢，她側過頭，右手將頭髮揭開，讓頭皮露出。
我微微倒抽了口氣。
雖然頭皮大部分被頭髮所遮掩了，但隱約還是能看得出來，在耳朵上方，環繞著頭部有著一圈手術縫線，就像一條蛇盤據在她頭上。

4

女孩把頭髮放下，重新用惱怒的眼神瞪視著我。
我沉默不語，眼中的後像淨是那圈疤線痕。我突然感到些微反胃。
「怎麼樣？」她問，「你到底相信了沒？」
「我……」
「這樣你還不信嗎？給你檢查看看！」

我環顧四周。雖然已接近打烊時間，但還是有幾桌客人在，服務生們也來回走動著，在收拾餐具。在這裡做檢查似乎不太適當。

「不、不用了。」我說。

「我真的是芷怡啊！你到底還想怎麼樣？」

我別開視線，「問題是，這種手術不可能存在。」

「你真的很固執耶！你憑什麼說它不存在？」

「以二〇〇六年的醫學——」

「現在的醫學你懂多少？你不能否認地球的角落真的有某個天才科學家做出驚人的研究但卻沒有公諸於世啊！」

「這種可能性——」

「可能性萬分之一也是可能的！」

「可是——」

「也許這個科學家是超級天才，也許他得到了外星人的科技，外星人你總不會否認不存在了吧？搞不好這個科學家就是外星人！難怪他要戴面具掩飾！還是你不相信外星人存在？」

「外星人當然存在——」

「那就對啦！所以你憑什麼說換腦手術沒有存在的可能？外星人科技一定比地球先進幾百萬倍！」

「外星人為什麼跑來地球做換腦手術？」

「我哪知道啊？你要問他啊！」

我嘆了口氣，「好吧，如果你真的是芷怡，你到底要我怎麼辦？」

「你竟然問我怎麼辦？真是個蠢問題！你應該問你自己，如果芷怡出現了，你會怎麼辦？」

「我……」

「你還愛我嗎？」她凝視著我。

「我當然還愛芷怡，這一年來我每天都想著她！」

「我們又沒有分手，就算我消失了一年，我們還是在一起的，不是嗎？」

「問題是——」

「難道我換了一個身體，你就不愛我了？」

「不是——」

「那你到底在猶豫什麼？既然我就是芷怡，那你到底還有什麼顧忌？難道你從頭到尾愛的只是我的身體？」

「不，不是！你搞錯了！」我語氣急促起來，「現在的問題是，我還是很難接受……你就是芷怡。」

她的眼神變冷了，「你認為我鬼話連篇，對吧？可是，你卻提不出反證，證明我不是芷怡。反倒是我，有很多證據可以證明我的說法。到底是誰比較有道理？」

我沉默不語。

「你憑著良心說，撇開我的外貌不談，難道我不像芷怡？」

我沒有回答。

「你回答啊！」

我緩緩吐了一口氣，眼神低垂，「很像。」

「你終於承認了。」她說。

「但是，言行舉止，難道不能模仿？」

「有人可以模仿得這麼像嗎？你捫心自問！而且我擁有她的記憶，這是你沒有辦法否認的。」

「這是其中一個重點，你說你有她的記憶，但你擁有她的記憶擁有到什麼程度，這是我目前還不能確定的。」

「什麼意思？」

「我測試你記憶的那些問題，你都可以透過芷怡得知，這點我早先就提過了。」

「如果是這樣，那好，」她直視著我，「我再開放讓你問問題，你可以問得更多、更深一點，只要你願意這麼做，你就會發現你自己的說法不攻自破。」

她的眼神帶著挑戰的意味。視線相交了半晌，我別開了眼神。就在我準備開口，她也準備開口之際，一名女服務生上前來收拾茶壺。

「不好意思，我們要打烊了喔。」

我看了一眼手機，已經十一點半了。

服務生離去後，女孩依舊瞪視著我，唇線擠壓得像鴨子嘴巴，又讓我想起芷怡。

「你得帶我走，」她說：「我沒地方睡。」

「你不是有個租期快到的房間？」

「你難道要我回去睡那個一年沒睡過、佈滿灰塵的房間？你真沒良心！」

「先出去再說。」沉默了一陣後，我站起身來。

女孩也站了起來，背包上肩。
我走到櫃檯結帳，然後出了餐廳。她跟在我身後。
我在機車旁駐足，女孩也在背後停了下來。我們兩人都沒有說話。
冷風吹拂著，天幕一片黑，路上沒有行人，也沒有車輛。
我把車鑰匙插進鎖孔，戴上了安全帽。
「上車吧。」我說。

斷片（一）

立揚兩手撐在窗欞上，從窗外望出去，連綿起伏的山巒映入眼簾，依偎在無邊無際的天空之下；喧嚷的塵世彷彿從未存在於記憶中，而只是稍縱即逝的幻夢。

這棟三層樓別墅坐落在海拔約八百公尺的山地上，被湖光山色的美景所圍繞。房子的每一扇窗都像一幅畫作，框住了一幅幅的美麗景象，令人有心曠神怡之感。

在那件事後，為了挑選適當的地點，立揚花了不少心神。最後終於在南投的山上找到這棟別墅，價格便宜，環境又清幽。他立刻買了下來。

遠方的天際群聚了一大片黑壓壓的烏雲，天色顯得有些暗沉。

立揚關上窗戶，轉身回到書桌前，坐了下來。他看了一眼桌上的電腦螢幕。點開了一個心理學研究的網頁，他開始閱讀了起來。

突然，兩聲敲門聲響起。立揚沒有抬頭，只說了聲：「進來。」

書房的門微微朝內開啟，一名女子立在門邊，唯唯諾諾地低頭，說道：「先生，午飯已經準備好了。」

立揚抬起頭來，順勢轉了一下僵硬的脖頸，回答：「哦，謝謝。崴喬呢？」

「夫人已經先下去了。」

「她今天看起來怎麼樣？」

女子遲疑了一下，然後才說：「一如往常。」
「嗯，好像快下雨了，注意一下窗戶跟外面晾曬的衣服。」
「是的。」女子微微低頭。
「那你先下去吧，我等等就下去。」
「好的。」
女子輕輕闔上門，輕巧的腳步聲逐漸遠去。
立揚吐了一口氣，將視線轉回到網頁上。
其中一段的敘述文字吸引了他的注意力，他聚精會神地看著。
幾分鐘後，那些繁雜的英文字母開始模糊、扭曲起來，立揚閉上雙眼，用手揉了揉眼睛，做了幾回眼球旋轉運動。他站起身伸了個懶腰，接著往左右邊轉了轉腰部。
他離開書房，往樓下走去。
來到一樓，他轉向飯廳，望見莉曼背對著他在流理檯前忙碌著；崴喬則坐在餐桌邊，擎起筷子挾菜。
立揚走了過去，彎下身去擁抱她。
崴喬停下了挾菜的動作，靜默不動。立揚直覺她的身軀有些冰冷。他鬆開擁抱，輕聲問道：「會不會冷？我幫你拿外套。」
崴喬搖搖頭。
「我還是幫你拿好了，你等一下。」
就在立揚轉身欲走向客廳時，莉曼已經快速地超越他，做了個表示抱歉的欠身動作。
「先生，我拿就好。」

立揚轉回餐桌，在崴喬身邊坐下。

「畫作進行到哪裡了？順利嗎？」立揚拿起筷子跟飯碗，問道。

「還可以。」她的聲音很微弱。

「慢慢來就好了，反正不急著完成嘛。」

「嗯。」

「外套在這裡。」莉曼快步走回飯廳，將一件紫色鋪毛外套遞給立揚。

他將外套罩在崴喬身上。她轉頭看了他一眼，似乎露出了一個虛弱的笑容。但他無法確定。

「等天氣好一點，」立揚說：「我帶你到附近的森林走走，好嗎？」

「嗯。」

「上次去的那條步道還不錯，我後來聽說還有另外一條，」他夾了一些空心菜放進飯碗中，「另一條的景色似乎更棒，穿越這一帶的山脈，但路不陡峭，適合一般人健行。」

崴喬默默地點頭。

立揚停頓一下，然後說：「你如果圖畫好了，我再幫你投稿吧，最近在網路上有看到一個比賽——」

這時，忽然電光一閃，眩目的閃電掠過大地。莉曼快步走出飯廳，顯然是去關閉屋內的窗戶。

立揚從飯廳的窗戶望出去，窗外的樹葉被風打得亂顫。

崴喬突然停止進食的動作，她將筷子放下，茫然地望著前方。

「怎麼了？」立揚注意到她的異狀，也放下了筷子。

崴喬沒有立刻回答，她的失焦視線持續了半晌；接著，她緩緩轉頭，注視著立揚。她的眼神，看起來沒有靈魂。

立揚感到心中一股糾結。某種熟悉的情緒從內心深處湧起，就像一條蛇侵蝕著他的心靈；那是一種毒藥，讓人窒息、胸悶。

震耳欲聾的響雷裂徹心扉，雷聲淹沒了沉寂。

宛若世界末日。

崴喬的嘴唇輕輕地蠕動，聲音雖然微弱，但立揚知道她說了什麼。

你真的還愛我嗎？

立揚看著她的臉，她的眼神，她……

她？

「親愛的，我當然愛你，你在說什麼呢？」立揚用溫和的語氣說。

她的眼神變了，整張臉彷彿突然轉換成鬼面。

「你騙人！」

「我沒有騙你啊，崴喬——」

「你騙人！你回答前猶豫了！」

「我沒有——」

「你別再騙人了！別再騙我了！別再騙你自己了！」

話語的尾音尖銳起來，崴喬兩隻手按著太陽穴，大聲尖叫。

立揚撲向前去制止她，卻被一把推開。崴喬迅速向後推開椅子，轉身奔到廚具架前。

「崴喬！」

她從架子上抽了一把水果刀，轉身靠著流理檯，右手倒持刀子，手臂抖動著，原本罩在身上的外套早已落到地板上。

「夫人！」莉曼慌慌張張地跑進飯廳。

「不要緊，」立揚用左手做了個手勢，要莉曼停步，「我來處理就好，」他轉向崴喬，「把刀子放下好嗎？崴喬，親愛的……」

窗外電光閃過，接著又是大地的悲鳴，室內一片昏暗。

「崴喬，你聽我說。」立揚吞了吞口水，一邊緩慢向前走。

「不要過來！」崴喬大叫，握緊了水果刀。

立揚停下腳步，看著前方的女人，他的心中一陣酸澀。

「崴喬，我是愛你的啊，」立揚凝視著她，他的胸口又窒悶起來，「你為什麼不相信我呢？」

「你敢發誓嗎？」女人的眼眶浮現亮晃晃的水珠，「你敢發誓嗎？」

「我當然敢發誓，」他的視線沒有挪動，「我只愛一個人，那個人就是你。」

有片刻的時間，沒有任何人說話，然後，被倒握的水果刀鬆動了。一聲清脆的撞擊聲，刀刃落在地上。女人啜泣起來。

崴喬跪了下去，大腿內側貼到地面，腳踝縮到臀部附近；她兩手抱在胸前，嗚咽著，眼淚不斷地湧出。

傾盆大雨落下。

落下。

不斷地落下。

在轟隆的雨聲之中，立揚蹲跪在女人面前，伸出雙臂，將她摟向自己的懷中。女人的身軀在他的胸口起伏著，抽動著，立揚緊抱著她，試著撫平她的顫動。方才崴喬拿著刀站立在他面前的影像，此刻繚繞在心中。糾結感，再度湧起。

有一瞬間，他認不出這名女人是誰，縱然他知道她是誰。但是那包覆著她面容的肉色橡皮面具，卻清楚地告訴他，他永遠再也看不到崴喬了。

過去（二）・鬼樓

1

十月十八日（內容為十月十四日發生之事）

一聲短促的尖叫在我身邊響起，緊接著我的右手臂被人牢牢抓住；轉頭一看，芷怡抬頭望著上方，面露驚懼，緊緊盯視著眼前那駭人景象。

「不用怕，」我看了一眼那詭異的人體拼圖，「那應該是假的。」

「是嗎？」

「你仔細看看，有些地方有破損，露出裡面的結構。」

「好像真的是，」芷怡仰頭望著，放鬆了抓著我的力道，「嚇死我了。」

「不知道是用什麼材料做的，但從破掉的地方看來，絕對不會是人的血肉。」

「為什麼這裡會有這種東西？」芷怡看向我，「看起來像裝置藝術。」

「漢平路，我終於想起來了。」

芷怡一臉疑惑地看著我。

「這棟大樓很有名，」我繼續說：「叫做『鬼樓』，是棟公寓大樓。不知道為什麼聚集在這裡的都是一些流浪藝術家。好像是建築所有人將內有房間低價出租吧！我不是很清楚狀況。」

「為什麼被叫做鬼樓呢？」

「看這前面的裝飾就知道了，這些藝術家把整棟大樓搞得像鬼畫符一樣。」

「未免太可怕了。」

「聽說這裡的組成份子愈來愈複雜了，有一些罪犯把這裡當成是藏身之處，也有人說那些藝術家其實不是藝術家，而是在逃嫌犯，只是拿藝術當成一個幌子。總之，這些都是謠傳，重點是沒有人敢靠近這裡。」

「為什麼容許這樣子的處所存在呢？不是很危險嗎？」

「謠言不一定是真的。」

兩人沉默了一陣。

「看來，」我說：「你的書可能是這裡的其中一名藝術家訂的。」

「沒有耶。」

「他有留電話給你嗎？」

「看起來是。」

我躊躇了一下，然後問：「現在你打算怎麼辦？要進去嗎？」

「這裡出過事嗎？」

「這倒是沒聽說過，一切都只是捕風捉影。」

「所以有可能根本沒有什麼了？真的純粹只是住了一群藝術工作者。」

「當然，但也有可能不是。」

芷怡抬頭又看了一眼屍體拼貼，然後說：「如果我說要進去呢？」

「那我就陪你進去。」

「你確定？」

我轉頭看著她，心底升起一股好奇。

「你剛剛不是才嚇得半死？」我說：「怎麼現在又不怕了？」

「剛剛是剛剛，而且剛剛太突然了。現在聽你描述過這棟樓後，我覺得沒有那麼危險。」

她轉過來看著我，又露出她的招牌笑容。

「一般女孩子不可能有勇氣進去探險的，你真的很勇敢。」

「因為我不是一般女孩子，而且我喜歡大冒險！」她一邊往前走，一邊拉住我的右手腕，「走吧！」

「等等，車子還沒上鎖。」

「對喔。」女孩抓著頭笑道。

我走回車邊，關上車門，正要按下遙控器的上鎖鍵時，突然想到一件事。

我走到後車廂前，打開車廂蓋，從裡面取出一把手電筒。

鎖好車子後，我回到芷怡身邊。她打量著我手上的手電筒。

「你真細心，」她說：「我都沒想到。」

「只要我們一走進裡面很快就會想到了，走吧。」

我們兩人來到入口前方，盯視著大門。

建築正面的鐵門緊閉，看得出來生鏽了。我抬頭再度往上一望。本來以為沒有任何光線，但仔細看，可以在某些樓層看到一些光的細絲，應該是光線從緊閉的窗簾中透出。

我往四周看了看，「看來大門行不通。」

「這裡的人是怎麼出入的？」

「白天可能是打開的吧，」我轉頭看向建築物正面的最右邊，「那裡是不是可以通到地下室？」

「好像是。」

我們兩人走了過去。那看起來像是地下停車場的入口，一條車道通往下方，底下有微弱的光線滲出。

我扭開手電筒，白色的光束劃開了眼前的黑暗。我看了一眼芷怡，她用右手比了個OK的手勢。

我帶頭走了下去，女孩很快跟上。

走下車道斜坡，底下的空間給人一種陳腐的感覺，天花板只有一盞燈亮著，每隔一段時間就會閃爍一次；幾輛車子零星排列在不同位置，地上停車格的白線模糊不清。

再繼續往前走之前，我將手電筒光束向周圍掃過一遍。當光轉向右側牆壁時，一陣劇烈聲響射向耳膜，一道黑影急速從地面閃過。芷怡驚呼一聲，瞬間把我的右臂擰得劇痛。

「是老鼠。」我說。

「又嚇到了啦。」她吁了一口氣，兩手仍緊抓著我的左臂。

我的外套有一定厚度，卻仍能感到痛楚，可見芷怡握抓的力道很大。我本想暗示她稍微放輕力道，但沒有說出口。

「你確定要繼續嗎？」我問，「我們得往上走，上面不知道有什麼。」

「當然繼續，只不過是一隻老鼠。」

這個時候才注意到芷怡比我低半個頭，縮在我的肩頭邊，只露出頭的上半部緊盯著前方。

她的話很快地轉移了我的注意力。

「那邊是不是有電梯？」她指著正前方的一個小空間，「剛剛手電筒有照到。」

「過去看看。」

她放鬆了抓握的力道，但右手仍勾著我的左手臂，左手則搭在我的外套袖管上。

我們往前走，繞過了幾輛陳舊的汽車，來到底部，那是一扇電梯門。我用手電筒找到了牆上的電梯鈕，然後按下。

沒有反應。

「聽說大樓的電梯每個月都得維修，」我說：「這電梯看起來好像沒有在運作了。找找樓梯在哪裡吧。」

「一定就在旁邊囉。」

我把手電筒往右側打去，除了灰撲撲的牆壁外，沒有其他東西；再把光線往左側打去，這次看到那裡有一個入口。

「那邊那邊！」女孩低聲叫道。

她把我拉了過去，我們立刻發現一道往上的階梯。

我跟芷怡對看了一眼，她的表情看起來十分興奮，但手臂卻有些微的震顫。

「好像很好玩耶，我們快上去！」

「現在反悔還來得及。」

「出去了才會後悔！」

「好吧，如你所願。」

我率先踩上階梯。

腳步踩得很輕，因為周遭太過於寂靜，我不想弄出太大的聲響；芷怡的腳步更加輕巧，我們兩人宛若是沒有重量的物體，飄浮在地面上。

來到樓梯的最後一階，一樓到了。我往出口走去。

左臂被芷怡拉住，我回頭看向她，「怎麼了？」

「不是在三樓嗎？」

「啊，我忘了。」

「嘿嘿，既然你都往外走了，那我決定出去看看！」

「別浪費時間了，我們直接上去。」

「不要！我現在想看看一樓長什麼樣子，」她扯著我的手臂說：「好奇嘛！」

我順從她。於是我們往樓梯間出口走去，然後打住。

眼前是一片黑，黑得就像是陷在巧克力之中。對於這片未知的空間，得先用手電筒做一番調查。

我將燈光打向前方，首先映入眼簾的是類似大廳的房間；地板上有著幾何圖形的奇異塗鴉。接著，光束往中央移動，出現了一個圓形台座……

芷怡低呼一聲，整個人貼在我身上，再次攫住我的手臂，力道之大幾乎有碎骨之勢！

那驚愕的瞬間沒有思考的餘裕，我瞪視著眼前的景象。

台座之上站著一個人——不，或許該說是有著人形的奇怪生物。它有著一對碩大紅眼，背後展著一對超出身高的大型翅膀，文風不動地挺立在黑暗中。

2

十月十九日（內容為十月十四日發生之事）

雖然眼前的景象很駭人，但我立刻穩住情緒，用手電筒快速上下打量了那個「怪物」。

「不用怕，」我發現自己好像不久前才說過這句話，「這只是另一個作品。」

我也發現整個人被芷怡的手臂給緊緊扣住了。她兩隻手環抱住我，躲在我的身後。

聽到我這句話，芷怡似乎吁了一口氣，我的身體暫時從束縛中逃出。

「藝術品非得這麼嚇人嗎？」這句評論聽起來像是抱怨。

我盯著紅眼怪，然後往前走了幾步，手電筒光線持續照著對方。

「這是天蛾人。」我說。

「天蛾人？」

「嗯，幾年前有一部電影就叫做『天蛾人』，你有看過嗎？」

「沒有，聽起來像恐怖片，我才不感興趣。」

「這是真實事件改編的，六〇年代在美國西維吉尼亞州有人連續目睹這樣的怪物。」

「真的嗎？怎麼可能？」

「這是件超自然懸案，沒有人解開天蛾人的真面目。看來這裡的藝術家有人喜歡天蛾人。」

「真是一群怪人耶。」

「總之，」我把手電筒光束從天蛾人身上移開，轉而掃射周遭，「經歷了屍體裝置藝術以及天蛾人塑像後，我們學到一個教訓：之後不論看到什麼恐怖景象，都不需要驚慌，那全是假的，全是藝術作品。知道這點後，應該比較不怕了吧？」

「我本來就不怕啊！」

「你確定？」

「真的呀！」

「可是你的樣子……」

「我是被嚇到，但不是害怕，這兩者可是有區別的！」她氣鼓鼓地嘟著嘴說。

「好，我知道了。」我也只能苦笑。

光線照到牆壁上，牆上出現了許多畫在上面的眼睛，構成了數以萬計凝視著我們的眼眸，在黑暗中顯得格外陰森。

「他們真的是恐怖派的。」我喃喃說道。

「我們走吧。」芷怡勾住我的手，把我往樓梯間拉去。

不知不覺，我們從原本的並肩行走，轉變成她挽著我的手行進。我看著她略微超前的背影，清楚意識到她不如自己口中所說的那般冷靜、鎮定。這也無可厚非，不要說女孩子了，就連男性是否有膽量在這樣的黑夜中進入「鬼樓」探險都很難說了。與一般女孩做比較，芷怡已經符合她自承的「愛探險」了。

在這樣的空間中，我的思緒突然模糊了起來。眼前有著許多未知，但這未知似乎區分成兩部分，一部分關涉著這棟樓中未知的遭遇，一部分則關涉著她，亦即她本身所帶來的未知。我發現自己開始逐漸地引出關於她的未知，並逐漸將那些未知變成已知。

「地址是在三樓沒錯吧？」到達二樓的出口時，芷怡問。

「對，三樓七室。」

「那我們繼續往上爬囉。」

「二樓不看看嗎？」

「應該……不需要了吧。」她擺擺手。

雖然我們兩個人腳步都踩得很輕，但在這封閉空間之中，不管多麼輕微的聲響都聲若洪鐘。兩人的呼吸聲清晰可辨，此起彼落。

我們很快地看到三樓的樓梯間出入口。

來到外側的走廊，我很訝異地發現走廊上竟然亮著燈。這條走廊往右邊去，很快便會走到底，底部是一扇窗；我走到窗邊，往外望去，發現這側是建築物的後部，外頭一片漆黑，零星有幾點燈光點綴在黑暗中。如果我的記憶沒錯，這個方向應該是花蓮市的西邊，燈光應該是來自山中居住的人家。換句話說，漢平路的終點即是花蓮市的西界，鬼樓則倚著山腳而立。

走廊往左邊而去，出現了一堵牆，牆上掛了一幅畫，看不出來畫的內容想要表達什麼，是一堆線條構成的怪異圖形，就像紛亂的黑色迷陣。這短短的廊道上，兩側牆上有著火炬般的夜燈，但光線十分幽微，我與芷怡的影子就像鬼影般在地上晃動。

我把手電筒關掉，收進左側外套口袋。

「那邊好像沒有路了？」芷怡指著線條畫的方向。

「不知道，過去看看。」

我走了過去，女孩很快跟上。

來到盡頭，我才發現這是一個T字形走廊，兩邊各有路延伸出去。問題是，兩邊的路立刻又碰到牆壁。

我往左邊的路走了一小段，發現這不是一條死路，只是路轉個彎罷了。

我走回線條畫前。「看起來像個迷宮。」我說。

「沒想到裡面有這種東西呢！」芷怡一臉興奮地拉著我的手，一邊往前進，「我們快進去看看！」

「等等！」我把她拉回來，「貿然進去會迷路的！」

「是嗎？」她停下來，歪著頭看著我，「那你快想想辦法啊！」

我站在入口的牆前，思索起來。要是有類似小石子之類的東西可以放在岔路做標記就好了……

芷怡持續凝視著我的頭頂上方，右手抵著下巴思索著，「難道……那個是地圖？」

我轉頭往後看，那幅線條畫就掛在後方。仔細一看，我赫然發現從畫上的線條構成看來，不正是神似小時候常看過的迷宮圖本嗎？

「你說得對，這或許就是這層樓的平面圖。」

線條構成一個長方形，正好就是大樓俯瞰之下的形狀；長方形中陳列著複雜的線條，我們現在正位於長方形長邊的中段處。

「你看，這上面有房間的標號耶！」芷怡指著圖說。

的確，在圖上有幾個小正方形的空間，上頭標示著阿拉伯數字。總共有二十個房間，散佈在不同的位置。我們要去的七室位在靠近長方形左上角處。

「如果不把路徑背起來，」我說：「恐怕會迷路。你有帶紙筆嗎？」

「啊，沒有耶，帶那種東西幹嘛？我又不是作家。」

「跟那個沒關係吧……對了！記在手機裡就行了。」

「咦？也是耶，那我來記！」

芷怡往彎月包中搜尋了一陣，掏出了她那支紅色手機。

沒多久便記錄完畢。

「沒問題囉。」她說。

「好，走吧。」

我們從左邊的路進入。裡頭的構造的確就如同遊樂園裡的迷宮一樣，九彎十八拐。這些當作擋牆的隔板似乎都是木製的，但看起來很像水泥牆。牆上不是掛著奇異的畫作，就是裝設著火炬夜燈，氛圍相當幽微。

按照記錄下的路徑要點，我們很快地出了迷宮，眼前是另一條短廊。盡頭一樣是一扇窗戶，走廊左側有兩扇門，門上分別寫著數字5、18；右側有一扇門，正是我們要找的七號室。

「似乎連房間的排列順序都沒有規則呢。」我說。

「這大概就是藝術的思維吧。」芷怡看著那幾道門扉，「哎呀，這可是我一輩子都不想了解的事呢！」

七室獨立門戶在走廊的這側，我們兩人站在房門前，默默地看著門板。那是一道銀色的門，門上畫了一個橢圓形，一道閃電穿越其中。門邊沒有看見類似門鈴或對講機的裝置，倒是門上有個窺孔。

「直接敲門囉。」芷怡看著我說。

我用右手背叩了叩門。

等了一陣之後，沒有任何回應。正當我打算再次敲門時，門突然緩慢地往裡面打開了。從打開的門縫之中，我隱約看到一道身形站在門後，胸部以上的部分似乎覆蓋著大量的毛髮，遮住了整張臉。

一雙利眼從髮叢的空隙中露出，緊緊凝視著我。

3

十月二十日（內容為十月十四日發生之事）

門又往裡面開了一點，後頭的人稍微探出頭來。

「你們是誰？」對方的聲音十分低沉。

「我拿書來面交。」芷怡回答。她立刻從袋子中抽出那本書，遞給對方。

那個人將門往後完全打開，右手接過書，立刻翻閱了起來。

那是一個男人，一頭濃密的長髮披散著，圈住嘴巴的鬍子流瀉而下，整個人就像包裹在一片叢林之間。他穿著灰色的長褲，灰色的睡衣，踩著一雙灰色的毛絨拖鞋。

「謝謝，」他闔上書本，用銳利的眼神打量著我們，「你們一定很累了，進來坐坐如何？」

「那我們就不客氣囉！」芷怡笑著說：「我們千里迢迢來到這個鬼地方，你也該準備茶點慰勞一下吧！」

鬍子男人愣了一下。我正想說點什麼時，對方先開口了。

「進來吧。」男人閃身一邊，讓出通道。

我還來不及跟芷怡交換一下意見，她就已經一溜煙地跑進去了。雖然這男人看起來很古怪，但感覺似乎沒有危險性，我直覺認為沒有問題。況且，有些疑問想問他。於是，在他的注視下，我也進了房間。

裡頭彌漫著一種說不上來的窒悶感，客廳空間不大，幾張沙發圍著一張圓形矮桌，上頭擺著茶壺及杯子。幾座書櫃排列在右側牆前，裡頭的書高度參差不齊。一盞水晶吊燈從天花板垂下，燈泡閃著黃光。陽台面對著房門，但此刻窗簾緊閉，而房內的燈光又相當昏暗，難怪從建築外頭看不到什麼光線。

我跟芷怡落座後，貌似叢林的男子倒了兩杯水給我們。那只是一般的溫開水，嚐起來有股奇怪的澀味。

「我這裡只有餅乾，」男人不知從哪抓了一個透明塑膠袋，把它放到桌上，「你們隨便用吧。」

芷怡一臉開心地撈起那不知名的褐色餅乾往嘴裡塞。

男人往後陷在沙發中，蹺起腳來，拿起《靈魂圖像》再度翻閱起來，一臉滿足的樣子。客廳左右兩邊還有門扉，大概是通到廚房跟臥房。

啪的一聲，男人闔上書本，將其放到矮桌上，他帶著微笑看了我一眼，說：「真是一本好書。」

我點點頭，表示認同。

「真是抱歉，」男人繼續說：「麻煩你們跑這一趟。這棟樓樓下沒有信箱，而且沒有人會特地下樓拿郵件……所以無法請你們寄送書本。」

「不要緊的，」芷怡嘴裡塞著餅乾說：「你給了值得的報酬。」

男人朗笑一聲，「我倒覺得你賣出這本書是個損失。」

「哦？一點也不，我需要錢。」

「我懂我懂。」男子臉上堆滿笑容。

「這裡的人到底都是什麼身分？為什麼會聚在這裡呢？」我問。

男人雙手交抱在胸前，維持著陷在沙發中、蹺著二郎腿的姿態，悠悠地說：「其實這也不難解釋，如你所見，這裡大部分的人都是藝術家，或者是藝術工作者，如果你覺得藝術家這個詞對我們這種人來說格調太高的話。」

「不，當然不會，你們當然是藝術家。」

男人抱著胸笑了起來，長髮左搖右晃幾乎遮住了他整張臉，「多謝你的恭維……總之，聚在這裡的藝術家都是屬於同一種派別，應該說，因為理念相同，所以聚在一起。」

「什麼派別？」芷怡問。

男人介紹了幾年前透過網路交流興起的小眾藝術派——修羅派，其主要想法是抱持一種惡魔世界觀，他們認為人性是醜陋的，世界是黑暗的，所謂的藝術作品，應該要極盡所能地用各種方式來表達這種人類潛在的魔性。這種派別具有很強的實踐特色，於是這群人找到了這棟廢棄大樓，並做了許多裝飾與修改，營造出一個修羅的世界。

之後，男人又自顧自地聊了一些修羅派的創作，當他注意到我些許不耐煩的臉色時，便說：「如果你們覺得太晚了，也差不多該回去了。」

「還好你有提醒我，」芷怡說：「差點忘了等一下還要吃法式料理。」

「謝謝你的招待，」我站起身說：「我們先走了。」

男人送我們到房門口。

「對了，」臨走之前，我又想到一個問題，「請問這層樓的迷宮設計有什麼用意呢？」

男人兩手抱胸，靠在門邊回答道：「迷宮的本質是黑暗，所以當然也是修羅的一環。」

「我懂了。」

「對了，這層樓的另一頭有我們的藝術展覽室，如果你們不趕時間的話，可以過去看看。我們把成品都擺放在那裡。我想你們以後應該也不會來了，乘這個機會看一下修羅藝術的精髓，應該也是難能可貴的機會吧。展覽室不對外開放，為了報答，我特准你們進入。當然，要不要去隨你們。」

「好像很有趣耶，」芷怡說：「我們去看看好了！」

「老實說，我肚子餓了。」我摸著肚皮。

「誰叫你剛剛不吃餅乾！」

鬍子男人說：「你們到那邊後，電燈開關標示在牆壁上，應該不會太難找。記住不要隨便亂觸摸作品。祝你們有個愉快的夜晚。」男人再度露出毛茸茸的微笑，那個微笑拉得很長。

不知道為什麼，我總覺得他最後的微笑意味深長。

房門關上後，我跟芷怡往來時之路而去。

回到迷宮之中，我們拐過了幾個彎，進入一條通道，通道盡頭隱約可以看見一扇門，門上畫著一個面具圖樣，是一個白色假面。

「看起來是這個房間。」我走到門前。

芷怡伸手去觸摸門板。「好像打不開。」

「沒有門把嗎？」

「沒有。」

我往後推了推門，文風不動。

「難道是要往左右兩邊推？」芷怡說。

我照她的話做，但沒有用。「奇怪了。」我試著從其他角度去推門。

就在一陣徒勞無功後，芷怡突然說：「等等。」

我停下推門的手，疑惑地看著她。「怎麼了？」

「那個面具的眼睛……是不是有按鈕？」

我順著她的視線看去，白色假面兩個空洞的雙眼似乎有浮凸。我的手指觸摸上去，在右眼上摸索，試著按下。

果然是個按鈕。

按下之後，聽見一聲彈響，感覺上像是某種鎖解開的樣子。

我試著再推了推門，門往後開啟。

「太好了。」芷怡說。

「你真是聰明的女孩。」

「沒有啦，只是剛好看到。」她摸了摸頭，不好意思地笑了笑。但下一秒鐘立刻拉住我的手，興奮地叫道，「我們趕快進去吧！」

無可奈何地，我就這樣被芷怡拖入了那個黑暗的未知空間。

4

十月二十一日（內容為十月十四日發生之事）

裡頭似乎是個寬廣的空間，但一片漆黑，空氣中有一種顏料的氣息。

「我記得他說燈在牆邊。」我說。

「我用手機的燈幫你照。」我正打算掏出手電筒時，芷怡這麼說道。

我走進裡頭，右手探到牆邊，但什麼都沒摸到。

一小簇光線亮了起來，芷怡手中握著手機，將光線打到牆上。

「是這排東西嗎？」她說。

牆上出現一個凹槽，裡頭排列著一些按鈕。我還在思考是哪一個按鈕時，芷怡已經先伸手去觸碰最右邊的按鈕。

只聽到一聲彈響，但什麼事都沒發生。

「奇怪。」她試了第二個鈕。

一瞬間，黃色的燈光從頭頂上射下來，我這才看清周遭的空間。進門處左側有一條通道，通道兩邊牆上掛著許多幅畫作；地上鋪著米色的地毯，天花板上每隔一段距離便有一盞燈。

「那邊也有路呢。」芷怡指著我的背後。

我轉身望去，那是另一條通道，兩邊牆上一樣掛著畫。

「從哪邊進入都可以吧，」我說：「這是一個環狀通道。你想從哪邊進去呢？」

「都可以啊。」

「我也都可以。」

「那投銅板決定好了。」才一眨眼的工夫，一枚十元硬幣已經出現在她的手上。

「不用那麼麻煩吧，走這邊好了。」我指了指左手邊的路，我總覺得那裡看起來比較像是入口。

「正面左邊，反面右邊！」芷怡根本沒理會我，自顧自地把銅板往空中拋，然後一把抓住，「你猜是哪一邊啊？」她笑嘻嘻地看著我。

「……右邊。」我嘆了口氣。

「不對！是左邊！」她連手都沒打開，就把我拉向左邊的通道。

「我根本沒看到是正面還是反面啊！」她拉得我差點摔倒。

「你不是說要走左邊嗎？那就走左邊呀！你看這畫好漂亮喔！」

通道兩邊的展示品不是只有繪畫，也有雕塑品，或者是用其他材料做成的創作。這些作品的風格不脫方才叢林男子所說的惡魔風格，都是一些企圖展示陰暗、負面印象、邪惡、殘酷以及淒涼的藝術品，但展現的方式卻又十分有技巧，令人覺得就算對於作品沒有好感，卻仍能驚嘆於那高超的創作技藝。

在雕塑品之中，有不少各式各樣的怪獸，而它們身上可見到各種不同的藝術表現方式。其中一只木乃伊的雕塑品，作者直接在一個人形雕塑上纏繞白色繩索，而不是讓繩索成為雕塑材料的一部分，這種做法讓作品本身更顯得栩栩如生。

我們繼續往前走，兩側陸陸續續又出現了許多畫。這裡的畫看起來更為怪異，但似乎又有一種說不上來的一致性。

左側掛著一幅鬼面具的畫，背景全黑，鬼面呈現紅色，頭上長著兩隻角。讓我感到不安的是，這個面具看起來甚為古怪，卻一時無法察覺其古怪之處。

當我再定睛仔細一看時，才發現鬼面之上畫著另外一張人臉，這是一幅雙重相。

另外吸引我目光的是另一幅背景同樣全黑的畫。黑色的潮水，一艘船漂流其上，船身的一半化為蛆蟲，無數蟲身朝外搖晃蜷曲著。

類似雙重相的畫佈滿了這段走廊。我被吸引住，多駐足了一陣。

「咦，這邊有觀景窗耶！」芷怡站在前頭的拐角處，指著我看不到的另一側。

我走了過去。走廊盡頭往左轉後，取代牆壁的是一大片的窗戶。大約從腹部高度算起，以上的牆壁都是窗玻璃。窗旁有一張桌子，兩張椅子面對面靠在桌邊，看起來像休憩區。

我們兩人走到窗前，往外望去。外頭黑壓壓的一片，巨大的黑影盤據在夜空下，沉默無語。

「要坐一下嗎？」我問。這裡看起來景致不錯，況且，我覺得腳有點痠。

「好啊！這裡感覺真不錯！」芷怡一臉興致勃勃。

我們兩人面對面坐了下來。正當我望向窗外時，意識到芷怡的視線鎖著我。她兩手肘撐在桌上，兩手背支著面頰，瞇著眼睛用她那壓抑的笑容看著我。

我感到有點不自在，原想別開眼神不理她，但還是忍不住問了一句：「怎麼了？幹嘛一直盯著我看？」

「我在想，等等你要帶我去什麼有氣氛的餐廳吃飯呢？」

「不是說要吃法式料理嗎？」

「你還沒想好餐廳啊！」

「這就傷腦筋了。」

「對了！火鍋也行啊！」她兩手拍在一起，「冬天吃火鍋最好了！」

「我都可以啦，不過……」

「嗯？」

「我沒有很愛吃火鍋。」

「真的嗎？」她睜大眼睛，「怎麼可能？」

「真的。有什麼好錯愕的？」

「我以為大家都愛吃火鍋，尤其天氣這麼冷。」

「也是有人不喜歡的吧。」

「為什麼啊？你還真奇怪耶！」

「不過你要吃火鍋的話，我會請你的。」

「可惜這裡不是餐廳啊，這裡很像景觀餐廳，只是氣氛又跟餐廳不一樣。」

「妖異的氣氛吧。」

「總之，我很期待等一下的晚餐！」

話談到這裡，我很慶幸她放棄昂貴的法式料理。

「肚子挺餓，」我別開了視線，「我們早點去吃如何？」

「好啊好啊！」

可能太開心忘我的緣故，她這次沒有露出壓抑的笑容，我這才注意到她的上排牙齒嚴重齒列不整。原來壓抑笑容的緣由是如此。

「走吧。」我站起身。

「喂，別走那麼快啊！」

我朝通道走去，芷怡很快追了上來。

通道兩旁照樣掛著畫作，前頭的轉角拐彎後，似乎就會回到展覽館門口。我跟芷怡並肩走著，她在我耳邊聒噪不休著剛剛的問題。

我突然停下腳步。

「啊，怎麼了？」她也停下腳步。

我轉頭，看著她身後。

「那幅畫……看起來還不錯呢。」

在她身後的那幅畫，隱隱約約在我視界邊緣形成影像。那是一名裸體女人的背影——右半身的背影，左半身以及頭部都被白色的牆遮擋住了。她的右手藏在身後，手臂貼在臀部上，手中提著一雙紅色的高跟鞋，鮮豔的紅，就像要從畫中流出……

「哦？」芷怡轉身過去看。

我走到畫前，更仔細地審視那幅畫。

「什麼嘛！」芷怡轉過身來瞪著我，「原來你喜歡這種的！這種動作我也會啊！」

「你要幹嘛？」

她突然彎身下去。當她再度直起身來時，兩只長靴已經提在她的右手上。她雖然不高，腿卻也顯得細長，肌膚在繃緊的絲襪中若隱若現，隱約可見的黑色腳趾甲透散著光澤。她看我的表情突然整個變了，戲謔的神情消失無蹤，笑容也不見蹤影。她側著頭，斜睨著我，微微噘起嘴唇，那表情看起來好像在生著我的氣，好像在指責著我，但那指責卻不是凌厲、憤怒的，而是甜蜜的。

她把長靴扔到地上，緩緩走了過來。她的黑眼圈就像兩個深淵，蝌蚪狀的眼睛在深淵裡擺動，形成目眩的漩渦；這漩渦，捲起了她一身黑。

我還來不及開口，她已經迅速來到我的身前，兩手圈住我的後頸，那始終壓抑的嘴唇終於在我的唇上釋放了。

現在（二）・疑惑

1

沒過多少時間，便來到了我的住處——三層樓的建築。這一帶是住宅區，入夜之後便是一片死寂。

「你沒換住的地方啊！」

「換過，但又搬回來了。」

我讓女孩先下車後，便把機車停在裡頭的小庭院。我掏出鑰匙，打開大門，讓女孩先行進入。

這棟樓房是男女混住，大部分是住學生，也有少數社會人士。但我跟這些房客幾乎是完全不熟，有些甚至平時見面也不會點頭。

我的房間在三樓，我上了階梯，經過二樓，房間中傳出嘈雜的音樂聲。三樓有三間房，我走到最裡側的房門前，用鑰匙打開房門。

「還是一樣的房間呢！」女孩在我身後用雀躍的語氣說道。

我轉過頭去，將食指放在唇上，「噓！小聲一點。」

「幹嘛，怕別人知道啊？」她沒有放低音量。

我嘆了口氣，轉身打開房門、電燈，示意她先進去。女孩輕巧地脫了鞋，蹦蹦跳跳地進入了房間，並把背包扔在一旁。我把女孩的鞋子拿到房間裡放，然後才脫了自己的鞋，進房。

「怕別人看見啊！」她用生氣的語調說：「這麼不大方！」

「如果我們兩個人的鞋子都擺外面，這樣感覺很奇怪。」

「我不管啦！你給我擺出去！」

「別鬧了——」

她衝上前來，從地板提起自己的鞋子，我擋在門邊，不讓她出去。

兩人的眼神對峙著。

「我已經願意聽你講了，也願意帶你回來，」我說：「這點小要求就妥協一下吧，也許明天我就會把鞋子放出去了。」

她的眼神像要刺穿我一樣，盯視了半晌，才把鞋子放下，轉頭哼了一聲。

「哇，好久沒睡這床了！」

女孩轉身一看到床鋪，便整個人向前趴倒在上面，就像累癱的野狗突然找到舒適的被窩一樣，並且還朝被褥磨蹭起來。

「你好歹也換一下室內拖鞋吧！這裡有多一雙。」

「不要！不想穿！」

我莫可奈何地看著她，搖了搖頭，然後轉身脫下外套，並把皮夾跟手機放在書桌上。接著，我進到浴室洗了洗手。

走出浴室後，女孩一動也不動地趴在床上，我疑惑地走近一看。她似乎睡著了，身子微微起伏著。

看來她真的很累。

因為不知道她會睡到何時，我決定先洗澡。從衣櫃拿了衣物後，我把日光燈切掉，只留下小夜燈，然後又走回浴室。

溫熱的水驅走了凍寒，站在蓮蓬頭底下，疲憊的身軀獲得了放鬆與舒緩。

當我再度打開浴室門時，女孩已經坐在床上，用外套袖口擦著唇角的口水，一臉睡眼惺忪的樣子。

「睡飽了嗎？」我問。

「還好。」她的眼睛還沒打開。

「你要洗澡嗎？我洗好了。」

「不要，好冷。」她拉緊了身上的外套。

「那我差不多要睡了。」

「喔，那我也繼續睡好了。」說完，她又往床上癱倒，這次鑽進被窩中。

「你可以把外套脫掉再睡嗎？棉被會髒掉。」

「你很囉唆耶！」

她坐了起來，瞪了我一眼，心不甘情不願地脫下那件紫色羽絨外套，然後把它扔到床下。

她很快又縮回棉被裡。

「你這樣我要睡哪裡啊？」我站在床邊問。

「來跟我一起睡啊，」她的頭探出來，「這不是雙人床嗎？」

「可是你佔在中間，我沒得躺。」

「抱著我睡啊！」她又露出那標準的芷怡笑臉。

我本來考慮睡地板，但天氣實在太冷，所以瞬間放棄了這個念頭。

「快過來嘛！」她把棉被掀開，笑瞇瞇地看著我。突然，她的眼神變得很迷離，笑容也更為曲折，「我們好久、好久沒做了……」

「夠了！」我叫道。我被自己的音量給嚇到。

女孩收起笑容，面無表情。

我把書桌邊的旋轉椅拉過來，坐下，面對著她；她一臉死氣沉沉地回望著我，嘴唇曲成ㄇ字形。

「你不是說要測試記憶嗎？」我說：「我們現在就來做。」

「你為什麼就是不相信我呢？我明明就是芷怡，沒有人比我更清楚了！」

「就是因為只有你自己清楚，所以你才得想辦法說服別人。唯一的辦法就是測試你的記憶。」

「要問你就問吧！」她在床上盤腿坐起來，眼神尖銳地盯著我。

我思索了一下，「那就從頭問起。」

「儘管問啊！」

我在腦中把記憶拉到與芷怡相遇的那天，然後組織了一下問題。

「你第一次見到我是在什麼場合？」

「你的演講。但我第一次跟你交談是在演講後兩天。」

回答得很精準，我暗忖。

「我的演講內容是什麼？」

「早就忘得差不多了啦！我不相信你自己背得出來！我只記得講題是關於文學的樂趣之類的，我聽了五分鐘就睡著啦！你又不是不知道我不愛看書，也不愛聽演講之類的，我討厭這些東西。」

「我不否認芷怡的確是這種個性……好吧，既然你討厭這種學術演講，那你幹嘛要去聽呢？」

「這以前我也告訴過你了啊！我只是突然經過，發現有演講，看到講台上的你看起來很可愛，想說就進去看看嘛！」

「那我們第一次說話是在什麼地點？」

「太平洋大學的涼亭。我在那裡喝酒，你帶了晚餐來吃。」

「你那時對我說了什麼話？」

「我說你喜歡我，你死不承認，我還不小心把瓶子摔破了，」她突然連珠炮說起來，「我撲上去抱你，趁那時把你外套內的手機跟我自己的交換……後來你開車載我回去，我還在車上偷親你呢！呵呵！」

「……」

「然後我就用你的手機打到我的手機，要你再回來陪我。那個晚上你就抱著我睡，睡到一半你還偷親我！你真的好色喔！哈哈哈！」女孩坐在床上笑得東倒西歪，笑到岔氣，她上氣不接下氣地說：「要我說得更詳細嗎？」

我沉默了一陣，然後問：「你那天在涼亭喝的酒的全名是什麼？」

女孩收起了笑容，沒有立刻回答，而是盯視著我。「你很卑鄙唷！你根本不知道這個問題的答案！」

「不要管我知不知道，你回答就是了。」

她冷冷看了我一陣，然後說：「我記不清了，我根本沒有在注意酒的名字，隨便抓了一瓶就買了，大概是卡蜜拉紅酒吧。」

我的確不知道她喝什麼酒，原本只是想看看她對這個問題的反應。但她的說法也令我無法反駁。

「你那個時候住的地方，」我問，「你是住在第幾樓？」

「二樓。有三間房間，中間那間。」

「你睡的是單人床還是雙人床？」

「單人床。」

「我隔天早上離去時對你說了什麼？」

「你說你下午還要上課，要先走了。我要你幫我買早餐，卻被你拒絕，」她瞪了我一眼，「後來我晚上打電話給你，你說你沒有要跟我交往的打算，我憤怒地掛斷電話。然後，我們就好幾天沒有聯絡。」

「我們後來在哪裡又遇見？」

「一家書店，我不小心跟你相撞。但事實上，我是看見你走進書店，才立刻跟在你後面進去，想要製造跟你巧遇的假象，但沒想到還真的不小心跟你撞在一起。」

「你那個時候要我幫什麼忙？」

「我網拍要面交一本書，我不知道地址，要你帶路。」

「書名是什麼？」

「《靈魂圖像》。」

「面交地址是哪裡？」

「漢平路的鬼樓。」

接下來，我仔細問了許多細節。包括我們在車上的對話、互動，還有到達鬼樓之後發生的種種事件。無論我問得多細，女孩都回答得毫無猶豫。鬼樓外的屍體裝置藝術、停車場的老鼠、一樓的天蛾人、三樓的迷宮陣還有鬍子男人等等，她都記得一清二楚。我特意問了許多細節，諸如鬍子男人房間裡的擺設、天蛾人塑像的樣貌等等，這些她都應答如流。

「你問這些都是白費力氣，」女孩帶著笑意說：「我親身經歷過的事情怎麼會忘記呢？」

「先不要這麼快下結論，我接下來要問展覽館內的事。」

「喔，你問吧。」

我又問了許多關於展覽館內的細節問題，包括各式各樣我們參觀過的藝術品、館內建築樣式等等，還有鬍子男人提過的修羅派內涵。這些她全都記得。

「有一件事是我最無法忘記的呢！」她一臉得意洋洋地看著我，「不需要你問，我自己就可以先告訴你，那就是……」

「我模仿了一幅畫裡面的動作，然後親吻你！」

「是什麼？」我可以感覺得到她故意在吊我胃口。

「……那請你說說細節。」

女孩似乎已經迫不及待要告訴我。而我對於她所述說的內容，沒有發現任何破綻。

「好吧，」我說：「接下來我們在展覽館內遇到了困境，請你……」

連接下來我們怎麼逃出展覽館的驚險細節，女孩也一字不漏地敘述出來。

「如果不是身歷其境，怎麼可能說得這麼生動呢？」她反問我。

「等等……還沒結束。」

我又繼續問了之後相處的經過，包括我們到天祥的遊歷、面具跟蹤狂事件等等，她也都能一一回答。

我的問題不只涉及了事件的過程、重點，還包括與她對談的言語、肢體互動、情感變化等等，女孩的回答看不出斧鑿之痕。

當測試告一段落時，時間已經逼近凌晨兩點了，我感到口乾舌燥。

「怎麼樣？」女孩笑嘻嘻地說：「還要繼續問嗎？」

「……差不多夠了。」

「你相信我了嗎？」

「我想，我們該睡了。」

「太好了，你終於想睡了，」她下了床，笑著握住我的手，把我拉向溫暖的被褥中。「來吧。」

我沒有移動身子。

「來嘛！」她又扯了一下我的手。

在夜燈下，她的輪廓顯得沒有那麼清晰。一旦沒有意識到她的外貌，芷怡的影像就立刻爬上我的心頭。

不是似曾相識，而是從來就不陌生。

眼前這個女孩，散發著這樣的氛圍。

「你難道真的要睡地板嗎？」標準的芷怡笑臉再度出現。

我凝視著那張臉半晌，然後重重地吁了一口氣。

「睡地板我會冷死，我當然要睡床上。」我從椅子上站起來。

「早就該這樣嘛！」

就在我轉過身將椅子往書桌靠攏時，女孩突然從背後緊緊抱住我。

從背後摟抱……

但我沒有時間多做反芻。她往後用力一拉，我重心不穩，整個人跟著她一起摔跌在床上，跟她柔軟的身體碰撞在一起。

女孩輕笑一聲，手臂一揮，厚重的棉被瞬間蓋在我倆的身軀上。

2

那是一種很奇妙的感覺，彷彿時光倒流，回到了當初那個夜晚，我與芷怡的第一個夜晚。在黑暗中，我閉上了雙眼。女孩擁抱著我的感覺，彷彿是過往的一瞬間。她沒有撲上來親吻我，她只是摟著我，很快地入睡了。她的氣息，她所散發出來的氛圍，是那麼地熟悉。現在與過去重疊在一起，讓我迷惑了。今晚的感受，活脫就是過去那晚的感受。

一切猶如重新開始。

女孩一定很累。她睡得很沉，還小聲地打起呼來。在我的印象中，芷怡睡覺是不打呼的。所以，還是交換了身體的關係了？

交換身體……

雖然感到很疲倦，但我卻無法入睡。今天的遭遇就彷彿當初與芷怡邂逅般不可思議，我嘗試整理思緒，卻屢屢失敗。

此時此刻，一閉上雙眼，去感受身邊的那名女孩，我問自己：她的靈魂是否是芷怡？

是的。內心深處某個聲音這麼答道。

這名女孩的記憶還有性格完全跟芷怡相符，找不出任何破綻；如果閉著眼睛跟她相處，撇開聲音不談，活脫就是芷怡。

矛盾的是，她的身體不是芷怡的身體，壓根兒都不可能是。

這真的可能嗎？

她到底是不是芷怡？

由於這一切發生得太突然了，我一時之間竟然無法冷靜思考。我深吸了一口氣，重新啟動思緒。

關於這件事，只有兩種可能。第一，這名女孩說謊；第二，她說實話。

如果她說的是實話，那她就是真的接受了換腦手術。雖然換腦手術看似天方夜譚，但我卻也無法完全反駁女孩稍早所持的論點；亦即，換腦手術看似不可能，但卻仍有發生的可能性。只是這個可能性實在太低了，令人幾乎無法接受。

億萬分之一的機率仍然不是不可能。

可能性比較高的假設是，這名女孩從頭到尾都在說謊。但這個假設卻亦有問題。

首先是記憶的問題。要怎麼解釋她擁有芷怡的記憶呢？

唯一的解釋是芷怡將與我之間的所有回憶都記錄下來，然後交給這名女孩記憶。但深究下去實在令人覺得不可思議。這一長串的記憶十分瑣碎，除非有過目不忘的本領，否則要能達到像剛剛她應答如流、自然不做作的狀態，實在不可能。此外，女孩的回答中，牽涉到我的言語表情、反應動作等細節皆十分清晰，簡直就是她親眼所見。我實在很難想像僅只透過第三者轉述這些事情，她能描述得如此明確。

況且，芷怡得要隨時記錄與我的所有談話，要做到這點，除非她身上有錄音筆。這實在荒謬可笑，她不可能與我在一起的每分每秒都帶著錄音設備。我也從來沒發現那種東西。

再來是更重要的部分，就是那種似曾相識的感覺。

那是一種用言語難以形容的熟悉感，很像加強版的既視感。這名女孩的言行舉止、性格氛圍，彷彿我就在昨日見過。

我見過這個人，但是我沒見過她。

那種矛盾情結之強烈，幾乎說服了我相信有換腦手術；那種感應之強烈，在她還沒開口說話之前我就已經感知到！

「但是，言行舉止，難道不能模仿？」

「有人可以模仿得這麼像嗎？你捫心自問。」

那是靈魂的神韻，靈魂可以被模仿嗎？

我發現此階段我所獲致的結論竟正如女孩稍早所言，接受她說的是實話比接受她說的是謊話要來得合理！

我的腦袋再次陷入混亂，心靈混沌翻攪，試著要找出一條出路！

如果她說謊，那她跟芷怡一定有聯絡。她的手機裡會不會有芷怡的電話？

如果能查清楚這點，或許會有進展。我決定立刻確認。

我輕身挪移。因為女孩已經睡沉，所以摟抱我的雙手鬆軟無力。我用相當緩慢的速度往床邊移動，她的手臂在我的衣服上輕輕拂過。

我的腳採上地板，踩穩之後直起身子；女孩的雙手落在我躺過之處，她依然睡得沉，沒有被驚醒。

我走向門邊，女孩的背包就扔在那裡。蹲身下來要檢視背包時，我才想到手機也有可能放在她的外套口袋內。但我決定先檢查背包，如果沒有的話，再去搜外套。

輕輕拉開背包的外袋拉鍊，伸手探入，摸索了一陣後，立刻摸到了一個堅硬物體。沒有錯，是手機。

我將手機取出，隨便按了個按鍵，螢幕亮起。我把解鎖鍵打開，進入通訊錄的頁面。

我突然想到，萬一這名女孩在通訊錄中不是用「芷怡」這個名字代表芷怡的話，就不可能找到了。

先找找看，也許會有可疑的線索。

我翻找了通訊錄。

令我愕然的是，通訊錄中竟然只有我的號碼。

我搜尋著記憶，從前芷怡的手機也是如此嗎？我突然發現，我好像從來沒有進入她的通訊錄頁面查看過……

這條線索斷了。

我把女孩的手機放回去，然後走回床邊。她仍呼呼睡著。

黑暗之中，無法很清楚地看清她的臉龐，但她的氣息彌漫在房間中。

我又凝視著她半晌，忽然想到一件事。

她頭上的手術痕跡是真的嗎？

早先在咖啡廳時不方便當眾檢查，現在有機會了。

如果她說謊的話，那道痕跡就很有可能是假造的。

當然，如果痕跡是真的，也不能證明她真的動過換腦手術。也許她動過其他腦部相關手術。

不管怎麼樣，只要痕跡是假的，那就代表她說謊。

我緩緩走近床邊，低頭俯視熟睡的女孩。

她側躺著，口水從唇邊流出，臉上露出安詳的表情。

我伸出右手，放在她的頭髮上，然後用手掌將髮叢往旁梳開。那道疤痕映入眼簾。

由於光線太暗了，我無法看清疤痕的細節。

我轉身扭亮了書桌上的桌燈，瞬間房內沐浴在柔和的昏黃燈光與銳利的白光之中。

我屈身向前，右手再度翻開女孩的髮叢。不得不承認，乍看之下，那縫線看起來相當真實，真實到讓人覺得根本不需要檢查。若要辨別是不是假的，只能用手指甲去檢測，看能不能把它摳下來。

我伸出右手食指，指甲抵住那條縫線，正要用力往下之際……

「哇！」

女孩一聲尖叫，迅速將我的手撥開，我向後退了一步。

她迅速在床上坐起，右手按著頭，一臉驚魂甫定的樣子。「你在做什麼？」

「沒、沒什麼。」

她瞪著我，「你要嚇死我啊！一副陰森銳利的臉，到底在搞什麼？」

「……我只是想看看你的手術疤痕。」

一開始她似乎沒有意會過來我話語的意涵，但她隨即睜大雙眼，高聲叫道：「我知道了！你還在懷疑！你以為我在作假嗎？」

「你就當作我是在關心你吧，我想看看你傷口復元得怎麼樣。」

「你少說得那麼好聽！你根本是別有居心！」

「看看也不行嗎？如果你沒說謊的話，何必害怕我看呢？」

女孩怒目而視，「你這樣讓人感覺很差耶！」

「你愈不讓我看，我就會愈懷疑你。」

「我不是不讓你看，而是你的態度讓人覺得很討厭！」

「所以到底讓不讓我看？」

「我讓你看，但你明天要買東西送我。」

「什麼？」

「我想買一雙靴子，雪靴！」她臉上的怒容突然消失了，取而代之的是她的招牌微笑。

我沉住氣。「好，我買給你，但你現在就讓我看。」

「你說的喔，一言為定。」

「當然。」

「來啊，看就看。」

「那你坐過來一點。」

「不要，要看自己過來。」

我按開日光燈，室內頓時大放光明，女孩用手遮著雙眼，大叫：「幹嘛突然開燈啊！」

「我得看個清楚啊。」我感到眼睛一陣刺痛。

「唉……隨便你啦。」

瞇著眼睛爬上床，我跪坐在她身旁，她一副不動如山的樣子，斜睨著我。我沒搭理她的視線，伸出手撥開她的頭髮。

突然，她迅速伸出雙臂抱住我的身子，兩隻手像螃蟹一樣鉗住我的身軀。

「你幹什麼？」她的緊抱讓我沒有辦法專心做事。
「嘻嘻！好久沒抱你了！說，你想不想念我的擁抱？」
「你剛剛睡覺時不是一直抱著嗎？你先放開吧。」
「你回答我才放開！」
我決定不理她，繼續做我的檢查。
在刺眼的燈光之下，我撥開她的頭髮，那一圈肉色的縫線痕跡就在那裡，隱藏在頭髮底下。我伸手去觸摸，然後再次用指甲推擠。
「啊啊啊！好痛喔！」
她一把將我推開，我差點跌下床，幸而後腳先著地穩住身子。她右手按著頭，惡狠狠地瞪著我。
「你不會小力一點啊！很痛很痛耶！」
「我只是想檢查那疤是不是真的。」
「還假的勒！你沒看我痛成這樣！」
我沒說話。那疤痕看起來很逼真，觸摸的感覺也很真實，但我不是醫生，實在無法分辨其真假。如果是真的，我總不能把它弄到出血才確認吧？
「我可以做個簡單的請求嗎？」我思考了一下，然後說道。
「嗄？什麼？」她輕輕揉著頭。
「明天跟我去醫院，請醫生證明你頭上的手術痕跡是真的。」
女孩瞪大了雙眼，「你說什麼？去醫院？你有沒有搞錯啊！」
「只是做個證明……」

「不行！絕對不行！」

「為什麼不行？難道做個驗證也不行？」

「你到底有沒有想清楚啊？」她拉高了語調，「要是讓醫生知道了真的有人進行了換腦手術，那就麻煩了！」

「麻煩？」

「會引起大騷動啊！我會被當成調查對象，我會上電視、會上新聞，搞不好還會被科學家抓去研究……我的生活會毀掉！搞不好連你都會被牽扯進來！我才不要那樣！我已經開始習慣這個身體了，我不要暴露在眾人異樣的目光下！你想想，這件事曝光後別人會怎麼看我？」她聲嘶力竭起來。

「這……」我的確沒想過這些後果！

「我還要我的人生，我可不要冒險！難道你都不替我設想的嗎？你只是自私地要做你的驗證！你從頭到尾都在懷疑我！你這算哪門子的男朋友啊！」說完，她竟然哭了起來。

女孩曲起膝來，雙手抱在膝邊，整張臉埋在大腿中，大聲地哭號，就像摔倒的幼稚園小朋友一樣。

那一陣又一陣的哭聲震動著我的心扉，撼動著我的身子。在過往，好像也曾經有過這麼一幅畫面。

那哭泣的樣子像極了芷怡呀。

哭聲不知道持續了多久，我終於挪動僵硬的身軀。

我繞過床邊，在床沿坐下，傾身耳語。

「別哭了，先睡覺好嗎？明天，我們去吃法式料理，吃完之後去買雪靴。」

3

隔天我們睡到日上三竿才起來。我今天不用上班，因此可以悠閒地過。女孩洗過澡後，我便帶她出門。首先去買了一頂新的安全帽給她，接著前往市區僅有的一間法式料理，用了一頓美味的午餐。然後我又帶她到服飾店挑了一雙雪靴。那是一雙沙色的中筒靴，有著真羊皮的反絨鞋面，還有橡膠防滑鞋底，女孩將靴子捧在胸前，笑得合不攏嘴。

我的鈔票大失血，但卻有一種不得不花的感覺。

「對了，要不要趁今天去處理一下你那租期快到的房間？」

回到停機車的地方時，我這麼問她。

「喔喔！差點忘了，不過，沒有那麼急吧！」她笑著說。

「不是剩沒幾天了嗎？」

「最後一天再去處理就好啦！反正只是把東西搬回來嘛！」

「……你不繼續租嗎？」

「幹嘛租？我住你那邊就好啦！」

我拿安全帽的手停頓了一下，「你要這樣……一直住下去？」

「咦？當然啦！有什麼不對嗎？」

「噢，我以為你只是暫住。」

「暫住？」她兩眼瞪得大大的，「什麼暫住？我們當然是住在一起啊！」

我沉默不語。

「怎啦？你難道不讓我住？」

「不是，只是……」

「只是怎樣？」

「不，沒什麼。」我把安全帽遞給她。

「我好想看電影喔！我們去電影院好不好？」她把安全帽戴上。

「可以啊。」我心不在焉地說。

*

那是一部西洋的恐怖電影，在黑暗的空間中，女孩緊緊握著我的手，整個身子靠在我身上。她不時隨著劇情的起伏發出驚呼聲。

我發現自己的心情又開懷起來，因為芷怡就坐在我的身旁。

但當電影散場後，燈光亮起時，我一看到女孩的臉，芷怡又消失了。

「你怎麼啦？不好看嗎？」她一臉疑惑地問我。

「還可以。」

「我們去吃晚餐吧！」她興匆匆地拉著我的手往出口走去。

我默默地跟著她。

*

離開電影院後，我們找了間小吃店用遲來的晚餐，然後便回到住所。經過一天的活動，兩個人都很疲倦，各自洗完澡後，女孩便鑽上床睡覺。我則是用了一陣電腦，感到眼睛痠疲後才上床。

隔天，我們一樣睡到午後。起床後，我出門買了兩個便當回來，匆匆吃過，便準備出門。

「你就先留在房間裡吧，我下午要上班，晚上八點半才回來。如果你肚子餓了，自己先去買晚餐。我大門跟房間鑰匙剛好有兩副，一副給你。」我把鑰匙遞給她。

「不要，人家要等你回來一起吃。」

「好吧，但如果很餓，先去吃也無所謂。總之鑰匙先拿去吧。」

「等等啦。」就在我走到房門外，準備將門關起的一瞬間，她叫住我。

「怎麼了？」我把門再打開來。

「親親我。」她睜著大眼，凝望著我，微笑著。

我猶豫了一下。然後傾身向前，在她臉上輕啄。

「不是啦，親我的嘴。」

「啊……」

「你還是不肯！」她的眉頭鎖了起來，「算了，你走吧。」

我還沒來得及開口，她已經將門甩上。

我嘆了口氣，下了樓。

走在街道上，今日的陽光和煦，緩和了冬季的冷風。我步行到補習班大樓，走了進去。

正在等電梯的當兒，外套中的手機傳來清脆聲響，有簡訊。

我拿出手機觀看，是女孩傳來的。

從今天起，只愛我一個人。

電梯門開了，我一邊把手機放回口袋，一邊走入電梯內。

＊

「回來啦！」

才一打開房門，女孩就站在門後，滿臉笑容。

「我買晚餐回來了。」我出示手上的塑膠袋。

「哇！好棒喔！快進來！你買什麼？」女孩把房門往內開到最底。

「一家很好吃的炒麵，不曉得你喜不喜歡。」我走進房內。

「當然喜歡啦！肚子好餓。」

我在書桌上鋪了些報紙，然後把兩個便當盒依序放在桌上。打開盒蓋，熱騰騰的蒸氣撲面而至。

「牛肉炒麵跟羊肉炒麵，看你要吃哪一種。」

「好香喔！我要吃牛肉炒麵！」她欣喜地坐到桌前，拿起筷子。

「……那幾箱東西是什麼？」正要把外套放進衣櫥時，我瞥見有三個大紙箱靠牆擺在床邊。

「喔，那個啊！」她嘴裡塞滿麵條，「我去把舊房間裡的東西都裝箱拿過來了！」

「你……你下午去過以前的住處？」

「嗯啊！那件事總得處理嘛！待在房間裡又很無聊，我就決定早點把它了結！雖然離這裡有一段距離，但就散散步嘛！我東西不多，三個大紙箱就夠裝了。我還順便把沒電的機車牽去修好，分趟把東西載過來。」

連機車都騎回來了，難怪剛剛停車時覺得庭院好像多了一台車。

「我終於穩定下來啦！以後就請你多多指教啦！」她滿臉笑容地說。「咦？怎麼啦？你看起來不太高興？」

「……噢，沒有吧。」

女孩突然迅速離開椅子，朝我撲過來，在我的嘴唇上啄了一下。

「怎麼啦？幹嘛後退？」她的臉距離我只有一公分不到，我可以感覺得到她的不悅。

「沒什麼。」

「那你幹嘛不親我？」

「你要不要趕快吃？」

她向後退了一步，「你還是不親我？你到底認為我是誰？」

「我——」

「你只親吻芷怡，你只愛芷怡對不對？」

「我覺得——」

「你先回答我！」

「對。」

「你到底相不相信我是芷怡。」

「我……」

「快說！」

「我……相信你，但我需要時間接受，你應該給我多一點時間。」

女孩看著我，激動的臉龐蕩漾著，她似乎想說些什麼，但放棄了。她垂下眼神，轉過身去，回到座位上。默默地拿起筷子吃了起來。

我微微鬆了口氣，坐到她身邊，「這家的牛肉炒麵很好吃喔！」

但她沒有回答我，也沒有看我，只是不斷地把食物往嘴裡送。

4

之後三天的日子是反覆的，早上睡覺，中午與女孩一起吃午餐，下午上班，晚上一起吃晚餐，然後上床睡覺。

這幾天，女孩的反應明顯冷淡了許多，我要出門前，她不再送我到門邊；吃飯時，她保持沉默；睡覺時，她不再轉身過來摟抱我。她睡她的，我睡我的。她的微笑不復再現，似乎陷入沮喪中。我試著要跟她談天，但她總是提不起勁。

最近天氣不好，一連數日陰霾，霪雨霏霏，整個花蓮籠罩在雨霧之中。夜晚的寂靜，反應在房內的沉默中，我聽著窗外的雨聲，移動著手中的滑鼠，視線盯著電腦螢幕。

房內說是沉默，倒也完全不盡然，至少還有鍵盤敲擊聲，以及女孩的打呼聲。現在時刻已是晚上十二點半，女孩在半小時前便癱在床上睡死了。

在她進入夢鄉之後，我在床上躺了一會兒，才悄悄起身。原本我也打算跟著一起睡了，但卻無法入眠。一股奇怪的心緒在胸腔撞擊著，讓我難以安睡。

等待電腦開機的空檔，我坐在椅子上，面對著床舖，靜靜地看著熟睡中的女孩。

她側躺著，一隻手壓在胸前，另一隻手則彎曲於臉頰邊。身子微微起伏。

我打開抽屜，從雜物深處取出了兩張照片。主角都是過去的芷怡。

我知道芷怡不喜歡照相，因此我先前偷偷拍了這兩張作為保存。兩張都是在戶外拍的，一張是全身照，另一張是半身照。在半身照中，芷怡很難得地露齒笑了，眼睛不知道正注視著什麼有趣的事物。

我的視線在床上的女孩跟照片之間來回擺動。

然後我收起照片，轉身面向電腦。

連上網路後，首先上了google首頁，我思考著該打什麼關鍵字。

長考之後，我打入「心理學對於人的定義」。

結果出來的網頁五花八門，眼花撩亂，我發現這個描述過於籠統，可能得改用精確一點的措辭。

我試著再用「心理學」、「自我概念」、「自我認同」、「人的定義」等辭彙混合著搜尋，出現了一大堆關於心理學的相關網頁，我快速瀏覽翻查，但每一頁都只看了幾眼就知道不是我要的。

這是怎麼回事？難道都沒有人與我有過相同的疑問？

或許這也很合理，因為世界上恐怕沒有人跟我有過相同的遭遇。

我沉思著，試著再用「人格認同」、「同一個人」等語詞做關鍵字搜尋，心想著如果再沒結果就準備要上床睡覺了。

也許這是個沒有解答的問題。我也已經做好沒有解答的心理準備。事情想通了，就去接受它吧。很多事不需要追根究底。

我抱著最後一線希望繼續做搜尋，突然在搜尋頁面上看到一個吸引我注意的網頁標題：自我與人格同一。

我點進頁面。

那是一個論壇網站，頁面上方有著斗大的論壇的名稱——「愛智森林・智慧的追尋」。

在〈自我與人格同一〉的標題之下有一篇長文。我開始閱讀起來。

試著想像以下的狀況。在不久的未來，科技高度發展，科學家已經研發出了「換腦手術」。假設有某人——P_1，因為車禍而身體嚴重毀傷，但腦部並未受損；而另一人——P_2，已經是腦死狀態但身體完好，於是我們替這兩人動了換腦手術，先將P_2的腦取出，再放入P_1的大腦。手術相當成功，受術者在身心方面都沒有後遺症。但是問題來了，這個受術者——有著P_1的大腦以及P_2的身體，我們該認定他是誰呢？

底下的文章開始針對此一問題做出分析，逐漸出現艱深、晦澀難懂的哲學術語，超出我的理解範圍。我硬著頭皮把文章讀完，但讀到最後已經變成無字天書了。

也許我該在文章底下做回應，請文章作者解答我的問題。

就在我打算在回應的空格內輸入問題時，突然發現這個論壇有站內信的機制，於是我改變主意，決定直接寫站內信給他。

我很快在論壇內申請了帳號，獲得帳號後，開了站內信的撰寫欄，寫下底下的訊息：「您好，我在愛智論壇上看見您的〈自我與人格同一〉一文，相當感興趣，但礙於才疏學淺，無法全部讀懂，想直接請教您，希望不會太冒昧。不知道怎樣跟您聯絡最方便。」

我按下送出鍵。

接著，我又反覆把那篇文章看了一遍，確定自己沒有看懂的可能後，便打算關掉電腦、上床睡覺了。

就在這時，我發現對方回信了。

我將信件點開。

「您好，我相當樂意交流這個議題，依您方便，看是要用我的 e-mail 信箱或是直接面談皆可。我平日都會待在天河大學哲學系的研究室，在文學院四樓。明天下午我都會在，我是助理教授，林若平。」

原來這個人是哲學教授。

我思考之後，回信給他，說我下午會過去。

我如果在家裡用電腦跟他交談的話，一定會被女孩發現，因此我決定親自拜會他。雖然不知道會不會有幫助，但此時的我的確需要專家的意見。

「你在幹什麼？」女孩的聲音從背後傳來。

我猛然回頭。完全沒有察覺到她站在背後！

「你……你不是在睡覺嗎？」

「我起來上廁所，」她揉揉雙眼，「拜託你關掉電腦好嗎？有亮光我睡不著！」

「我也要睡了。」

她轉過身，朝浴室走去。

關掉電腦後，我掀開被窩，躺上了床。

女孩出了浴室後，也掀開被窩，躺上了床。
黑夜中，我輾轉難眠，轉過身，面向她，她的背朝著我。
看著她的背影，我的心黯淡了起來。
我伸手搖了搖她。
沒反應。
我加重搖的力道。
她似乎醒了過來，一時之間意會不過來發生了什麼事。
「你醒了嗎？」
「你幹嘛把我吵起來？」她仍舊背對著我，語調很冷。
「我知道你在生我的氣。」
她沒有立刻回答。房內沉寂了半晌。
「無所謂了，反正你也不在意我。」
「我不是不在意你，只是——」
「如果你不是不在意我，你會整整三天都不安慰我嗎？」她的聲音突然高起來。
「我只是——」
她突然翻過身來，眼神銳利地盯視著我，「只是只是！一堆藉口，你太令我失望了！口口聲聲說你愛我，但你根本就不愛我！」
「我告訴過你，我需要時間接受。」
「如果你相信我的話，你就不會這麼說了！」
好一陣子，兩人都沒有說話。黑暗之中，我看不清她的臉上刻劃了什麼情緒。

然後她又轉過身去。
沉默直到天明。

斷片（二）

外頭的大雨仍繼續下著，這樣的天氣似乎會持續兩三天，山上籠罩在一片陰霾之中。

崴喬已經睡了，她躺在床上，被子拉到了下巴，雙眼緊閉著。房內只剩下牆上的小夜燈亮著，泛著昏黃的光暈。

立揚坐在床沿，看著她的臉。

那是一張毫無生氣的臉，是一張宛如死人面容的臉。

她的眼睫毛曾經很長，彎曲的弧度很美；她的嘴唇小而薄，此刻看起來略顯乾澀。

那張臉，除了眼睛與嘴巴之外，全呈現蠟黃的色澤；因為，除了這兩個部位，其他部分都不屬於崴喬自己。

不，立揚心想，那張肉色的橡皮面具，似乎逐漸開始成為崴喬的一部分……

崴喬的腳上套著厚厚的灰色毛襪，她的手上戴著白色的薄手套，她穿著高領的羊毛衫……全身上下，幾乎都被遮掩著。

立揚彎下身子，兩手肘撐在膝蓋上，兩手掌壓在太陽穴。

那種胸悶的感覺又湧了上來。

他不知道自己在那裡坐了多久，只知道當他站起來時，雙腿痠麻。

立揚走出房間，輕輕闔上了房門。門關起來的一瞬間，他瞥見那張蠟黃的臉似乎輕輕抽動了一下，他以為崴喬打開了雙眼，凝視著他，但隨著門的閉掩，他無法確認是否如此。
他也害怕確認。
立揚轉身經過樓梯時，突然聽見樓下傳來啜泣聲。
他走下樓。哭聲在他來到中途時便停止。
立揚穿越客廳，來到飯廳入口，看見莉曼拿著衛生紙猛擦著臉，她坐在餐桌邊，面前是未吃完的飯菜。
立揚在她對面坐了下來。
「對不起。」莉曼慌忙地低頭，用手抹著臉。
「不要緊。」
他仔細端詳著面前那張臉。莉曼是個很漂亮的女孩子，還相當、相當年輕，只比崴喬小了一歲，現在才二十五歲。而他自己已經三十六歲了。
注意到立揚的視線，莉曼抽了抽鼻子，泛紅的雙眼往桌邊的地板看去，用支離破碎的聲音說：「我只是覺得難過，看到夫人這樣。」
立揚凝視著她，「誰看了不難過。」
莉曼的臉突然糾結了起來，她立刻用兩手摀住臉，身體抽動了幾下。一陣停頓之後，她緩緩放下雙手，顯然是成功遏止了潰堤。
「對不起。」她小聲地說。
「別在意，」立揚看著她面前的飯碗，問：「莉曼，你替我工作多久了？」
「……快四年。」
「我對你好嗎？」

莉曼視線轉到立揚身上，表情有些訝異，也有些慌亂，「當然好了！您跟夫人對待我，猶如對待自己的女兒一般。我相信我這輩子再也遇不到更好的雇主了。」

立揚點點頭，「我知道你跟崴喬的感情很好，你現在會這麼心痛也是必然的。」

「我……每天都覺得快崩潰了。」

立揚沉默了一陣，「如果讓你繼續照顧崴喬，對你來說應該會是莫大的壓力與痛苦吧。」

莉蔓的眼中突然出現驚恐，「您、您要把我換掉嗎？」

「我不希望讓每個人都這麼痛苦。」

「請不要這麼做！我願意繼續照顧夫人！」她的語氣相當急切，神情激動了起來。

立揚看著她，沒有立刻回答。

「夫人對我來說很重要，」莉曼睜著泛紅的眼睛說：「請您繼續讓我做這個工作，我……就算我感到痛苦，但這也是我……」她突然停頓下來。

「怎麼樣呢？」

她低下頭，「不在她身邊，我會感到更痛苦。」莉曼整個人趴到桌子上，「拜託您，讓我繼續照顧夫人！」

「我知道了，你快起來。」立揚趕忙起身，伸手去扶起莉曼。

她這才抬起頭來，淚痕斑斑的面頰輪廓更顯深刻。

「先生，」她哽咽地說：「難道，難道沒有方法可以救夫人嗎？」

立揚不語。他默默地看著莉曼，半晌後才回答：「照目前的情況看起來，我實在是不敢說。」

「只要身體可以恢復，夫人就會恢復以前的開朗吧。」

「應該吧。」

「先生，您是科學家，難道，科學也救不了夫人嗎？」

立揚覺得胸中似乎有一記沉重的撞擊，他緩緩地嘆了口氣，「得先救她的心。」

莉曼抬頭凝望著立揚，她的眼神很堅定，「先生，如果有什麼我可以幫忙的地方，一定要告訴我，只要可以拯救夫人，就算丟了性命，我也會去做。」

「千萬別這麼說，莉曼，不要隨便拿自己的性命許諾。」

「我只是——」

「我知道你的心意就夠了，但現階段不需要，我會讓你繼續照顧夫人，不要再讓稍早的事再發生就好了。」

「我知道了。」莉曼低頭。

「那麼，你趕快吃飯吧，我先上去了。」

立揚離開了飯廳。

他上到二樓，悄聲經過崴喬的臥房，猶豫了一下，再繼續往走廊底端走去。他轉頭往樓下看去，莉曼坐在餐桌前，正抬起頭來望著他。意識到立揚的視線，她立刻低下頭去，動起手中的筷子。

立揚回過頭來面對著房門，他伸手輕輕推開底端房間的門，走進室內，然後按下內側牆壁上的電燈開關。

室內大放光明的那刻，他的視線觸及到眼前的物品。

一股不寒而慄從背脊竄了上來。

過去（三）・迷夜

1

十月二十二日（內容為十月十四日發生之事）

我雖然吻過她一次，但沒有這次深刻。一種天旋地轉的感覺湧了上來，讓人一時之間有些恍惚。

終於，她向後退了開來，站在那幅畫前面。

她背後的畫傾瀉出鮮豔的紅，她本身則散發出濃烈的黑。

「怎樣？」她笑著，「我比那幅畫還好吧？」

「你像隻小惡魔。」我說。

「真的嗎？」

我猶豫了一下，然後說：「我喜歡你剛剛那個眼神。」

「你喜歡的話，我可以每天做給你看。」

我本來想回答些什麼，但最後沒說出口，「……我們走吧，肚子快餓扁了。」

「唉，這倒是真的呢。」

女孩穿好靴子後，我們繼續往前走，拐過轉角，果然回到了展覽館門前。

我推推門，門沒有動靜。

「奇怪，」我說：「有一種卡住的感覺。」

「剛剛門是往內推吧，」芷怡說：「你要不要試試往內拉？」

門上的確有個金色拉把。我將手指穿過拉把，把門往內拉。

門還是不動。

我試著將門往左右拉，但仍徒勞無功。

「這是怎麼回事？」我望著這扇黃銅色的門，心中突然升起不安。

「難道是牆上的按鈕？」

牆上的凹槽內有三個鈕，我記得中間是電燈開關。

「對了，剛剛進來的時候，你是不是按了最右邊那個鈕？」

「嗯。」她點點頭。

「我記得那個時候什麼事都沒發生，只聽到一個類似彈鎖的聲音。」

「難道……」

「糟糕，」我說：「那個鈕該不會是把這扇門上鎖了吧。」

「那再按一次就可以解開了吧。」芷怡伸手去按鈕。

這次沒有聽到彈響。

我拉了拉門，依舊沒有動靜。

一股急躁從心底升起，我試著從各個方向拉門，但皆是白費力氣。

我再按了一次牆上的按鈕，然後再拉一次門，如此反覆數次後，確定不管按幾次鈕都無濟於事。

「看來這個鈕是上鎖用的，」我說：「這怎麼可能？」

「怎麼辦？」

「試試另一個。」

我按了最左邊的鈕。

通道另一側亮起了一盞燈，是位於我們剛剛走出來的出口上方。

「也是燈的按鈕，不是門的。」

「這太詭異了，怎麼會有這種門鎖的設計？」芷怡的聲音也開始不穩定起來。

「這個鬼地方什麼都有可能，都已經有迷宮了，有單側鎖也不奇怪。」

「沒有其他出入口了嗎？」

「我們找找看，」我看了一眼展覽室的通道，「我從剛剛參觀進入的路線開始找，你從出口往回找，我們在觀景窗那邊碰面。」

說定後，兩人分頭進行。我看著芷怡的背影消失在出口處。

不自覺地，心跳又加速起來。

展覽廊道中，沒有發現其他的門，就連窗戶也沒有。我甚至刻意走到雕塑品後面，仔細檢查是否有小門被遮擋住，但後來證明這個想法相當可笑。

一連穿越了許多方才瀏覽過的畫作，沒過多久我便來到觀景窗前。芷怡已經等在那裡，望著外頭。

「有嗎？」我問。

她搖搖頭。「我們去門前大聲呼喊或者是撞門呢？看能不能引起外面的人注意。」

「或許是個好方法，去試試。」

於是，我們兩人又進入廊道，雖然腳步十分急促，但當我經過方才親吻芷怡之處時，仍稍微停頓了一下，瞄了一眼那幅裸體女人的畫，以及畫中女人手裡的高跟鞋。

我回過神時，發現芷怡盯著我笑。

「快走吧。」我拉著她的手。

再度來到了黃銅門前，我首先拉了拉門，確定的確無法打開。接著，開始用手搥打門板。門非常堅硬，加之手的力道不大，導致撞擊聲響效果不彰。

我停下動作，後退了幾步。

「你站旁邊一點。」

芷怡默默地退到一邊。

我抬起腿，用力往前踢去。這次製造出來的聲音大些，整扇門都震動了起來。不過相對地，我的腳底也湧起一陣痛楚。

這樣反覆踢了七、八次後，我停了下來。

「你要不要大叫看看？」芷怡說。

我凝視著那扇門，感到惱怒。然後吸了一口氣。

「外面有沒有人在？我們被反鎖了！」我扯開嗓門大叫。

這樣反覆叫了幾回後，回應我的是一片沉默。

我繼續踢門，盤算著有沒有可能把門撞破或踢破，但很快放棄這個念頭。這扇門相當牢固，不要說撞壞了，就算拿斧頭來砍恐怕也行不通。

我望向芷怡，她緊抿著唇，擔憂地看著我。

「也許還有另一個辦法，」我說：「我們在這裡等人來開門，總該會有人進來這裡吧。」

「萬一沒有呢？這裡只是展覽室，有新作品完成的時候才會有人進來吧？」

「說得也是。可是，目前也沒有其他辦法，我們也許可以稍微再等一下。」

「不會就這樣被困住了吧，這裡沒有水，也沒有食物耶！」
「對了，可以用手機求援，打給警察局，要他們通知這裡面的人來開門。」
「嗯，好主意！那我們快打吧！」
我將手伸進外套口袋中，摸索著我的手機。
「奇怪，」一股不祥的預兆籠罩上身，「我的手機呢？」
「不會吧！你放在哪？」
「我一直收在右側口袋的，不可能掉啊！我有拉上拉鍊！」
「你的拉鍊是開的嗎？」
「不！我現在才打開！」
「會不會在其他口袋？」
我尋遍長褲口袋與外套其他口袋，一無所獲。
「你確定你有帶出來？」芷怡問，「會不會忘在車上了？」
「我確定我有帶出來，但是你現在這樣一問，我又不敢肯定了。」
「真拿你沒辦法耶！算了，先用我的手機吧。」芷怡打開彎月包，右手探了進去。
她掏出紅色手機，開始操作起來。
「啊！」她的表情轉為驚愕。
就在我還沒反應過來發生什麼事之時，一陣音樂聲響起。
她放下手機，表情非常地沮喪。「沒電了。」她說。
沉默。
不知道過了多久之後，我開口了。

「我想，還有一個辦法。」

「哦？什麼辦法？」她的眼睛亮了起來。

「打破窗戶，從窗戶出去。」

2

十月二十三日（內容為十月十四日發生之事）

「窗戶？」芷怡一副不敢置信的樣子，「怎麼從窗戶出去？這裡可是三樓啊！」

「我們找找看有沒有繩子，就算沒有繩子，或是繩子不夠長，我們都可以盡量想辦法到下一層樓。只要能到下一層樓，就可以從樓梯下去了。」

「可是……」

「先打開窗戶，再看看形勢怎麼樣吧。」

「……嗯，」她笑了起來，「我就知道你一定會有辦法，太好了！」

「還不一定，先去看看吧。」

我們很快地又回到觀景窗前。我走到窗邊，確定這一大片窗戶的確是無法被打開的。

「你要怎麼打破它？」芷怡問。

「就用椅子。」我瞄了一眼桌邊的兩張木頭椅子。

「也許打破窗戶的聲響就可以引起注意了。」

「沒錯，先打破幾個擇定的範圍，然後等看看，如果還是沒人來，再繼續打破其他部分。」

我上前抓起椅子，「你站旁邊一點。」

芷怡閃身到一旁，臉上堆滿笑容地看著我。

我把椅子抬起來，兩手分別抓住椅子的兩隻腳，然後高舉起椅子。吸了一口氣後，奮力將手中的重量往前砸去。

第一次沒有砸碎玻璃，但上頭出現裂痕；我又試砸了幾次，其中兩次因為握抓不順，導致敲錯部位，或是椅子從手中滑落。畢竟沒有過這種經驗，操作起來不如想像中容易。

隨著猛力的撞擊，玻璃發出清脆無比的裂響，右半部的玻璃出現一個破洞，被砸裂的碎塊落到窗外，成為自由落體。我聽見玻璃落在水泥上的碎裂聲。

「怎麼那麼快就聽見掉在地上的聲音？」我說。

「什麼意思？」

「這裡是三樓吧，玻璃才一掉出去就聽見撞擊到地面的聲音。除非……」我挨近窗前。

「小心，窗框上還有碎片。」

「我知道。」

我從破洞探頭出去往下看，果然，二樓有突出的陽台，寬度跟這扇觀景窗一樣。

「太好了，」我說：「底下有陽台，我們只要能夠下到陽台，就能從那裡出去了。」

「可是你確定能從陽台通到樓層內部嗎？會不會有上鎖的門。」

「不然這樣好了，我先下去看看，確認一下。」

「你要怎麼下去？總不能……用跳的吧？」

「找條繩子，就算這高度可以用跳的，但萬一底下是死路，我還是得上來。」

「我們是不是要先等等看有沒有人被這聲響吸引過來啊？這樣就不用那麼麻煩了。」

「對，差點忘了，」我這才發現自己有多急著要離開這裡，「我們先等一下。」

我把椅子擺放好，坐了下來，芷怡把另一張椅子拉到我旁邊，也坐了下來。

「我有點累了呢。」女孩把頭靠在我肩上。

「等下吃了東西就會有精神了吧。」

「沒想到會被困在這裡。」她打了個呵欠。

「先等吧。」我也跟著打了個呵欠。

兩人有一句沒一句地搭著，五分鐘過後，沒有任何動靜。

「真的很奇怪，」我說：「樓上樓下不是都有住人嗎？怎麼會沒人聽到。」

「這裡的人都不太正常，也許根本不在意這種聲音吧。」

「未免太不正常了。」我站了起來。「我下去看看。」

「你不繼續砸窗戶嗎？」

「算了，讓他們發現我們砸壞窗戶不是更麻煩？如果可以的話我們自己偷偷溜掉吧。」

「說得也是，這我倒沒想到呢！」

「你先起來吧，我把窗框的碎片打掉。」

芷怡站到一旁後，我再度抓起椅子的雙腳，改用橫向的方式揮動，將窗框底部還站立著的斷片打掉。

「你等我一下，」我把椅子放下，「我去拿繩子來。」

「哪裡有繩子？」

「那隻木乃伊怪獸，身上有纏繩子。」

芷怡露出恍然大悟的神情，「沒錯，你的記憶力真好耶！」

「遇到危險的時候腦袋動得特別快吧，你等等我。」

語畢，我轉身回到廊道。

很快地，我來到木乃伊前。解下繩子花了一些時間，不過只要打開幾個麻煩的結後，餘下的工作就輕鬆了。

我帶著解下的繩子回到觀景窗前。

掂了掂桌子的重量，確定沒問題後，把繩子一端綁在靠牆的桌腳，然後把另一端往窗戶外面拋。繩子的長度剛好超出樓層高度一點。

「小心。」芷怡說。

「我會的。」我看了她一眼後，便爬上窗框。

外頭冷風颼颼，我站在窗框上，面對著室內。芷怡兩手握在胸前，緊緊地望著我。

我的腳往後跨了出去，兩手緊握著繩子，慢慢將自己的身體往下放。

下放的過程，兩隻腳緊踩著樓下的落地窗。我沒有攀過岩，但我現在知道攀岩的感覺是什麼了。

垂降沒有花我太久的時間，很快地，雙腳著地，我放開繩子，視察著前面的房間。

因為沒有光線，所以看不見房間裡面的狀況。我試著打開落地窗，沒想到應聲而開，沒有上鎖。

我從外套口袋掏出手電筒，打開，然後往內掃射。

這是一個空曠的房間，地上堆滿了紙箱子，除此之外沒有別的。面對落地窗的牆上有一扇門。

我走到門前，將門打開。

外頭是一條走廊，兩側林立著房門，沒有任何人在外面。

我把門關上，回到陽台。

用腳把陽台地上的窗玻璃碎片踢到一旁後，我仰頭向上看，芷怡急切地往下望著。

「沒問題，下來吧。」我向她揮手，「小心一點。」

「那我要下去了喔！」

芷怡站到窗框上，緩慢地轉過身，以面向室內的姿態，將一隻腳往後跨。接著，她兩手抓著繩索，將身子下放。

她的一隻腳才剛放下，立刻又縮了回去。

「好可怕啦！」

「不用怕，我在下面接著。你儘管滑下來。」

「我如果掉下去你一定要接住我欸！」

「最好是抓緊一點，不要掉下來。」

她深吸了一口氣，然後又試了一次。

看著她從上面下滑的身影，我的腦中突然掠過一幅影像。一道影子從高樓上一躍而下……

「啊！」

一聲尖叫，芷怡滑落下來，我回過神來，趕忙上前接住她！

我的手臂感到一陣酥麻，她的身體擦撞在我的胸膛，我穩不住身子，整個人往後跌去，背部撞在堅硬的陽台上，瞬時一陣頭暈目眩。

芷怡往後跌坐，背部與我撞個滿懷，我緊緊抱住她。

我背靠著陽台，她背靠著我，兩人坐在地上。

「你還好吧？」我忍著背部的疼痛，問道。

「我剛剛手滑掉了啦！」從她的聲音聽起來，她也撞痛身子了，「你不是說你會在下面接嗎？」

「真是抱歉，我……」

「你剛剛是不是恍神了？」

「對不起！」

「害我屁股好痛！」她兩手按著臀部，露出痛苦的表情。

「你還可以動嗎？」

「不知道……」

「站起來看看，我扶你。」

芷怡在我的攙扶之下，勉力站了起來，期間不時發出哀嚎。

「真的好痛啊……不過應該還可以走路。」

「太好了，至少骨頭沒斷。」

「你這可惡的小子，」她咬牙瞪著我，「你不只今天要請我吃飯，以後每天都要請我！」

「什麼？」

「就這麼說定啦！」

我還沒來得及回話，她就已經拉著我的手往前進，「我們趕快離開這裡吧！這個地方我一刻都不想待了……哎唷！屁股好痛！」

我將手電筒取出，扭亮燈光。

穿越了房間，將房門打開後，我們來到了走廊。

廊道上有著夜燈，因此我關掉手電筒。

穿越了幾個岔路口後，樓梯間出現在前方，我頓時有鬆了一口氣的感覺。我跟芷怡對看了一眼，露出放心的笑容。

樓梯間沒有燈光，我再度打開手電筒，小心翼翼拉著芷怡下樓。來到一樓時，我們沒有遲疑，繼續往地下室走去。

再度回到了地下停車場，手電筒的燈光劃開濃墨般的黑暗，兩人快速穿越了那些死寂的車輛，並走上通往地面的坡道。

星空出現在視野中，夜晚的冷風吹拂在臉上，終於走出鬼樓了。

很有默契地，我們不約而同地轉過身，肩並著肩，抬頭看著這棟龐然大物。

我聽見芷怡吁了一口氣，我轉頭看著她，她放鬆的臉上有著些許疲憊。

「我好想上廁所。」她的頭靠在我肩上。

我這才發現自己好像也有點想上，剛剛因為太緊繃了，尿意似乎被壓抑住。

「我剛剛一直不敢跟你說這件事，」她繼續說：「因為根本沒有廁所可上。」

「如果我們真的被困在裡面好幾天，那你怎麼解決廁所問題呢？」

「我才想問你要怎麼解決呢！」她嚷道。

「這個……已經不重要了。走吧，我們去慰勞一下自己，吃點高級的法式料理吧。」

3

十月二十四日

翻了翻過去幾天的日記，我對於自己的翔實記錄感到滿意。鬼樓的奇異氛圍，為我們的相遇增添了詭奇的浪漫，令人難以忘懷。

那天，也是我們開始交往的日子。

在還沒接觸過愛情的時候，我不會問自己什麼是愛；接觸愛情後，我開始思考什麼是愛；結束掉幾段感情後，我又放棄追問這個問題了。

「你不是說沒打算跟我交往嗎？」腦中泛起芷怡狐疑的臉孔。

「我是這麼說過，當時是當時，現在是現在。」

「你這個人怎麼這麼善變啊！真狡猾！」

「有一首音樂我一直很喜歡，曲名叫〈Follow Your Heart〉。」

「不要說英文，我聽不懂啦！」

「〈跟著你的心〉。」

「喔喔。」

這幾天，只要有空檔，芷怡便會過來找我，這是因為她租屋的大樓男性不能出入，因此我不方便過去找她。看來我第一次在她房裡過夜時，已經違反住宿規定了。

昨晚，我下課之後回到租屋處，芷怡來了電話，說要買晚餐過來給我。

「我買了牛排義大利麵，是你喜歡吃的！」她提著一包散發著香氣的塑膠袋，一邊微笑著，一邊走進我房內。

我把門關上，然後走到她面前，給了她一個吻，然後傾身向前緊緊摟住她。

「我快摔倒了！」芷怡制止我，「先吃吧，袋子都快掉了。」

「好吧。」

芷怡坐在床沿，我坐在書桌前，將椅子轉過來面向她。兩人手中各捧著一個便當盒，裡頭裝著香噴噴的義大利麵。

閒聊了一些瑣碎的話題之後，不知不覺已經用餐完畢，我們一起把餐盒收整好，繼續坐著聊天。

「咦，那個東西是什麼？」芷怡突然這麼問道，她手指著書桌檯燈的方向。

「什麼？」我轉頭過去看。

「檯燈上掛著的吊飾啊，好特別喔！」她站起來，走近書桌。

我的心中突然一陣顫動。

應該要把它收起來的，這幾天腦中只有芷怡，忽略了這個東西……

「沒看過有賣這種吊飾耶，這是手工做的嗎？」芷怡將它捧在右手掌上，仔細端詳著。

「呃……是啊。」

「你怎麼會買這個？」她看著我。

「就剛好看到網路上有人在賣。」我別開眼神。

芷怡沒有立刻回答，過了半晌，她才說：「你騙我。」

一股慌亂在心頭漾開，我一時之間不知道該怎麼反應，只能看著地板。

「逸承，」我感到兩隻溫熱的手扶住我的下巴，將我的臉轉向她，「你沒有必要說謊，你說什麼我都會聽，我只是想知道這個吊飾是怎麼來的。」

她微笑著，臉上沒有一絲慍怒。她手掌的溫度暖了我的面頰，她的雙眼捲起了黑色的漩渦……她緩緩放下雙手。

「告訴我，好嗎？」

「你為什麼想知道？」

「如果不是你有意隱瞞，我也不會這麼想知道。其實，我大概也可以猜得到是誰給你的。」
「既然這樣，那還有什麼好說的呢？」
「這個東西做得很精緻，我想知道這樣的心思背後有什麼樣的故事。」
我沉默了一陣。她等著我。
「……這個，如你所猜測的，是前女友送的。」
「這個吊飾是她自己做的？」
「網路上買的。」
「你的生日禮物？」
「……不是。」我猶豫著該怎麼告訴她。
「如果只是一個普通的禮物，」芷怡說：「你不會猶豫這麼久。我可以感覺得到，你埋藏在心裡的是很沉重的事情，也許說出來會比較好。」
於是，我說了。
我告訴她關於雲臻的事，我們怎麼相識、交往的過程，還有最後的結果。芷怡偶爾會插問，我便把細節補充得更詳細。
當我說完整個故事後，芷怡沉默，她看著地板，似乎在思索著什麼。
「你愛她嗎？」良久之後，她終於開口了。
「我現在傾向於不去解析這個問題。」
芷怡看著我，然後她突然站起身，朝我走來。
她把我從椅子上拉起來，兩隻手放在我的肩上，正視著我。
「不管你過去有沒有愛過她，那都不重要了，」她看著我的眼睛說：「不管你覺得她的自殺你有沒有責任，那也都是過去了。現在，務必答應我兩件事。」

「我答應你。」

「第一件事，把這個吊飾收起來，忘掉關於它的一切。可以嗎？」

「……嗯。」我點點頭。

「第二件事，」她的語調清晰、明確。「從今天開始，只愛我一人。」

她把我拉近，吻了我。

現在（三）・晴雨

1

隔天我離開房間要出門前，女孩還在睡覺。我沒有吵醒她，悄聲地打開衣櫥，取出外出服，然後從書桌上拿了手機和皮夾。窗外下著雨，天氣陰冷、昏暗。我順手拿了把摺疊傘後，便逕自下了樓。

我在附近的簡餐店買了三明治套餐，然後回到住處。女孩還在睡。把餐點放在桌上後，我便再度下了樓。

我穿上雨衣，上了車。

奔馳在街道上，腦袋中滿是昨晚的影像：女孩的背影以及她所說的話。我感到自己的思緒愈來愈模糊不清。

將近二十分鐘之後，我來到了天河大學。

我並沒有告訴女孩我今天其實休假，我的目的是要來這裡拜訪一個人。

天河大學我沒有來過，它是花蓮相當知名的綜合型大學，但離花蓮市區卻有一段距離。寬廣的校園被群山所圍繞，我於此時卻無心欣賞美景。

來到了校門口前，我找了處空地停好車，然後走進校園。時值寒假期間，校園內幾乎沒有學生，十分冷清。

在濛濛細雨中經過了一段漫長的步行，我總算找到文學院。

這才想到我沒有學生或教師證可以刷卡進入。正在懊惱之際，裡面有一名年輕女孩子走出來，我乘著這個機會通過了自動門。

找到了樓梯，我快步走了上去。

就在我來到三樓時，一名戴著眼鏡的年輕男子提著公事包從四樓走下來。他直盯著我瞧。

「你是張逸承先生嗎？」

就在我與他要擦身而過時，他這麼問道。

「我是，你是……」

「我是林若平。」

「你怎麼認得我？」

「會在這兩層樓裡走動的面孔我都認熟了，你這個生面孔特別顯眼。會在這個時間往四樓走的應該就是你吧！」他微笑。

「原來是這樣。」

「我們到學校附近咖啡廳聊吧。」

「好的。」

我跟著他下樓。有一句沒一句閒聊著，很快來到文學院停車場。上了林若平的藍色轎車後，校園的景色開始不斷被拋在腦後。

咖啡廳位於學校對街，這個時間顧客不多。我們面對面坐下，點了兩杯焦糖瑪奇朵。

我這才仔細打量他。

林若平的年紀看起來介於而立與不惑之年，感覺得出來，他在處理他的專業領域上似乎是游刃有餘。他穿著一件深藍色牛仔褲，灰色毛衣以及棕色球鞋，看起來相當休閒風。鼻梁上架著一副銀框眼鏡，眼神閃閃發亮。

擺在桌上的公事包露出了課表的一角，隱約可以瞄到林若平教授的課程：「邏輯哲學」、「心靈哲學專題：心腦同一論」、「形上學專題：人格同一」。

「所以，」他食指交握放在桌上，「你昨天說有關於人格同一的問題想討論？」

「是的，我對這個議題很感興趣。」

「你是研究哲學的學者嗎？」

「不是。」

「你為什麼會對人格同一的議題感興趣？」林若平露出好奇的表情，「很少會有哲學圈外人來找我討論的。」

我停頓思考了一下，「沒什麼，因為我喜歡寫小說，剛好寫到這方面的題材，所以想多了解一下。」

「原來是這樣啊，很多文學作品的確都有討論到這個議題呢。」

「似乎是有，但是都沒有明確的分析，我很想知道哲學家怎麼談這個問題。」

「你在其他地方找不到答案嗎？」

「找不到。」

「這也難怪，只有哲學家才會問到這麼基本的層次。」

「我看了你的文章，就先從開頭的換腦手術談起好了，這種手術的可行性如何呢？」

「我不是醫生，所以也沒辦法給你很專業的回答，我只能就我的所知來給你答案。」

「不管怎麼樣一定知道得比我多，你說吧。」

「好，那我們就從換腦手術開始，」林若平左手橫在胸前，右手抵著下巴說：「基本上，不少科學家質疑這個手術的可行性，但是很少人會說它在未來不可能實現。隨著許多技術的進步——尤其是器官移植和人類複製——換腦手術可能將不會是科幻小說的專利，而是寫實作品中的日常描繪了。」

「現在真的不可行嗎？」

「有許多困難。比如說，手術後斷接的神經組織可能會無法完全癒合。有傷口的神經組織會無法正確傳導訊息。科學家目前還在研究關於神經組織再生的技術。此外，術後在脊髓部分的神經交接面可能也會產生問題，就算所有神經都順利接合了，但舊身體的神經不見得能跟新身體的神經建立正確的連接。例如原本控制右手食指肌肉群的神經可能被接合到控制身體其他部位的神經，如此一來，整個神經訊息的傳導便發生錯誤。」

「原來如此。」

飲料在這時端上了，我與林若平同時啜了一口。

「另外一個困難是，要被移植入大腦的身體也有其條件上的限制，一個成人的大腦不可能被移植入兒童的頭顱中，兒童的顱內空間不可能容入成人的腦。其實科學家們認為未來比較可行的方式不是移植整個腦，而是只移植部分的腦——也就是專司記憶的腦細胞。但這一樣很困難。」

「這麼說來，以現在的科技而言，不可能有這種手術的存在了？不管是全腦或部分腦移植？」

「基本上是這樣。」

「完全不可能嗎？」

「除非得到外星人或者未來世界的科技。」林若平微笑。

「我了解了……那麼，我們到底該怎麼看待換腦手術中身分的認定呢？」

「這就是重點了，你現在問的問題，哲學家稱為『人格同一性』。」

「人格同一性？」

「沒錯，用人格這個詞可能會有點混淆，但我也想不出更好的譯法了，這個人格不是心理學上的人格，而是指『身分』。人格同一的英文叫做 personal identity。Identity 即是『同一』的意思。什麼叫做人格同一呢？簡單說，就是想要找到一個人在長時間中之所以為同一個人的充分必要條件。」

「你的文章我就是從這裡開始看不懂的。」

「我知道，我會試著用最簡單的方式從頭說明，盡量略去專業術語。假設你有一個朋友，我們稱他為某甲好了。你上禮拜看到某甲，今天又看到他——你為什麼會認為上禮拜看到的那個人跟你今天看到的這個人是同一個人呢？」

「……因為他們長得一樣。」

「長得一樣，好，那我可不可以說，你之所以認為他們是同一個人，是因為他們擁有同一個身體？」

「的確是，不過……」

「但是在換腦手術的例子中，你還會以同一身體做為判準嗎？如果某甲跟某乙交換了大腦，則術後其中一個人有某甲的大腦以及某乙的身體，另一個人有某乙的大腦以及某甲的身體，那到底誰是誰？」

「這……這就是我想知道的。」

「但是你剛剛在判斷朋友的例子中，你依照的是同一個身體的判準，為什麼在這個例子中又猶豫不決了呢？」

「這的確很傷腦筋啊，我搞不清楚是怎麼回事了。」

「這就是人格同一想要追問的『持續性問題』，亦即，一個人之所以能持續維持為同一個人，所依照的判準究竟是什麼？換個方式問，當『我』失去了什麼，『我』就不再是『我』了？」

「我大概可以了解這個議題的輪廓了。那麼人格同一的判準究竟是什麼？」

「你認為記憶伴隨著大腦吧？」

「當然。」

「所以在換腦手術中，有某乙大腦的人就會有某乙的記憶。至少在這個例子中，你似乎會比較傾向誰有誰的記憶，誰就是誰。這樣說對嗎？」

「我想是的。」

「至此你可能也發現我們至少擁有兩種判斷人格同一性的依據了，亦即，心理跟生理上的持續性。簡單說，你判斷兩個在不同時刻的人之所以為同一個人，是根據他們心理或者生理上的持續性。以剛剛的例子而言，是根據他們兩個人『記憶是否持續』或者『身體是否持續』來作為判斷。」

「的確是。」

「你是否比較傾向記憶持續的說法，也就是說，記憶才是人格同一的關鍵？換句話說，身體不足以決定人格同一性？」

「似乎是，但我說不上來哪裡有問題。」

「心理持續說是大多數人的直覺，英國哲學家洛克便認為記憶為決定人格同一性的判準，但深究下去，你會發現這個說法不見得站得住腳。」

「是哪裡有問題呢？」我原本直挺挺地坐著，現在不自覺已經向後靠在沙發椅背上了。

「問題很多。如果有一個人沒辦法完全記住以前的事情，或是很健忘，那他的記憶便沒有持續性了。這是另一位哲學家瑞德（Thomas Reid）反駁洛克記憶理論的理由。」

「可是……」我思考著，「只要他記得大部分的事，記憶還是有連貫吧，因為會忘記事情是人之常情。我不會說某甲因為忘記了某些事，就認為他不是某甲了啊。」

「那如果是完全失憶呢？」

「啊……」

「如果你的某甲朋友完全失憶了，你還會認為他跟從前你所認識的那個某甲是同一個人嗎？」

「應該……應該還是吧，如果我的朋友患了失憶症，我不會因此認為他不是我朋友啊！」

「可是這樣就矛盾了，你承認『身體持續說』不能決定人格同一性，再加之記憶持續性沒有被滿足，不管從哪方面看，他跟你以前認識的那個朋友都不會是同一個人啊！」

林若平的邏輯讓我毫無反駁的餘地，我靜下心來思考。仔細想想，他說得的確沒錯。在這個例子中，我對於人格同一的訴求判準不是記憶持續，反倒變成身體持續了！我怎麼會出現前後不一致的思考呢？

就在語塞的當兒，對方繼續回應。

「顯然，你對於身體持續說還是有很強的直覺……對吧？不過讓我們回到心理持續性來。依照洛克的說法，兩個人在不同時刻之所以為同一個人，是因為記憶有持續性，換句話說，後來時刻的那人記得先前時刻的那人所做過的事，所以兩人是同一人。撇開健忘的問題不談，這個判準還是有其他問題的，你看出來了嗎？」

「我真的沒有頭緒。」

「根據另一位哲學家──巴特勒主教（Bishop Butler），這個判準的問題在於，它在邏輯上是一個循環論證（circular argument）。」

「循環論證？」

「如果我說我今天看到的你跟我昨天看到的你是同一個人，是因為你記得你昨天做了某件事，這樣是毫無意義的，因為你只能記得你自己做過的事情；當我用你記不記得某事來判斷現在的你跟先前的你是不是同一個人時，我已經預設了你們是同一個人了。想要用記憶來定義人格同一，卻已經在定義中偷渡了人格同一的概念，這豈不是一個『循環』論證？」

「這裡我不是很了解。」我突然後悔從前大學時代沒有修過邏輯學的課程了。

「這麼說好了。一個人只能記得自己所做過的事，對吧？所以『記憶』這件事打從一開始就預設了人格同一啊！」

「沒錯，這樣說就簡單多了。可是這樣子，記憶就不管用了？」

「當代著名哲學家帕菲（Derek Parfit）提出一個解決之道，我們可以用『準記憶』（quasi-memory）的概念來迴避記憶說的循環論證問題。」

「準記憶？」

「對的，準記憶的意思是說，一則記憶不預設回憶者必然是那則記憶的經驗者。如果我說我『準記得』（quasi-remember）我昨天打過籃球，這意思是說，打籃球的這個經驗有可能是我的，也有可能是別人的。換句話說，準記憶的概念容許我們記得別人的經驗。這就避開了記憶預設了人格同一的危險。」

「可是……這不是很怪嗎？為什麼我可以記得別人的經驗？」

「其實很合理。帕菲在他被稱為是天才之作的書——《理由與人格》（*Reasons and Persons*）中舉了一個例子。設想有一對男女，保羅與珍。珍的腦部被動過手術，植入了保羅的某些記憶。於是珍有了這樣的記憶：在刮自己的鬍子時卻從鏡中看見保羅的臉。用舊的『記憶』定義來看，珍所回憶事件的經驗者必定是她自己，因此這則記憶是不可能的，如此一來，我們只能說珍產生了幻覺。但用準記憶的觀點來看，則沒有幻覺這回事，因為刮鬍子的記憶不必然要是珍的記憶。」

「這真是太驚人了……」我突然感到困頓，「但是，在回憶的時候，自己的影像難道不會出現嗎？這樣怎麼還會是別人的記憶呢？」

「好問題。依照帕菲的說法，回憶者在記憶中只是一個觀看者，比方說在自己的夢中，一個人能夠從超脫自己身體的角度來觀看事件，因此記憶內容並不蘊含『回憶者就是觀看者』這件事。

「總結說來，準記憶的概念將『心理狀態只能屬於特定主體』的限制給打破了，它是一種『跨人際』的心理狀態。」

「所以心理持續說畢竟還是說得通了？」

「不，帕菲只是要提出一套說明心理狀態如何可以持續的理論，但他並沒有說心理持續說就可以當成人格同一性的判準。他提出了一個強而有力的反證來說明這點。」

「是什麼？」

「反對心理持續說作為人格同一判準的最強例子是一個思想實驗，叫做『分體』（fission）……我用圖說比較容易理解。」

林若平從公事包中掏出了一張白紙，並拿了一支筆。

「帕菲假想了以下的狀況。有一個人——我們用Z來代稱——接受了腦部手術，他的大腦左右半球被切開，分別植入兩個沒有大腦的身體，」林若平在白紙上畫了一個人形，並寫上「Z」。接著他從Z身上畫出兩個箭頭。「手術完成之後，原來Z的軀體被銷毀，因此術後我們有兩個人，各擁有Z的左右腦，我們用X、Y來代稱。」林若平將Z的人形塗掉，只保留字母，並在箭號盡頭處寫上X、Y。「這兩個人的記憶與Z顯然是連貫的，如果我們接受心理持續說的說法，我們不得不接受以下結論，」林若平在Z跟Y之間畫上等號，使在Z跟X之間畫上等號。「亦即Z＝Y而且Z＝X，」最後他在Y跟X之間也畫上等號，然後又得三個字母成為一個三角形，「換句話說，Y＝X。這個結論是荒謬的，這等於承認了一個人可以等於兩個人，但Y和X是兩個人而不是一個人！由此，『分體』證明了心理持續說無法作為人格同一的判準。」

「……我懂了！」

「這個實驗說明了『可以有人存在但卻沒有同一性』，」林若平放下原子筆，啜了口飲料，「帕菲認為，追問人格同一的問題根本就是多餘，因為很多狀況下——例如分體實驗——我們沒有辦法決定人格同一，這證明了人格同一不過是一種『方便說』，亦即人為了方便描述事物所創造出來的一種概念，不是實存的。所謂的人，其實不過就是『身體加上一連串的心理狀態』，身體以及心理狀態正是一個『人』的『構成要素』，在這個構成要素之外，沒有其他任何東西。」

「可以再解釋一下嗎？」

「例如一把『銅劍』不過就是一堆銅原子的特定排列組合而成，『銅劍』一詞只不過是我們方便指稱的用法，因為實際上存在的除了那堆銅原子外，沒有其他的東西，『銅劍』一詞只不過是對真正存在的東西——那堆銅原子——多了一種『描述』，而不是增加了一個『存在』。」

「所以……」

「所以，類比回人身上，『林若平』只是我們用來指稱某一個身體加上某一串心理狀態的組合，只是一個方便我們日常生活描述的詞，在這個特定的身體跟心理狀態序列之外，不獨立存在一個『存有』叫做『林若平』。」

「唔……」

「這套哲學消弭了我們對於人之特定存在的執著。哲學傳統上，笛卡兒（Rene Descartes）認為存在著一個獨立的精神實體，可以獨立身體、心理狀態而存在。因此就算我沒有了記憶，沒有了身體，我還是我，我不會因此而消失，這就是所謂的笛卡兒式自我（Cartesian ego），也就是靈魂。在人格同一的爭辯中，反化約主義的哲學家認為靈魂就是人格同一的判準，人格同一性不能被化約成其他概念，例如心理持續性或生理持續性。但帕菲顯然不是這派。

「帕菲主張自己的理論跟佛家的『無我說』有點類似但不盡相同。帕菲認為無我說是一種『消除式化約論』（eliminative reductionism），亦即認為人根本不存在，存在的只有身體與心理狀態——有人認為帕菲解讀錯誤，但那是另一回事；而他自己的觀點則是『建構式化約論』（constitutive reductionism），亦即主張人的確存在，但人僅是由身體與心理狀態建構而成，再無別的。所謂的生，不過就是某一串心理狀態的持續；所謂的死，不過就是某一串心理狀態的終止。所以，『我』不過就是大腦所產生的一連串心理狀態的延續而已，並沒有一個『我』獨立於這些狀態之外而存在。若此，對於『我』的各式各樣之執念、關心與顧慮似乎都沒有必要了，因為除了構成要素外，從來沒有一個持續存在的心理主體！」

「太、太驚人了……」

「這套哲學背後的蘊涵是很有力量的，也可以說，很有毀滅性，它摧毀了我們對於人的既定認知，如果你接受它，你對於人生的看法會完全改觀。你覺得怎麼樣呢？」

「……乍聽很有道理，但我還得再消化一下。」

「如果你細細閱讀他的書，還真的會被他說服呢！總之，關於人格同一這個議題，爭論實在太多了，重要的理論也不是只有帕菲的想法而已。很抱歉我說明得不好，至此能夠理解嗎？」

「到目前為止，我大概有個簡單的輪廓了。」

「不知道這樣對你的寫作有沒有幫助？」

「你幫了很大的忙，我大概知道如何把專業知識放進我的故事中了。」

林若平垂下視線，沒有立刻回答。就在我打算起身告別之際，他開口了。

「我知道這樣問很冒昧，但是……你尋求這問題的答案，應該不是為了寫作吧？」

2

我愣了一下，一時之間突然語塞。

林若平繼續說：「不瞞你說，我自己閒暇時間也寫小說，遇到要取材時，也得向人請教，但很少會像你這樣，在詢問過程中什麼筆記也不做的。你看起來不太像是為了蒐集資料而來。」

雖然林若平仍面帶微笑，但我卻能感覺到那笑容背後潛藏著獵鷹般的敏銳。

「你是不是遇到了類似人格同一的困境呢？」他道，「其實我對謎團很感興趣，我常說，哲學家就跟偵探一樣，都是解謎者，而且都視邏輯思考為最重要的武器；只不過前者解的是人生之謎，後者解的是犯罪之謎……我從你身上嗅出了謎團的味道。如果你願意的話，可以告訴我嗎？」

我看著林若平。縱然他是個陌生人，卻散發出一種奇怪的親和力，讓人不自覺想對他傾訴。雖然這樣說很可笑，但我突然覺得林若平身上除了學者的氣質外，還有心理諮商師的氛圍。

「我……的確是遇到了一件怪事。」

「我洗耳恭聽，愈仔細愈好。」

猶豫了一陣之後，話語開始從我口中滔滔不絕湧出。

我說明了我跟芷怡的故事。當然，我只著重於事件的講述，關於我們的親密私事則略過不提。

在述說過程中，林若平很專心地傾聽，偶爾插進幾個細節性的小問題。

說完之後，我才拿起面前的杯子，啜了好幾口已經化掉的焦糖，杯中有著濃郁的香氣。

「很奇妙的遭遇呢。」林若平說，右手撫著下巴。

「我到現在還無法相信。」

林若平尋思半晌後，問道：「我想先請教一個問題，如果你不想回答，可以直說無妨。」
「你問吧。」
「你愛芷怡嗎？」
我沒有料到他會這麼問。「我當然愛。」
「毫無任何猶豫以及疑問？」
「沒有。」
「對你而言，什麼是愛？」
「這個……」我突然感到要立刻回答這個問題，十分困難。
「沒關係，你盡量說說看。」
「……愛是一種感覺，很難用言語述說。我覺得愛沒有辦法被清楚定義。」
「不見得，你已經給出一個條件了，你說愛是一種『感覺』。」
「我的確是那樣說。」
「既然是一種感覺，表示你可以分辨這種感覺，既然可以分辨，應該就可以試著形容吧？」
「唔……」我思考起來，「那應該是一種很喜歡一個人的感覺。」
「嗯，還有嗎？或許可以再更具體一點。」
「……心中有一股衝動，會想要每天看到她，會在意她對我說的每一句話，」我繼續思考著，「沒有辦法將她的影像從腦中抹去。會想要對她好。」
「我了解了，所以對某人有這種感覺，就是愛她？」
「至少對我而言是如此。」
「那你對芷怡是從什麼時候有這種感覺的？」

「這……」
「是見到她的第一眼？還是從鬼樓事件之後？」
我仔細搜尋著記憶，「我認為是見到她的第一眼。」
「所以，可以說你對她一見鍾情嗎？」
「我想是的。」
「那你為什麼沒有立刻跟她交往？」
「我一開始很猶豫。因為我對感情有點畏懼。」
「可以請你多談談這個部分嗎？」
我躊躇著要不要把雲臻的事情說出來，再三思考後，我決定坦白。
林若平默默地聽著我述說過往，說完後，他露出凝重的表情。
「我很遺憾。」他說。
「我也是，不過，這是命運。」
「你因為有過這段創傷，所以對於到來的感情感到猶豫。」
「芷怡的個性讓我有點恐懼，她讓我有種感覺，就是跟她戀愛會導向悲劇，或許我太悲觀了，但我就是這麼覺得。她跟雲臻雖然個性不同，但我會把她們歸在同一類型的女孩子。」
「我了解了。」林若平點點頭，「我很好奇的是，如果去鬼樓那晚你沒有在書店遇見芷怡，她也沒有跟你聯絡，你會主動聯絡她嗎？」
「我想應該不會。」
「你在鬼樓時為什麼會改變主意，突然想跟她交往？」
「這……我真的不知道，」我腦中突然浮現展覽館的那幅裸女畫，「那是一種情境，就很自然而然地……」

「嗯，我了解。」

問題到此中斷，林若平看似陷入沉思。我實在不清楚他的這些問題背後有何涵義。

「……我該怎麼看待目前的女孩呢？」沉默許久之後，我開口問道。

「這是個難題，」林若平若有所思地說：「顯然她展示出了驚人的證據，證明她的確換過腦，這部分就跟換腦手術是否存在一樣難以解釋……我得好好思考，現在還沒有辦法給你答案。」

「沒關係。」

「不過，我有一點很好奇，你剛剛說愛是一種感覺，那麼你對芷怡的愛是怎麼產生的？你是因為她看得見的部分而產生愛，還是因為看不見的部分而產生愛？」

「這……」我再度語塞了。

林若平點點頭，「這個問題可能有點難，不過如果你釐清了它，可能有助於你面對現在的困境，有時間再思考看看吧。關於這整件事，我如果有進一步的想法會再跟你聯絡，非常謝謝你特地撥空過來。」

「不，我才要感謝你。」

互留了聯絡方式後，我與哲學家便在咖啡館前分手。

我撐著雨傘，在半黑的天幕以及濛濛細雨中行走。

剛剛與林若平交談的內容此刻在我的體內掀起波濤，在意識的深處翻湧著。

人僅是由身體與心理狀態建構而成，再無別的。所謂的生，不過就是某一串心理狀態的持續；所謂的死，不過就是某一串心理狀態的終止。

生莫過於此，死莫過於此，人莫過於此。

既然如此，我又何必執著於「她」到底是誰呢？

蒼茫中，只剩下雨絲飄落的聲響迴盪著。

3

時間來到了下午五點，我離開天河大學，心中思索著今晚該買些什麼給女孩吃。市區新開了一間漢堡店，漢堡她應該會喜歡吧？

我掏出手機，叫出了女孩的電話，然後撥打過去。在通訊錄中我用「芷怡（心）」來代稱女孩。手機響了很久卻沒人接。

我決定先買再說。

細雨落下，大地籠罩在淚水之中，一陣莫以名狀的哀戚感彌漫在街上。

我走進店中，點了兩份套餐，牛肉堡加上薯條、玉米濃湯。

香噴噴的氣味讓我食指大動，我已經等不及要大快朵頤。但一想到女孩的身影，心情不知不覺又沉了起來。

我提著裝了食物的袋子，走回街上，跨上機車。沒多久後便回到了住所。

打開大門，上樓，打開房門。

「我今天買了漢堡回來唷。」我一邊脫鞋一邊說。

裡頭沒有回應。

我帶上門，走進房內。

椅子上是空的，床上也是空的。
我快速走到浴室門前，浴室也是空的。
她出去了？
也許去買東西吧？但是，她從來沒有在我回來之前自己跑出去過。
這時，我發現原本擱在床邊的女孩背包不見了。
不祥的預感湧上心頭。
我把塑膠袋放在書桌上，赫然發現上面放著一張字條，旁邊還放著一些鈔票。我立刻抓起字條。

逸承：

既然你不認為我是芷怡，那我再待下去也沒有意思！只會讓我更傷心！算了！我也不想增加你的負擔！我有什麼理由要你養一個你認為是陌生人的人呢？這幾天謝謝你的照顧，雖然我自己很清楚我是誰，但無奈別人已經不認為我是我所認為的那個自己了。活在這樣的目光之下，連我自己都開始要迷失了。我到底是不是芷怡？你說我不是！

我曾經很清楚我是，但現在我開始不確定了。也許，我是個怪物！

不管怎麼樣，我知道你愛芷怡，如果我不是芷怡，我便沒有資格得到你的愛。

我誰都不是。所以，你也不需要向我道歉。

我數了數這幾天的開銷還給你，包括之前的法式料理費用，還有買靴子的錢。

從今以後我會自己照顧自己，不用替我擔心（如果你會擔心）。

再見了（不，不會再見面了）。

字條結尾原本寫有「芷怡」兩個字，但卻被塗改掉。我茫然地望著這些文字。

窗外的雨勢突然大了起來。

我丟下字條，掏出手機，迅速撥打女孩的號碼。

依舊沒有人接聽。

我衝出房外。

4

連雨衣都沒穿，我跨上機車滑上街道，冰冷的雨水滲進衣領，肌膚湧起一陣戰慄感。

她的機車已經不在庭院內了，但下著雨，應該騎不遠，人會在哪裡？

放眼望去，不見她的身影，路上行人打開了雨傘，五顏六色的傘花在鉛灰色的天幕之下顯得格外耀眼。

我來來回回繞過了住處附近的街道，沒有看到女孩。

如果她進入了店家中，我就更難找到了。

我決定先將附近的街道搜過一遍。

像一隻盲目的飛蛾，我在雨中穿梭，身上的外套愈來愈重，身軀愈來愈冰冷。

一條又一條的街道飛掠而過，一輛又一輛的車身呼嘯而過，安全帽的鏡面滿是雨水。機車的車頭打彎，再轉直，反反覆覆，從小巷進去，從大路出來，轉眼間我已經幾乎繞遍了市區的所有街道，仍然無法找到女孩。

我考慮從一間一間的店面進去找，但一看到琳瑯滿目的店家，心立刻沉了下去。這簡直是大海撈針。

在我搜索的這段時間內，也許她老早就已經離開花蓮市了。

我又穿越了幾個街區，騎往火車站附近。

在這樣的天氣之下，她有沒有可能丟下機車，坐了火車離開呢？

一想到這樣的可能性，我立刻把機車丟在火車站前的停車場，奔入車站內，身上的水淅瀝嘩啦地滴下。裡頭候車的乘客們抬頭用好奇的眼光注視著我。

我衝到售票口前，也顧不得正有乘客在買票，便逕自對著售票窗口吼道：「請問一下，稍早有沒有一名穿著紫色外套的小姐來這裡買票？」

「先生，不好意思，」窗口的中年男子說：「你得排隊。」

原本正在購票的老先生看了我一眼，對售票員說：「沒關係，這位先生好像很趕，讓他先問吧。」

「謝謝你！」我說。

「你說要找誰？」售票員問。

「穿紫色外套的年輕女孩，有一對鳳眼，高個子。她剛剛有來買票嗎？」

「我沒有印象，但不敢跟你百分百保證。」

「我知道了，謝謝。」

我轉身離開售票口，突然覺得步伐異常沉重。我緩慢地走到大廳入口。窗外的雨勢沒有停歇的跡象。

我可以感覺得到後面的人群不斷打量著我，他們正竊竊私語著。

仰頭看向天際。雨水落下，再落下。

身上的衣物愈來愈沉重，身軀愈來愈冰冷，心中有一股崩毀的感覺，正緩緩地襲上。

突然，視線掃過對街的遠處，一道背影撐著傘走著。紫色的羽絨外套，高䠷的身影……

就像上了發條似的，我跳了起來，迅速衝到機車前，連安全帽也沒戴就發動了機車。右邊把手一轉，機車像子彈飛了出去。

這條路位於鬧區附近，即使是在雨天，人潮車流仍有一定數量，我卻飆起疾速，路上人車紛紛躲閃。

眼看就要追上那道身影，右邊小巷突然飛出一輛腳踏車，一名小女孩跨坐其上，完全沒有停看聽的舉動。

千鈞一髮之際，本能的反射動作出現。我迅速將機車龍頭往右一擺，整台車斜向右側，重心不穩，車身翻倒滑了出去！

我來不及穩住車身，整個人跟著摔在地上，機車因為衝力的緣故往前滑行了一段距離，撞倒了好幾輛停在書店前的腳踏車；腳踏車像骨牌一樣紛紛倒下。我則跌在一旁，翻滾了兩圈，一輛紅色轎車猛按喇叭，在我面前及時煞車。

臀部因撞擊柏油地面而劇痛，我趴在地上，吃力地仰起頭來，紅色轎車的車主迅速打開車門，一臉驚慌，是個年輕小姐。

「你、你沒事吧？」她急促地問。

「還好。」我回答。雖然痛，但骨頭應該沒斷。

她上前想攙扶我，但被我婉拒了。

我勉力站了起來，兩腿痛得發直。

周遭的人全部盯著我看。車站內的乘客都站出來了，他們用著比方才更為疑惑的眼神注視著我；騎著腳踏車的小女孩也停在馬路中間，用呆滯的眼神看我；眾多機車騎士、轎車駕駛也因為我佔據了馬路中央而停下，有些人表情惱怒，有些人好奇。

我很快地將他們從意識中掃除。

我轉頭看向方才那名撐傘的女人。她也如同其他看熱鬧的人一般，轉過身來盯著我瞧，當我看到她的面容時，一顆心迅速沉了下去。

不是她。

我跛著腳朝機車走去，大腿內側有黏稠的感覺，也許流血了。臀部很痛，應該也瘀青了吧。但只要骨頭沒斷，就無所謂。

機車相當重，我現在連彎身都有困難，根本別想把翻倒的機車扶起。我咬著牙彎下身試了兩三次，但車子文風不動。一名中年男子走了過來，說了一句「我來幫你」，便走到車邊，蹲了下去。

他很快地將車子扶正，並把斜腳架放下。

「下雨天不要騎那麼快啊，你有沒有怎麼樣？」他問。

「謝謝你，我不要緊的。」

「確定沒事喔？」

「真的很謝謝你，我只受了點皮肉傷。」

「那就好。」

他點個頭之後便離去了。周遭鼓譟的人群也逐漸散開，交通漸次恢復正常。只剩下我站在翻倒的腳踏車堆旁。

突然一聲清脆的鈴響。有簡訊。

我很訝異在經過這番折騰後，手機竟然沒有故障。就算沒摔壞，也應該早已受潮了。

我從外套中掏出手機，打開簡訊。

是女孩傳來的。

我在鐵道公園。

我立刻跨上機車，忘卻了疼痛，再次以方才的速度疾馳於道路上。

5

雨勢雖稍微減弱，視線卻仍舊迷濛。強忍著身體的疼痛與不適，我咬著牙驅動著機車，很快來到了鐵道公園。

我把車子停在路邊，向四周張望，沒有看見女孩的機車。她有可能停在公園的另一端。

我奔入公園內。

放眼望去，狹長的廣場上空無一人，我站在入口觀望了半晌，仍舊尋不著她的蹤跡。

會不會在涼亭內呢？這裡除了涼亭外並無其他避雨處。

遠遠地望見前方的涼亭，但卻看不清楚裡頭是否有人。

我沿著鐵道往前奔去。很快來到涼亭邊。

方形的寬敞看台上，有一道身影坐在椅上，正望著遠方的街景。

我躍上階梯，踩在木造的亭子之上。

女孩沒有轉過身來。我快步繞到她面前。

她低垂著眼神，沒有看我。

我站在她面前低頭凝視著她。

那藍色背包立在她身旁，一把黑色的摺疊傘放在背包邊。可能是剛剛才買的。

她兩手放在膝上，嘴唇抿得死緊。

「跟我回去吧。」我說。

她沒有回答，也沒有看我。

「我是說真的，跟我回去。」

她抬起頭來，面無表情，兩隻眼睛紅通通的。

「我為什麼要回去被你的質疑折磨？」

我停頓了一下，然後說：「之前的事，我跟你道歉。」

「道歉不能解決問題。」她別開視線，又望向遠方。

「我跟你保證，沒有質疑這回事了。」

她沒有回答。

「這幾天，我想了很多，」見她沒有反應，我便逕自說下去，「我記得在哪本書上曾經看過一段話，是這麼說的：『世界上沒有不可能的事，有的只有不願相信事實的人心。』就算你所陳述的遭遇再怎麼令人無法置信，再怎麼不可思議，有一件事是確定無法改變的。」

她仍舊看著遠方。

「你的心，是我所熟悉的。單單這點，就夠了。雖然身體不一樣，但是你的確有她的思想，所以我相信你。」

經過一段緘默，她緩緩抬起頭來，迎著我的注視。「你說的是真心話嗎？」

「是真心話。」

「不後悔這麼說？」

「不後悔。」

「好，我也相信你。」

我們的視線交會了半晌，她終於破涕為笑。

那方熟悉的微笑。

「那你準備要買東西給我了嗎？」她歪著頭問，「這次我想要買魚口鞋！」

「當然，我們立刻去選購吧！」

她咯咯笑了起來，「開玩笑的啦！你看你淋成這樣，超誇張的！先回家換衣服吧！」

「我無所謂。」

「不行！這樣會感冒！你生病了誰來照顧我啊！」

「這樣啊……那我們就先回家換衣服，再去買鞋子吧。」

「還有熱騰騰的晚餐！」

「當然。」

我伸出右手，她看了我一眼，唇線彎了起來，然後將左手遞出，放在我的掌上。

我把她從椅子上拉了起來。

她溫暖的手心融消了彌漫在我身上的凍寒。

我對她輕笑。

「我們走吧……芷怡。」

斷片（三）

立揚站著，全身的血液逆流，肌肉僵硬，他默默地注視著眼前的景象。一座畫架佇立在面前，上頭靠著一個長方形畫板，以直立的形式擺放著，幾乎要跟他一樣高。

這裡是歲喬的畫室，無數的畫板堆疊在房間各處，有一些則掛在牆上，形成一片五彩繽紛的景況。

或許沒有想像中的五彩繽紛，因為大多數的畫，顏色是暗沉的。

眼前的這幅畫，底色是黑的，一張臉佔據了大半空間。說那是一張臉，似乎不太恰當，但它的確看起來像是一張臉。

那是一個紅色的鬼面。

他對鬼面具沒有研究，只知道常常看到這種面具，也許是日本的面具吧？兩支長長的角從頭頂冒出，那對眼睛呈現著如同下弦月的形狀，嘴型則是更大的下弦月，唇際兩端往上提，幾乎與鼻子下緣等高，看起來充滿邪氣。

但這幅畫沒有這麼單純。

乍看之下，這畫有一種不協調感，原因在於，仔細看的話，會覺得這張鬼面上似乎重疊著另外一張臉，一張看不出性別的人臉。或許說重疊不太恰當，而是這張臉與鬼面有著一大片交集。就如同在范恩圖解中，兩個集合幾乎要融合在一起。受過嚴謹科學訓練的他，第一時間只能想得出這種比喻。

一開始會只注意到鬼面，是因為鬼面頭上的兩支角太顯眼了，因此對於影像的理解會自然指向鬼面；但只要端詳夠久，會發現存在著另一張臉。

到底這是一張像鬼面的人臉，還是像人臉的鬼面？

無論是何者，這都不是一張會令人感到舒服的畫作。全黑單調的黑色背景，鮮明的紅色臉龐，死寂的雙眼……

外頭的雨仍繼續下著。彷彿要淹沒全世界。

忽然，一道閃電從眼前的窗外閃過；電光閃爍的瞬間，立揚彷彿看見鬼臉的雙眼迸出火花。他不自覺地倒抽了口氣。

一陣響雷從天際灌注而下，震徹雲霄，撼動大地。他的身子也跟著搖晃起來，心扉彷彿要碎裂了。

他受不了畫室的氣氛，決定離開。立揚轉過身，正要往門口走去時……

比方才要多上十倍的悚然感頓時凍結全身，他覺得自己的心跳停止了，時空僵凝，只剩下雨水沖刷著孤伶的世界。

一道人影定立在門口，凝視著他，動也不動。

是崴喬。

她站在那裡，身上的白色羊毛衫與白色手套、米色長褲連成一氣，形成一片慘白。灰色的毛襪直接踩在地面上，而不是穿在室內拖鞋裡。她的那張橡皮面具就像日本的能面一樣，了無生氣。

「崴喬，你不是睡了嗎？」立揚勉強擠出這幾個字。
「我聽見你的腳步聲。」
「啊，真是抱歉，我把你吵醒了。我應該要放輕腳步。」
他感到疑惑，雨下那麼大，崴喬怎麼還聽得見他的腳步聲？
「你到這裡做什麼？」他聽不出崴喬這句話背後的語氣。
「沒什麼，只是想看看你最近的作品。」
「我不喜歡你亂看我的東西，以後不要這樣。」
「我……」
「答應我！」
「我知道了，」立揚看著她，「親愛的，去睡好嗎？來，我們回房休息。」
他走向崴喬，輕輕摟住她的手臂。
她一開始僵立不動，但終究屈服，轉身往走廊而去。
回到了隔壁的臥房，在立揚的督促下，崴喬躺回床上。他將棉被拉上她的身子，像先前一樣拉到下巴處。
「晚安，你好好休息。」立揚說，
「你還不睡嗎？」崴喬微微轉動頭部，看著他。
「我還有點事要處理，你先睡，我等等就來。」他想起樓上未關機的電腦。
崴喬收回視線，凝視著天花板，眼神空洞。
「那先晚安了。」原本坐在床沿的他放下雙腿，站了起來。
就在他轉身欲往房門走去時……

「立揚。」

他緩緩回身。崴喬側著頭看向他。

「怎麼了？」他問。

「你忘了一件事。」

立揚沒有答話。

「你忘了親我。」崴喬說。

停頓了一陣後，立揚笑了。他笑著走近崴喬，走到床邊，笑著彎下身來。

他輕輕吻了她的唇。

「我愛你。」他輕聲說。

她似乎微微點頭。

他拍拍她胸口的棉被，也對她點點頭。

崴喬閉上了雙眼。

立揚直起身，再次朝房門走去。

來到走廊上，立揚轉身緩緩闔上房門。

又一次，在房門閉合的那一剎那，他彷彿又看見崴喬打開了雙眼，凝望著他。

腦中突然浮現一幅畫面，是方才在畫室看到的那幅畫。

他關上房門，走到樓梯口，在滂沱大雨中上了樓。

過去（四）‧舊愛

1

十月二十五日

雲臻不是我第一個戀人，但卻是第一個以死亡來作為分手的戀人。

在她之前，我談過兩次戀愛，但為時都不長，也不深入。那是在大學時候的青澀戀情，在我對愛情充滿憧憬的情懷之下，在我還不知道什麼是愛的情況之下，那短暫的情，就已經結束了。

回想起來，在那一年多的關係之中，我們的交集不多，甚至連談話也不多。因為沒有交集，所以沒有談話。

我很訝異地發現雲臻的心情起伏十分地大，她可以上一秒開懷大笑，下一秒便陷入愁雲慘霧。心情惡劣時，她不會等我說完話便掛我電話；她會有許多突如其來的要求，而這些要求通常很難，甚至無法達到。

她總是會在我擁抱她的時候仍感到孤獨，在做完愛之後感到空虛，因為這樣，而索求更多，不管是情感上，或是身體上的。

並不是她陷入憂鬱的頻率變高了，而是我沒有發現她原本就是這樣的人。

有一次我在她房間裡，她的低潮情緒又湧了上來，我才去了個廁所，回來之後便發現她拿起桌上的美工刀往手腕猛劃。我衝上前去，將刀子從她手上扯下。她的手腕流下鮮血。

她哭了起來，不斷地將我推開，不讓我檢視傷口。

那一晚之後，我才終於看清楚她的臉。

這樣子的循環上演了無數次，直到有一天，另一名女孩打電話約了我。

那是我在學校郵局認識的女孩子，經過多次接觸之後熟稔起來，我可以感覺到對方對我的好感。

當我們兩人一同在餐廳用晚餐時，雲臻的電話來了。

我沒有接。

在那之後，我一猶豫接她的電話，她的電話便響得愈頻繁；而我一旦接了，她的情緒便潰堤得愈快。

直到有一天，我開始忽視她的鈴聲。

電話響了足足兩個小時，直到我關機。

隔天我開了機，但我沒有接到她的來電。

第三天，她也沒有打來。

她再次打來時，是第五天的凌晨，我睜著惺忪睡眼，摸黑抓了手機，沒有看來電顯示就按下了通話鍵。

「喂？」我問。

「你在睡覺嗎？」

花了一小段時間，我才意識過來那是雲臻的聲音。

她的聲音，非常、非常地冷。

「我在睡覺。」我緩緩吸了一口氣，突然不知道自己該怎麼面對她。

「現在，我覺得寂寞。」

我沉默。

「不要以為我不知道你做了什麼事。」

「你在說什麼？」

「那個女孩子，有比我好嗎？」

「你別胡言亂語。」

「你覺得我應該怎麼辦呢？」她突然笑了起來。

我想著，我也許該立刻飛奔到她身邊；我想著，也許這是我們最後一次通話。

我也想著，也許我們兩人的生命最終還是沒有交集。

想到這裡，胸口突然有種崩裂感，一陣劇烈的收縮湧上，彷彿時光掏空了我心中的一切。

正當我要開口時，雲臻說話了。

「現在，我知道該怎麼辦了。」她輕笑了一聲。

然後她結束了通話。

手機的螢幕熄滅，室內回復到黑暗。

那晚我失眠了。

隔天早上，我在學校的課堂上從同學們口中聽到了一件事。

他們告訴我，雲臻自殺了。

她從通識大樓的頂樓跳樓，時間大約是清晨六點。

就在跟我結束通話的一小時後。

雲臻被早上運動的民眾發現，救護車立刻趕到。

後來聽說她奇蹟似的挽回一條命，但也因此休學了。雲臻沒有留下任何遺書，由於她本來就有情緒上的問題，所以所有人，包括她的家人，都認為她是因為憂鬱症自殺。

郵局的那名女孩子，不知何故，跟我失去了聯絡。

雲臻跳樓那天，我收到一個包裹，寄件人是我不認識的名字，等拆了封之後，才發現是她寄的。那是在她自殺的前一天用假名投遞的。

裡面裝的，是一條銀色吊飾，吊飾的樣式相當特別，一個小巧的五角星放置於透明的水晶球中，而水晶球的外圍環繞著金色的曲線。光是看著它，就會覺得自己穿越了宇宙的時空，被各種星體所環繞。

裡頭還附上一張信紙。我用顫抖的手指展開那張紙。

逸承：

我知道我真的對你很壞，關於這點我要向你道歉……但，你相信嗎？你是我第一個很認真愛過的人。

我喜歡你的陪伴。你或許會問，為什麼你常常陪在我身邊了，我卻還感到孤獨。其實不是你想的那樣，沒有了你，我連孤獨都承受不了。我需要你。

當你不再需要我時，我的世界就結束了。也許這樣對我也好，對你也好……

你真的要離我而去了嗎？

在寄出這封信之前，我想再問你一次。

……這條吊飾，是我從網路上訂購的，這是某個藝術大學的學生自己手工製作的，只限量販賣二十條。

如果我能看得見你戴著這條吊飾，代表你還愛著我。

對吧？

也許我該抱著這樣的想望，繼續期待著。

你說是嗎？

你是愛我的，對不對？

愛你的雲臻

所謂的日記，應該是記錄當天發生的事情，但不知為何，這一陣子關於雲臻的記憶總是無來由地湧上心頭。記錄當天對於過往的回憶，應該也算是日記吧？

也許是對芷怡坦承了雲臻的事，才會促使我寫下這些塵封的回憶。

雲臻休學後，我立刻離開了那間學校。以合約來說，我應該負責該堂課的教學直到學期末的，但經過我的懇求後，校方尊重我的感受，因此特准我離開。我實在無法繼續待在那裡上課，在一個雲臻曾經待過、現在卻不存在的班級上課。

我與雲臻的師生戀情沒有因為她的死亡而爆發出來，這是不幸中的大幸，因為如此一來，我到其他學校應聘工作不會受到影響。

跟雲臻交往之前，我剛取得碩士學位，開始在一些三流的大學兼課，教授一些通識領域的文學課程，作為糊口之用。我並不討厭這工作，面對那些青春洋溢的大學生，倒也能感受到一股生命的朝氣，讓我不至於對人生感到洩氣。

也就是在這樣的氛圍之下，才會跟雲臻擦出火花。

吊飾不在，雲臻也隨著消失了。
現在，我愛的人是芷怡，不是雲臻。
不，也許我從來沒愛過雲臻……

2

十一月一日
今天沒什麼心思寫日記，就記錄幾件瑣碎的事情。
離開鬼樓那天晚上，我在車子裡找到失蹤的手機，直到現在我都還感到很奇異，我明明記得下車時有帶在身上。看來是我記錯了。人的記性真不可靠。
另外一件事……
檯燈上那個習以為常的物品消失了。
雲臻從記憶中褪去。
還有什麼事情是從記憶中褪去了？
既然注定消逝，就沒有必要再想起來。

3

十一月六日
我已經有好幾天沒有寫日記了。因為跟芷怡交往的緣故，自己的時間變少了，但這無所謂。

我們幾乎天天都見面。尤其芷怡時常會心血來潮，一通電話就要我到她的住處去載她，我也總是照做，丟下手邊的工作，立刻驅車趕去。

因為她的住處大樓只容許女性進入，所以我不常待在她那裡，就算要進去的話，也得偷偷摸摸。偶爾她會要我陪她度過黑夜。然後隔天一早，我再開車去上班。

有時候，我們會心照不宣地在下課之後的夜晚，在當初的涼亭碰面。

我們在涼亭中貪婪地感受著對方的身體，在冷冷的夜幕之下感受著溫熱；那火熄滅之後，我們才一起離開校園。

我們會一起去吃晚餐，冷颼颼的夜晚，芷怡最鍾愛火鍋，但為了避人耳目，我們得到遠離學校的火鍋店用餐。她在蒸氣騰騰的熱鍋前，壓抑的笑容不再壓抑，我可以看見她開懷的笑臉。

當然，就如同一般情侶，我們也是會有爭吵、不愉快的時候。芷怡的眼淚來得很快，當她情緒來時，不管身在何處，她會當場坐下來，曲起膝，手抱著膝蓋，將臉埋在大腿中大哭，就像糖果被搶的幼稚園小孩。最後，我總是被逼得不得不哄她。

縱然有這些插曲，但我們的感情基調是穩定的。

在好幾天前，我向芷怡提議說，這個週末到郊外走走。她同意了。我的計畫是到太魯閣國家公園遊玩，芷怡沒有去過，她也對這個行程感到新奇。我們計畫做兩天一夜的旅行。

禮拜六早上，芷怡來到我的住處，上了我的車，我們開到附近超市買了一些點心，做行前的採購；在挑選點心時我才發現她不喜歡吃甜食，連甜的餅乾都不喜歡。於是我們買了一些鹹餅乾跟麵包，還有幾包拉麵。完畢之後便驅車駛離市中心，朝市郊而去。

「你說我們要去住什麼地方啊？」芷怡問，她的語調洋溢著雀躍。

「天祥，從花蓮這邊進去不需要太久的時間就能到。」
「好像有聽過耶，那裡有什麼好玩的啊？」
「主要就是看風景，也有森林步道。」
「登山步道啊，會很難走嗎？」
「放心，都是大眾休閒路線。」
「那就好，我最討厭運動了。」
車子逐漸駛離市中心，進入市郊的道路，我與芷怡閒聊著，不知不覺來到一個十字路口，橫向的道路即是漢平路。
「左轉是鬼樓呢。」我說。
「想再去一遍嗎？」
「不怎麼想。」
我們相視而笑。
過沒多久，車子穿越東西橫貫公路的門樓，便進入壯觀的山區了。周遭的景色崢嶸起來。天氣雖然冷，卻是萬里晴空。山路蜿蜒，空氣清爽，視野愈來愈開闊。連綿的山峰，纏綿的白雲，湛藍的天幕，一切的一切都讓人心曠神怡。
芷怡像個小女孩一樣興奮，似乎很久沒有出遊了。她按開車窗，一直盯著窗外。
「啊，對了，你沒有帶相機嗎？」我問。
「我不喜歡照相呢。」她轉過頭來，回答道。
我有點訝異，「你不喜歡照相？」
「就跟你不喜歡吃火鍋一樣，有什麼好驚訝的啊？」

「我恰好也不喜歡。」

「哦？」芷怡露出好奇的神情。

「說不上來，我不喜歡看著照片那種回憶過往的感覺，會覺得美好的時光總是過得特別快，因而感傷。把過去的影像捕捉起來究竟有什麼意義？不過是徒增感慨罷了。以後年老時看著那些照片，會更不勝唏噓。相片留在腦海中就夠了。不過，照片是一種紀念啦，這也是為什麼許多人喜歡照相的原因。」

「我的想法一樣呢。」

「真的嗎？」我驚訝地看了她一眼，「看不出來你是會有這種情懷的人呢！」

「什麼意思啊！」

她重重捶了我手臂一下，方向盤瞬間偏移，車子往右側滑去，芷怡的身子飛撞了過來，我趕忙擺弄方向盤，穩住車身。

「拜託，你小心一點好不好？」

「哼！誰叫你亂說！」她把頭別開。

前往天祥的途中經過了一處觀景台，我們下車稍事歇息。觀景台的展望相當好，遠遠望去可以看見對邊巍峨的山勢。

微風吹拂而來，看著開闊的山景，頓時煩惱全消。握著芷怡的手，我感到幸福。

離開觀景台，經過一個小時的車程後，我們到達天祥附近。我已經預約好一間民宿。我們決定先去辦住宿登記。這間民宿離天祥只有兩公里，是我精挑細選的，房間內有觀景窗，可以欣賞山景。

當我跟芷怡站在房間內從觀景窗往外看時，芷怡開心地從背後抱住我。

「謝謝你。」她說，下巴依偎在我的肩上。
「不客氣。」
「這一趟就給你請客囉！」
「那當然。」
將行李放好後，我提議去森林步道走走。
「等一下嘛！先休息一下。」
「再休息一下就天黑了。」
「你開車不會累嗎？這房間感覺好舒服，我們先坐一下嘛。」
結果，我跟芷怡一起依偎在觀景窗前的沙發中。
「這裡感覺真好。」我說。
「是啊，山上好安靜。」芷怡回答。
我注視著面前的觀景窗，外面有一隻鳥倏地飛過，「那是什麼？長得好奇怪。」我站起身，走近窗戶往外看。
突然，背後有個溫熱的物體環抱住我，芷怡的臉龐出現在我的右肩上。
這已經不曉得是第幾次了，從背後摟抱是芷怡的習慣。
我緊緊抓著她的手臂。
「你從背後抱我的感覺很可愛。」我說。
「真的嗎？」她笑了。
「當然是真的。」
「我也很喜歡這麼做。」

「芷怡。」
「嗯？」
我緩緩從她的環抱轉過身來，面對著她。
「你知道我最喜歡你全身上下哪個部位嗎？」我問。
「快說！」她笑著。
「你的眼睛，尤其是你的黑眼圈。」
「哦？為什麼？」
「有妖女的邪氣。」
「原來你喜歡惡魔的擁抱。」
一陣浪潮悄悄地襲上，輕柔地捲去了一切矜持與束縛。
我們沉浸在歡愉之中。

現在（四）・魂錯

1

下班之後，我到附近的餐館買了兩個排骨便當，然後走回住處。夜幕柔和，星空瑩爍，街上一派安詳的氣氛。劇烈的腹飢讓我想立刻大快朵頤一番，但想到芷怡還在家中等我，便不自覺加快了腳步。

自從跟我同居之後，她也改變了吃晚餐的時間，非得要等到我下班才一起用餐。我屢屢勸她肚子餓了就去覓食，也試著買了一些食材放在住處的冰箱中，讓她可以自己料理餐點，但她就是堅持要等我回去一起吃。久而久之也變成習慣了。

我提著塑膠袋上樓，來到了門前，敲了幾下後，門便往內打開。芷怡站在門後，一臉欣喜。

「回來了回來了！我肚子好餓喔！」

我走入房內，她將門關上。「抱歉晚了點，我跑去買你最愛吃的那家排骨飯，有點遠。」

「太好了！」她撲過來從背後抱住我，「你對我最好了！」

「先吃吧！」我差點站不穩。

照往例，我在書桌上墊了幾張不用的廢紙，然後把兩個便當盒放在上頭。接著再拿出兩個碗，將附贈的湯倒入碗中。芷怡也取出了兩副筷子與湯匙，在桌上擺好。

芷怡盤腿坐在床邊，捧著便當盒狼吞虎嚥起來。她的吃相不是很優雅，也老是改不了喜歡在床上吃東西的習慣。我坐在書桌前，一口飯、一口湯搭配著吃。

「你在研究昨天買的塔羅牌嗎？」我看到床上散落著一堆塔羅牌，那是我們昨天逛街時買的。

「對啊，我玩了一整天。」

昨晚在書店看到一副做得相當精緻的塔羅牌，芷怡被上頭的花樣吸引了，立刻就買了下來。不過她對事物的興趣都只有三分鐘熱度，我想不消三天這副牌就會被打入冷宮了。

「等等我來幫你算牌怎麼樣啊？」她嘴角沾著飯粒，一臉興奮地說。

「哦？你會算啦？」

「研究了一整天，當然會啦！」

「那吃完來試試看吧。」

閒聊了一陣，轉眼間兩個便當盒已經空空如也。我收拾著殘局，芷怡則坐在床上整理塔羅牌。等我把餐具洗好、回到床邊時，她已經在床上整齊排列了一大片塔羅牌，排成一個長方形，每張都是背面朝上，中間露出一個小空間。仔細一看，原來她將牌鋪排在一張紙上。

「在那個地方寫上你的名字。」她說。

塔羅牌我是門外漢，也不知道她要弄什麼玄虛，只得照做。

「接下來，你要陳述你的問題……」

我對於算塔羅牌興致實在不大，更何況芷怡根本只是玩票性質的業餘玩家，在她生疏的技術下，我帶著倦意地陪她玩了一個多小時。

「嗯……這張牌的意思是……」芷怡手中拿著一張牌，正開始要解釋。

坐著聆聽的我壓下一個呵欠之際……

一陣頭暈目眩倏地湧上，眼前的景象晃動起來。我將手壓在床上撐住了身子。

「咦？你怎麼啦？」她放下手中的牌。

「沒、沒事。」

昏眩感愈來愈重，芷怡的影像開始旋轉。

我感到重心不穩，整個人倒了下去，頭撞在鬆軟的棉被上。

耳畔迴盪著芷怡驚慌的叫喚……

＊

迷濛之中，我好像看到了什麼影像。只覺得在一片黑暗滲入了白光。隱隱約約有景物的輪廓，但又不甚具體。意識似乎幻化成漂泊的靈魂，搖搖晃晃的，什麼都不清晰。

有一種很強烈的空白感瀰漫在意識裡，那就像是世界整個崩毀了，然後又重新開始的感覺。我覺得自己漂流在大海中。

虛無的空間……一種奇怪的虛無感……

不知沉淪了多久，我聽見有人在叫喚，是一名女孩。

「逸承！逸承！」

意識一片空白。

「逸承！逸承！你怎麼了？醒一醒啊！」

突然，眼前的輪廓明晰了，我睜開雙眼，看見一張焦急的臉俯視著我；我一時之間認不出她來，但隨著意識的回神，我馬上回到現實世界中。

我撐起身子，在床上坐起來。

「你到底怎麼了？我嚇死了！」芷怡神色驚慌地盯著我。

「沒事，不用擔心，只是……有點暈罷了。」

「你是不是生病了？」她那雙鳳眼鎖得死緊。

「沒有，這種狀況之前也發生過幾次。」

「之前也發生過？我怎麼不知道？」

「在我們再次相遇前就發生過了。」

「啊？你怎麼沒有告訴我？」

「這有什麼好說的？況且，我根本就忘了這件事。」

「你明明就是生病了！」

「真的不是。」

「你怎麼知道不是？」

我嘆了一口氣，「可能是在山谷摔跤那時候造成的後遺症。」

「這……你應該去醫院檢查啊！是不是腦震盪啊？」

「沒那麼嚴重，我自己很清楚。」

「可是，這樣我會擔心！」

「真的沒什麼啦！你不是在算牌嗎？我看一下你剛剛拿那張牌是什麼……」我右手伸過去拿牌。

「等等啦！」她抓住我的手，「你真的沒事嗎？」

我吐了一口氣，看著她的眼睛，然後握住她的雙手，「沒事，真的不用擔心，如果再發生的話，我就去醫院檢查，這樣可以嗎？」

她看起來有些心不甘情不願，不過最後還是放鬆了表情。「好吧，你說的喔。」

「那麼我們來看牌吧，我剛剛挑的那張……」

「喔，這張喔，這代表……」

她說的話完全沒有進到我的耳朵。我盡力想拋開剛剛的奇怪感覺，但它卻縈繞不去。我覺得整個人好像靈魂出竅一般。

「好累喔！」芷怡突然把牌丟到一邊，然後撲進我的懷裡。我從冥想中回神。

「想睡了嗎？要不要先去洗澡？」我拍拍她的手臂。

「不要，這樣抱著好舒服。」她像隻小貓在我胸口磨蹭。

「你這樣像隻貓，好可愛。」

「真的嗎？我可是隻很兇的貓喔！」

她突然從我懷中抽離，雙膝跪著，兩手掌貼在床上，抬頭用詭異的眼神看著我。

「你幹嘛？」我看著她的臉，一股笑意充塞胸臆。

芷怡撲了過來，把我撲倒，整個人壓在我身上。

「我是大貓！哈哈哈！」

我翻過身來，換她被我壓在底下。

「這隻大貓看起來很性感呢。」我低頭望著她。

語畢，我的唇落在她的之上。

2

之後一個月的日子是平順的。每天公式化的內容與節奏並不會讓人感到單調無趣，反倒有一種安適感。與現在的芷怡相處得愈久，我就愈確定她是我以前認識的芷怡。這名女孩身體與心靈所帶來的反差，逐漸被無法抹滅的熟悉感與認同感所抹平。我也漸漸習慣了。

我不知道未來該怎麼走，只知道現在的生活很安逸。芷怡在我上班時總是窩在房間內，整天打著電腦。等我下班後，我們一起用晚餐，有時候出去逛逛街、散步。

偶爾，我們會有小爭執，但都算不上嚴重。吵架時哄哄她、抱抱她，她立刻就會像小貓一樣蜷縮在我的懷裡——雖然以她現在的身高來講，實在不能算是小貓了。

芷怡最近除了上網之外，對塔羅牌的熱情又轉移到手縫娃娃上，果然如我預料的是三分鐘熱度。她買了一個熊娃娃手縫套組，裡面有縫製兩隻小熊娃娃的材料，開始一點一滴地縫了起來，進展速度相當緩慢。她說那兩隻小熊縫好之後要擺在書桌上，讓我每天都可以看見。那是兩隻灰色的熊，其中一隻穿著吊帶褲，紳士模樣，另一隻穿著連身洋裝，頭上繫著紅色的蝴蝶結。

「你怎麼會突然想做這種東西？」我問。我本來想說她不是這麼有耐心的人，但沒說出口。

「因為要送給你嘛！嘻嘻！」

日子以這種平穩的步調進行著。

這天，下班之後，我出了補習班大樓，來到機車旁。一般而言，我會步行來上班，但趕不上的時候就會騎機車。我掏出手機，找到顯示「芷怡」的號碼，然後按下撥號鍵。

「喂？」手機那頭高亢帶點嬌嗔的嗓音響起。
「我現在要騎車去買晚餐，你想吃什麼呢？」
「喔，我想想看喔……」她停頓了一陣，「突然想吃焗烤耶，就是上次我們去吃的那家，你還記得嗎？」
「當然記得，那你想吃什麼焗烤？」
「嗯……焗烤海鮮蛋炒飯好了。」
「好，那你就等我一下。」
「等你唷！」彼端傳來幾個飛吻。
切斷通話後，我騎著機車上了街。
焗烤店的位置稍微有點偏僻，過了鬧區之後轉入一條巷子才能到達。我騎經上次為了尋找芷怡而摔車的地點，回想起那天的情景。那時引起的大騷動所該湧生的臉紅，直到這一刻才浮現。
繼續直行，沒過多久就出了鬧區。我在大馬路底端切入小巷，很快地來到了焗烤店。店面不大，但裡頭客人倒是不少。入口處擺了一個告示牌，載明了今日特餐，正是海鮮焗烤蛋炒飯。
經過了透明的自動門，穿越了許多桌椅，櫃檯位在長方形空間的底部。我向櫃檯人員點餐後，便在一旁的椅子上坐下等待。
我點的是咖哩雞焗烤飯，等會兒可以跟芷怡交換吃。
由於焗烤需要一些時間，我便掏出手機打給芷怡，以聊天來殺時間。
按下撥號鍵後，卻傳來對方通話中的訊息，我只好把手機掛斷。

奇怪了，芷怡在這裡沒有朋友，怎麼會通話中呢？多半是接到詐騙或問卷調查的電話吧！

我索性拿起桌面上的雜誌開始閱讀。但流行雜誌實在提不起我的興致，因而看得索然無味。

就在我昏昏欲睡之際，餐點完成了。我付完款，提著香噴噴的袋子走出店外，來到門口的機車旁。就在我把袋子放入機車座墊內的收納空間時，突然一輛紅色重型機車滑到我身邊，一名女騎士俐落地下了車，瞥了我一眼，然後脫下安全帽，並將帽子掛在後照鏡上，往店內走。

我僵立在當場，望著那女人的背影，頓時升起一陣難以言喻的悚慄感，久久無法回神。

我無法確定自己所見，於是佇立在原地，望著店內。那名女人走到櫃檯，似乎在點餐，從她在櫃檯邊徘徊的舉動看來，應該是打算外帶餐點。

我猶豫著要離開，還是要留下來。最後我決定等待。

等待是漫長的。我凝視著女人的身形，愈發不敢相信自己的雙眼，胸口的驚愕感滿溢著，參雜一股冰冷。

終於，女人右手提著塑膠袋走了出來，左手插在外套口袋內。她出店門時看到我仍站在那裡，似乎有點疑惑，但她沒搭理我，逕自走到車邊，將鑰匙插入鎖孔。

現在我確定了。

「請問一下……」我對著她的背影問。我發現自己的聲音在顫抖。

女人轉過來，皺著眉看著我。

「你是……芷怡嗎？」

不會錯的……那濃重的黑眼圈、蝌蚪般的雙眼……那張臉，我永遠忘不了的臉。

「你是不是認錯人了？」她說。

這個聲音……

「你是芷怡吧？」

矮我半個頭的身高也吻合。

「芷怡？」她笑了，但那笑容很冷酷，「抱歉，從來沒聽過。」

她笑的時候露出了上排的牙齒，參差不齊，從犬齒特異的歪斜角度看來，與芷怡完全相符。她的笑是不抑制的。

「我是逸承，你忘了嗎？」

「我不認識你。」她冷冷盯著我。

她的表情很嚴峻，五官就像銳利的刀鋒。芷怡不曾有過這種表情。

「你真的不是芷怡嗎？我們在一年前交往過。」

「你真的搞錯了，」她轉身，「我得走了。」

「等等！你長得跟我認識的一個朋友一模一樣。」

「是嗎？」她又回過身來，似乎在思索著什麼，「應該是巧合吧。」

她的外貌看起來的確是芷怡，只除了頭髮短了點，而且有著兩根像蟑螂鬚的劉海。我這才注意到她戴著一副很特異的耳環，金色圈子下垂吊著一張銀色惡魔的臉，惡魔頭上長了兩支金角。她穿著一件黑色皮質的外套、藍色緊身牛仔褲、黑色短靴。她的唇上抹著鮮豔欲滴的口紅，十指則塗著夜幕般的黑色指甲油。

「你的神韻跟她不怎麼像，但是長相一模一樣。」

「哦？那真有趣。」

「你是不是動過換腦手術？」

我可以感覺得到空氣在瞬間凝結，她的視線變得更鋒利，那對明澈的眼眸注視著我好一會兒，然後才別開。

「看來，」她的語調很平板，「芷怡回去找過你了。」

「所以你知道芷怡。」

「我不知道她的名字，是你剛剛告訴我的。」

「你是另外那名跟她交換大腦的人？」

她的視線又轉回來，注視著我。

沉默。

「是又怎麼樣呢？」她終於說道。

「你對這件事知道多少？」

「什麼事？」

「換腦手術，還有戴面具的人，這一切的一切。」

她停頓一下，然後回答：「知道得不多。不過如果你想聽的話，我可以跟你聊聊。」

「我有很多問題想問你。」

「嗯，可以，不過這裡不是說話的去處，如果你方便的話，到我家如何？因為我還得回去處理一些事情。」

「等等，我想一下……」

我突然想到芷怡還在家裡等著我帶晚餐回去。我猶豫了幾秒，看著眼前的女人，發現自己不知道「芷怡」這個名字到底該指稱誰。雖然現在該回家，但是心中亟欲想搞清楚真相的衝動卻又十分強烈，到底……

「如果你現在沒空的話，我們也可以約改天。」似乎是看穿了我的心思，對方這麼說道，「不急著現在啊。」

「……不，我現在就想知道，請你等我一下，我打一通電話，馬上就好。」

「請便。」

我掏出手機，轉身走到一旁，找出號碼，按下撥號鍵。

「喂？」女孩的聲音響起，「你到了嗎？」

「我現在突然有點事，可能會晚點回去。」我盡量壓低聲音。

「什麼？」

「是這樣的，有學生家長找上來，關於英檢保證班的事情，他們很有意見。」

「可是你不是已經去買晚餐了嗎？」

「對啊，才剛到店門口，老闆就打電話叫我回去，說有幾個家長過來，想討論一些事。總之，我得去應付應付。」

「什麼啊……」

「你肚子餓先自己去買飯，這些人很難對付，我會晚點回去。」

「唉唷，怎麼會這樣啊。」

「我得趕快過去了，先這樣喔。」

沒有等她回答，我就切斷了通話。

我轉回身，「芷怡」正一手插在口袋，一手玩弄著手機。

「講完了嗎？」她撥了撥額前的劉海。
「好了，我們走吧。」我走回機車旁，「你住哪裡？」
她拿起掛在後照鏡上的全罩式安全帽，在戴上之前回答了我。
「鬼樓。」

3

我跟在那輛紅色重機之後，再度穿越了鬧區，一路往鬼樓而去。
看著前方那身影，心中複雜的情感撞擊著。
「芷怡」這個詞彷彿分裂了，當我意識著前方那名女孩時，我很難克制自己不使用「芷怡」這個詞；但是另一名在家中的女孩……
名字，只是個誤導的描述詞。
我緊緊盯著那道身影，發現自己的心跳愈來愈快。
經過了一段車程，出了市區，來到漢平路，左轉，再騎經一段路。
那棟熟悉的大樓就聳立在眼前。
抬頭看去，那道屍體拼盤仍大剌剌地展示在樓層外部，沐浴在星空下。
女孩騎著機車直接往地下停車場去，她做了個手勢要我跟著她。
停車場內一片漆黑，但車頭燈驅散了黑暗，在室內劃出了光芒。她在一輛汽車旁停下，我把機車滑到她身邊。
「你的晚餐拿上來吃吧。」她把塑膠袋從車子的收納空間中取出。

「不用了，我回去再吃。」

「哦，你高興就好。」她將鑰匙拔出，往樓梯的方向走去。

兩輛機車的引擎熄掉後，地下室再度被黑暗所籠罩。

我印象中上次來時，地下室還有一盞微弱的燈，但現在卻沒有了。多半是壞掉了吧。

女孩似乎對此處地形瞭若指掌，在黑暗中穿梭毫不遲疑；我吃力地跟在她身後，難以捕捉到她的背影，而且雙腳不時會踢到異物。

好不容易進到了樓梯間，她快步登上了階梯；我則摸索著腳步，小心翼翼地一階一階踩上。

轉眼間，女孩的身影已經消失，只留下我在一片漆黑中。

我原本想出聲叫喊，但極度的靜謐讓我不自覺住了口。我從外套口袋中掏出手機，切換到手電筒模式，然後把燈光往上一指。

藉著簡便型手電筒的光線，我加快了腳步往上走；拐過彎，繼續往上爬時，抬頭赫然發現女孩站在一樓出入口，往下看著我。

「我走太快了嗎？我忘了你對這裡不熟。」

「我來過一次。」

「你來過？」她露出驚訝的表情，但很快恢復冷靜。

「一年前的事。」

「我住三樓，你可得跟好。」

「好。」

說完，她繼續往上走。我快步跟上。

像。她在那時抓緊了我的手臂。

經過一樓的出口時，我想起曾經跟芷怡在這個樓層探險，我們發現了酷似天蛾人的塑

不過，現在她離我離得遠遠的。

經過了二樓，來到了三樓，我們走出樓梯間。

又是那條熟悉的短廊，右手邊是窗戶，左邊通往迷宮。

「你可要跟好，前方有個小型迷宮。」

「我知道，我走過。」

「你連這個樓層都來過？」她挑了挑眉毛，「你到底是來做什麼的？」

「等等再告訴你吧。」

「喔。」

她轉身走向迷陣。我看著她的背影，亦步亦趨地跟著。

在迷陣中穿梭時，她的動作相當俐落，我只看到一道黑色身影在白色的夾層中忽隱忽現，那迅捷的影子與以往芷怡黏膩的姿態相去甚遠，產生了一股讓人迷惑的不協調性。

穿過了迷宮後，來到另一條熟悉的走廊。盡頭是一扇窗戶，左側有兩扇門，門上標明是五號室跟十八號室。右側是七號室。

女孩走到七號室前。

「我之前就是來這個房間，」我說：「裡面住著一個鬍子藝術家。」

「哦？是嗎？那他一定搬走很久了，因為我的上一名房客不是他，」她轉動著鑰匙，「現在房間是我的。」

我跟著她走了進去。

裡面擺設沒多大改變，只除了擺放的物品略有不同。那幾張沙發依舊圍著矮桌，另一側牆壁的書櫃依舊佇立在那裡。房內的窗簾依舊是拉上的。水晶吊燈亮著。

「喝點什麼嗎？」她把塑膠袋放矮桌上，裡頭散發出食物的香氣。

「給我一杯水就好。」

「好。」

她將外套脫掉，掛在一旁的衣架上。她穿著一件暗紅色的毛衣，一條項鍊垂在胸前，上面懸吊一個銀色的骷髏頭。女人走到裡邊的房間，暫時消失了蹤影。

一年前我也是坐在現在的位置上，芷怡坐在我旁邊，鬍子男人坐對面。

我看見矮桌正中央擺了一個很像黏土捏出來的人形，淡棕色，立在一個圓形基盤上。整體構成像是沒有五官的吉特達木人，但身段更柔軟些。一節節的四肢關節呈現扭曲、旋轉的姿態，形成了包圍身體的藤蔓。

土人形的旁邊放著一個星星形狀的菸灰缸。

就在我觀望著房間的同時，女人又出現了。我的面前多了一個玻璃杯，也多了一包菸。她在我對面坐下，蹺起二郎腿，右手夾了一根菸。

「不介意吧？」她問。

「不會。」

點了火，她將菸插入唇間，接著開始吞雲吐霧起來。

「要抽的話自己拿。」

「不用，謝了，」我指著土人形，「那是你的作品嗎？」

「嗯，喜歡嗎？」

「挺有風格。」

「喜歡可以送你。」

「噢，不用了。我只是想說……芷怡的美術造詣可沒那麼好呢。」

「你是芷怡的誰？」煙霧撩過她的手指。

我這才發現她的右手無名指上戴了一個詭異的戒指，形狀是一隻眼睛，有著藍色的瞳孔。

「我是她的男朋友。」

「果然。」

「如果你沒有開口說話，」我注視著她，「我真的會把你誤認成是芷怡。」

「那是當然，我有芷怡的身體呀。」

「所以這一切到底是怎麼回事呢？」

「你要我從哪裡說起？」

「都可以，就從你是誰開始吧。」

她又吐出了一口白煙。我強忍著菸味，聆聽著她的述說。

女孩盯視著空中的某一點許久，才緩緩道：「我是誰？其實這個問題愈來愈不重要了，尤其是名字，更是可有可無。」她瞥了我一眼，「不過你如果真的要知道的話，我叫做李湘影，很文藝的名字吧？我想爸媽希望我成為文藝派的少女，可惜我的個性不是這麼一回事。」她對我露出一個淺笑，左手橫在胸前托著右手肘，「我希望世界上所有的父母不要再做出對小孩有所期望這種蠢事，而慶幸的是，還好我沒有蠢到要有小孩。」

我沒有說話。

「我的老家在台北，我在那裡待到小學六年級，那年父母出了車禍，都死了。我後來被送到宜蘭的伯父家，由他們接手撫養。我是個叛逆的孩子，常常跟伯父起衝突，是很嚴重的那種，」她把菸灰點進菸灰缸內，「十八歲那年我逃家了。我獨自搭了火車來到花蓮，那時候身上沒多少錢，但我早已想好了出路。我一直對搞藝術很有興趣——不是正經的那種，我由網路上得知花蓮有一名修羅派的藝術家……你知道修羅派嗎？」

「我知道。」

「你好像什麼都知道。」她的目光穿越白煙凝視著我。

「碰巧罷了。請你繼續說。」

她看了我一陣，露出一個別有深意的淺笑後，才又繼續說：「我在網路上跟這名藝術家交流過，我找到了她的工作室，在她那裡當起學徒。

「後來她因為欠債，有一天突然人間蒸發，工作室也賠給別人，我被踢了出來，只好繼續流浪。那天晚上我揹著行囊在火車站附近徘徊，尋找落腳處。因為身上的錢不多，便沒有去住旅館。正在苦惱之際，突然一輛黑色汽車開了過來，停在我身旁。我沒特別注意，冷不防地口鼻突然被什麼東西摀住，就失去意識了。等我醒來時，我人在一個小房間內……」

湘影接下來的敘述與另一名女孩所說的沒有兩樣。兩人的囚禁空間、過程、內容、遭遇與被釋放的方式如出一轍。雖然已經聽過一樣的內容，但那股不可思議感仍瀰漫在我的胸口。

「我被下藥昏迷後，被丟棄在花蓮某處荒郊野外——地名記不起來了，我的東西都歸還給我，裝在原本的背包內，皮夾也多了不少錢。我在路上攔車，回到花蓮市，決定到鬼樓找安身之處。我曾經跟這裡一些人有過一面之緣，而且這裡是修羅派藝術家的聚集地，我也算是這派的弟子，於是來碰碰運氣。」

「所以你就在這裡定居了。」

「是的。」

「真是難以想像的遭遇。」

「我每次洗頭的時候都會意識到這個東西。」她把頭偏向一邊，然後左手將頭髮撥開。

我看到跟芷怡頭上一樣的手術縫線痕跡。

「但是呢，久了也就習慣了。」她把頭髮放下，將菸蒂扔進菸灰缸裡。

「你有芷怡的證件？」

「有呀。」

「能讓我看看嗎？」

她起身走到衣架邊，從外套口袋掏出皮夾，然後拋到桌上。

我默默地檢視。是芷怡沒錯。

「芷怡剛回來找我時，我實在無法相信，竟然會有這種事。」我說。

湘影回到座位上，凝視著我，兩手交叉在胸前，嘴唇微微揚起，「我更訝異的是，你選擇相信。」

「我一開始不信，認為她在騙我，但時日久了，不得不信，我找不出她說謊的破綻。而且，她的確讓我感到……很熟悉。」

「我一開始也不相信，但事實擺在眼前，當我手術完第一次照鏡子的那一刻，就知道一切都是真的。」

「你知道這個手術的任何資訊嗎？」

「什麼意思？」

「這個科學家是誰？他為什麼能有這樣的技術？」

她搖搖頭。「他是一團謎，除了他的面具，我對他一無所知。」

「他為什麼挑上你們兩人？你有想過嗎？」

「有，因為我很疑惑我為何運氣會那麼好，」她在沙發上歪起身子，左腳抬到扶手上跨著，右手肘曲起在另一側的扶手，撐著右側的太陽穴，整個人用右側身面對著我，「你的芷怡失蹤後，沒有人去報案嗎？」

「沒有，綁架她的人用她的名義傳了簡訊給我，要我不得尋找她，否則她永遠不會回來。那時候我根本不知道她原來是被綁架了，我以為她只是要處理自己的一些私事。」

「她是不是跟家裡關係不好？」

「她是逃家少女。」

「我想這就是面具科學家挑選我們的理由，因為失蹤了沒有人會關心，而且，比較好綁架。」湘影將右腳也跨上扶手，兩手交叉在胸前，身子微微往右側。

「有道理，」我躊躇了一下，然後問，「你難道不會想把他找出來？你不恨他嗎？」

「我感謝他，」她微笑，「我討厭以前的身體。」

「哦？」

「軀體有那麼重要嗎？我仍保有我的自我就夠了。」

我沉默。

「我沒什麼朋友，換了身體也不影響我的社交活動。」她繼續說。

「……你真的沒有那個科學家的任何線索？」

「沒有，也沒有必要有。」

「你被囚禁的那個地方，你知道是哪裡嗎？」

「我不知道。如我剛才所說，窗戶被封死，根本看不到外面。」

「是在山上？」

她側著頭想了一下。「有可能是在山上，因為我從來不覺得熱……你問這做什麼？你想把他找出來？」

「的確有考慮。」

「找出來又能怎麼樣？」

「也許，我可以要他再動一次手術，把你們的腦換回去。」

湘影的臉色突然變了，從原本的一派輕鬆轉為嚴肅。她放下擱置在扶手上的雙腿，在沙發中坐正身子，緊緊盯視著我。

「老天，」她說：「虧你想得出來！」

「我是剛剛突然想到。既然這個科學家的目的只是要實驗他的手術是否成功，那他現在已經達到目的了，再要求他換一次腦應該沒什麼吧？」

「要我再動一次手術，我不要！」女孩高聲叫起來，「你知道那有多痛、多難受嗎？要花好長的時間恢復！我好不容易習慣這個身體，不想再變動了！而且，再次接受這樣的手術，身體恐怕負荷不了，會有後遺症吧！」

我沒有料到對方的反應會這麼激烈，趕忙說道：「我只是說說，反正也不可能找出來，就算找到了，他也不會這麼費事吧！」

「他不可能讓你找著的，若讓你找到了，他的身分就洩漏了。」

「當然。」我敷衍地應和。

原本想從她口中套出更多資訊，但顯然對方不支持我這個想法。如果想知道更多事恐怕只能用迂迴戰術。

湘影又取了一根菸，點了火，放到唇間。她用冰冷的眼神看著我，好一會兒不說話。一樣是那對有著濃重黑眼圈的眼眸，卻未如同過去的芷怡，能捲起黑色的漩渦；取而代之的是一股說不出的冷漠。

「你為什麼一直盯著我瞧？」她釋放了一口白煙。

「噢，我只是在想，你應該……不是芷怡的雙胞胎姊妹吧？」

她突然迸出一串笑聲，「她有沒有雙胞胎姊妹我是不曉得。倒是你，聯想力還真強。」

「我只是很難相信……有著芷怡身體的人竟然一點也不像芷怡。」

「不像嗎？」

「當然不像。言行舉止不像，打扮也相去甚遠。」

「我是來到鬼樓後才改變穿衣風格的，這裡的世界跟外面不一樣。」

「……你為什麼喜歡做這些奇怪的藝術品？」

「奇怪？」她笑著搖了搖頭，晃了晃手中的菸，「奇怪的是你們覺得它奇怪。這就是最弔詭的部分。人總是不敢面對真相，不敢面對赤裸裸的自己，我只是屬於那群比較誠實的人罷了。」

我思索著她的話語。片刻的沉默。

「所以，你還是很在意身體嘛？」對方先開口了。

「什麼？」我抬起頭來。

「你會想要把我們的腦換回去，代表你還是很在意你女友的身體是不是原本的那個身體。」

「如果你是我，難道你會不在意？」

「我問你，你愛的到底是她的心還是她的身體？」

我躊躇了一下。不久前才有人問過這個問題。

她繼續說：「如果你愛的是她的心，那不管她的身體化成什麼樣，你都應該愛她。」

「我沒有說我不愛她。」

「如果她的腦被裝填到男人的身體，你還會愛她嗎？」

「你這個例子太極端了。」

「看來你沒辦法回答這個問題，」她把菸捻熄，「愛情沒有外在的身體做為基礎，根本是不可能達成的，不是嗎？身體是一個人不可或缺的一部分，而且，如果不是同一個身體，你根本不會覺得是同一個人。」

「你想說什麼？」

「從這個角度想，」她緊緊凝視著我，「你不覺得我才是真正的芷怡嗎？」

芷怡……

我看著眼前的女人，她的影像毋須與過往的影像重疊，因為她就是那個影像。

芷怡……

「芷怡」這個詞漸漸地模糊，就好像把同一個字反覆唸誦太多次時，它的意義會突然喪失一樣。

就在我尋思之際，一陣搖滾風的音樂打破了沉寂。

「我的電話。」她說。

她從沙發上起身，走到衣架旁，伸手探入外套口袋中，抽出一只黑色的手機。

「ＯＫ了嗎？」這是按下通話鍵後的第一句話。「好……我馬上過去。」她放下手機。
「我也差不多得走了。」我說。「抱歉耽擱妳吃飯。」
「沒事……我得跟這邊的同伴去展覽館處理一些事，不能再招待你了。」她晃了晃手機，「把你的號碼給我。」
「我的號碼？」
「嗯，當然，也許我有想到什麼事可以再告訴你。」
我告訴她我的號碼。
「你等等。」她快速按了一陣手機。
外套口袋中的手機震動了起來。
「不用接，」她說：「把我的號碼存下來吧。」
我掏出手機。在輸入名字的時候，遲疑了一下。我輸入了「芷怡（身）」。
「我送你出去。」她從沙發上起身，胸前的骷髏頭隨著身軀晃動。
來到門邊時，我轉過身來。
「你說的展覽館是在這層樓另一邊嗎？」
「嗯，我們的作品大部分會放在那裡展示。怎樣，你感興趣嗎？」
「我去過一次。」
「對了，還沒問你為什麼會來這裡呢，也許下次你可以告訴我……我們的展覽館放了很多新作品，我下次帶你進去參觀。」她兩手交叉在胸前，看著我，右手上那隻藍眼也是。
「嗯，那我先走了。」
我原本想再說些什麼，但終究沒有說出口。我跟她道別，然後轉身離去。

斷片（四）

夜深沉，雨綿密，立揚坐在電腦前，專注地盯視著螢幕。

經過了晚餐後的折騰，他終於有時間回到未瀏覽完畢的網頁。右手握著滑鼠，將游標放到捲軸鈕上。畫面往下移動。

毀容是指一個人的外貌受到永久性的損傷，其原因可能是天生的缺陷、藥物傷害、疾病、意外傷害或其他外傷。

毀容通常會導致嚴重的心理問題，例如沮喪以及負面的身體形象，也會導致社交生活、性生活以及工作上的障礙。這些後果除了源自當事人無法擁有良性的心理調適外，也源於別人對於毀容者的反應。大眾通常對於毀容者採取迴避、畏懼、不尊敬、不信任甚至歧視的態度，更加劇毀容者的負面心理狀態。當毀容的部位無法避免外顯時（例如臉部），也會讓毀容者的心理調適更加困難。

立揚點下網頁上的關鍵字連結，畫面出現了另一段敘述。

身體形象是指一個人對於自己身體外貌的觀感，或對於自己身體的解讀。身體形象可以說是我們對於自己抱持的看法，當我們想起自己的外表時，我們怎麼看待自己。

一段時間之後，立揚感到眼睛痠澀，抬頭一看時鐘，已經凌晨一點半了。

他緩緩吁了口氣，從椅子上起身，走到窗邊。

窗戶上的水漬像煙火般擴散著，外頭廣袤的黑暗無邊無際地延伸，夜正在湧入，也正在流逝。

山影如沉默的巨人矗立在遠方，立揚凝視著山頭，也沉默地佇立。

雨又落了一陣後，他離開了窗邊。

書房內只有桌燈亮著，他看著自己的影子移動到門邊，打開了門。

立揚上了走廊，放輕腳步，走到階梯旁，下了樓。

來到二樓，他的腳步放得更輕，動作也更慢。幾乎就像是電影的慢動作呈現，他跨出右腳，緩緩著地，再慢慢抬起左腳，緩緩著地。縱然有著雨聲的掩護，他仍不敢大意，整整花了五分多鐘才通過崴喬的臥房前。

從右手邊的欄杆往下望，客廳跟飯廳都是漆黑一片，莉曼應該回她一樓的臥房就寢了。

繼續緩慢地前進，他來到了畫室門前。立揚轉身，面對房門，然後緩緩伸出右手，搭上門把。他的五指握住金屬球體，感受到一股寒意從指尖快速擴散到背脊，不禁打了個冷顫。

生怕轉動門把的過程中發出聲音，他轉動的速度相當地慢，慢到幾乎是以時光被凍結的速度進行。

門把終於被轉到底後，他將門往內推，右手探到內側牆上，按下了電燈開關。

室內頓時大放光明。

立揚與那幅佇立在房間中心的畫作對立著，他們的視線也對立著。
鬼面與人臉的混合體凝視著他，像是要把他看穿似的。
立揚的腦中泛起崴喬的臉。
崴喬的臉？
崴喬有兩張臉。
一張臉是過去的臉，一張臉是現在的臉。
哪一張臉才是她的？
當然是現在的臉，因為是「現在」。但是，那張臉怎麼會是崴喬？
黃色的橡皮，毫無生氣的五官，那的確是一張臉，但那似乎是不屬於任何人的臉……
兩張臉，在同一個人身上。
他搖搖頭，很快推翻這個結論。
立揚的視線從鬼面上移開，轉到一旁堆疊的畫框。周遭立著許多畫框，一面靠著一面放在牆前，這些都是崴喬這幾年的作品。比較角落的是舊作，比較靠近房間中心的是新作。四面牆上也掛了幾幅崴喬以前的畫作。
崴喬學美術很多年了，她本身也是美術老師，在畫室開班授課。立揚喜歡她的畫，覺得有一種屬於她個人風格的美感。
他最喜歡的一幅畫，是掛在正對面牆上的「許願橋」。
在畫中，一道紅色的拱橋橫跨在白色雲朵上，橋的上空交錯著兩道白濛濛的人形，很像畫成魂魄般的天使身影，圍成一個心形。
那是在他們結婚那天，崴喬送給他的作品。

立揚走到左側牆前，將靠放在牆邊最外側的那幅畫翻了過來。

那是一幅女人的頭像，在深紅色的背景之中，一張慘白女人的臉陳列其上。立揚覺得那張臉似乎有哪裡不太對勁，卻無法具體指出來。

他沉思了一陣，然後把碩大的畫框整個倒轉過來。

原本女人的臉經過倒轉之後，竟然成了一張巫婆的臉，露出猙獰的笑容。

立揚把這張畫放到一旁，繼續把下一張畫翻過來。

這幅畫的背景似乎是流著黑水的海洋，一艘船孤伶伶地漂在水上。那艘船長得十分駭人，因為船體有一半的部分全是由噁心的蟲體所構成。那看起來像是無數的蛆組合而成的軀體，光是盯著看就能意識到那不停蠕動的蟲身。這幅畫的構圖最奇特的地方在於，船體可以看成是集合蟲體的延伸，而把整個物件看成一隻大蟲；或是把蟲體看成是船體的延伸，這樣一來整個物件就變成一艘船。

立揚忍著內心中不舒服的感覺，把這幅畫放到一旁，繼續翻看下一幅。

連續看了幾幅後，立揚發現崴喬近期畫作的共通點。首先就是畫風的改變，從以往的明朗美感轉變為陰慘、灰暗；再來就是題材的共通性，每一幅畫都是在描繪雙面物，一種無法被單一身分看待的雙面物……

立揚的腦中浮現了早先的畫面：崴喬站在畫室門前，凝視著他；白色羊毛衫、白色手套、米色長褲、灰色毛襪……蠟黃的臉。

不管是蠟黃的臉也好，面具之下的臉也好，立揚有種感覺，早先站在畫室門前那個凝望著他的人，像是另外一個人，而不是崴喬。

一陣如海潮般的情緒席捲過胸口，附和著外頭的雨聲。他低下頭，一邊托著腮思考。一邊走回書房。

坐回電腦前，他在腦中定了幾個關鍵字。繼續上網搜尋。

網頁上掠過了許多文章的標題：「自我概念的形成」、「自我形塑研究」、「自我意象」……

不對，不對，都不是這些。

立揚望向窗外，重新調整思緒。過了一陣子之後，他將視線轉回電腦，挪動游標到搜尋框格中，打了一個關鍵字：人格。

許多網頁出現，他隨機點了一個。

按照佛洛伊德的理論，人格是一個整體，這整體包括了三部分，分別稱為本我（id）、自我（ego）、超我（superego）。人格中的三個部分，彼此交互影響，在不同時間內，對個體產生不同的作用。本我是人格結構中最基礎的部分……

立揚沒有繼續看下去，他跳出網頁，繼續瀏覽其他文章。

接連快速掃過了十幾篇後，他感到相當沮喪。這些全部都是同一個層次的討論，無法連結到他心中那個深深的困惑。

他打算再看一個網頁，今晚就到此為止。

隨意點了一篇後，文章以這樣的文句開頭：

洛克曾經思考過這樣一個問題，一個人在長時間之中，如何維持……

立揚的目光被攫住了，他全神貫注地繼續閱讀下去。他全身顫抖著，不敢置信地將全文讀完。

他用了另一個更完整的辭彙做搜尋，然後一路讀著這些資料到天明。

過去（五）・陰影

1

一月十六日

今天發生了一件令我匪夷所思的事情，我感到不安、顫慄。我無法忘記那恐怖的畫面……

我必須要翔實記錄下來。

下午課後，才剛走出教室，就接到芷怡的電話。

「晚上一起去吃飯吧，我等等就到你那邊。」

「好啊，我們順便去走走。」

「那個……」

「怎麼了嗎？」我覺得她似乎有些欲言又止。

「……有件事情，不知道該不該說耶。」

我這才發現平常快活的她，今天說話沒什麼精神。

「什麼事？」

「……我覺得被人跟蹤，見面再告訴你好了，電話中沒辦法說得很詳細。」

「喂——」話還沒說完，芷怡已經掛斷電話。

心中一股凝重升起。

這是什麼狀況？

我一邊走向停車場，一邊思索著。

天色逐漸暗下，冷風也開始吹襲而來。

芷怡是否被某個瘋狂的仰慕者跟蹤了？也就是說，她有個隱藏的愛慕者。

一思及此，我的心頭立刻升起一陣憤懣。那種感覺來得如此之快，連我自己都感到訝異。

開車回住處後，我稍作梳洗、整理衣裝，便等待著芷怡的到來。

她在六點半準時出現，然後我們兩人上了車，往市區而去。

「我們可以挑那種座位比較隱密的餐廳嗎？吃牛排好不好？我們上次去的那間，他們有很隱密的位置。」

一開始我沒有意會過來她話中的涵義，但我馬上明白了。

「可以啊，那我們就去那裡。」

我們直接驅車前往目的地。這間牛排館位於市區邊陲地帶，環境相當幽靜。我跟芷怡下了車，進入餐廳，挑了一個角落且有隔間的位置。裡頭的光線昏暗，是我喜歡的氛圍。

一直等到主菜送上來，我們動起刀叉後，我才開口進入正題。

「有關跟蹤的事到底是怎麼回事？」

芷怡停下刀子，思索了一陣，才回答：「上禮拜的今天我到附近的自助餐店買飯。在巷子中走到一半時，突然覺得後面好像有人。轉過頭去看卻又沒有看到人。」

「你怎麼沒告訴我這件事？」

「因為我沒看到人啊，我不敢肯定。」

「通常走在路上，背後也有人走著是很正常的，但如果確定背後有人，轉過頭去卻沒有看到人，就可以肯定此人是在跟蹤了。」我說。

「問題是那時候我不能肯定背後有沒有人。」

「你為什麼會覺得背後有人?」

「……可能有腳步聲吧，總之，我就是有感覺。」她聳聳肩。

「之後還有再看見這個人嗎?」

「有，今天中午。我去同一間店買飯，在巷子中又覺得背後有人，這次我不動聲色，裝作若無其事走到餐廳。買完飯後，我不走巷子回去，而是走大馬路。我在騎樓間遊走，一邊注意著背後的人群。花蓮市的人潮不多，我很快地發現有一名男子始終跟在我的身後，小心翼翼地保持距離。他穿著黑色外套，淺色牛仔褲，戴著一頂灰色毛帽，圍著一條米色圍巾。」

「有看到他的臉嗎?」

「沒有，距離太遠了，年紀也看不出來，而且他好像戴著口罩。」

「這真是太奇怪了。」我思索著。「是某個你的隱形仰慕者嗎?」

「老天，不是吧!」她瞪大雙眼，「這種時候你還在開玩笑!」

「讓我想想……如果他再度出現的話，想個辦法逮住他。」

「逮住他?可是，他還沒做出任何傷害人的事，抓住他合法嗎?」

「他跟蹤你不是嗎?這已經造成了你的困擾。」

「可是我們沒有證據啊。」

「他這樣做就是不對，我們再給他一次機會，如果再度發生，就要採取行動。」

由於再討論下去也沒有結果，關於這個話題，暫時告一段落。我們閒聊了一些其他事情後，便決定去附近的小公園散散步。

駕車到公園入口，在停車場停好車，我跟芷怡從公園的正門進入。這個公園林木比較多，空氣相當清新。沿著步道兩邊架設的路燈投射出昏黃的燈光。我跟芷怡手牽著手，漫步在夜空下。可能是因為時間晚了，公園內的民眾稀稀落落的，更添一份幽靜的氣息。

芷怡的心情似乎好了起來，一邊走著一邊甩動著我的手，腳步也愈來愈輕快。

前方有一片樹林，我們很有默契地往樹林裡走，陰影覆蓋了我們。站在樹下，芷怡轉過身來，將我拉向她。

五分鐘後，我們在樹旁的木椅並肩坐了下來；她靠在我的肩上。像隻小貓磨蹭著。

「你要逃家多久呢？」我問。

「幹嘛問這？」

「不知道你能在這裡待多久。」

「擔心我離開啊？」

「當然。」

「聽天由命囉！」她笑了笑，「不然就靠你啦！」

我正要開口之際，她推了我一下。

「欸，我想上廁所耶！」

「應該就在附近，」我站了起來，「走吧。」

廁所並不遠，就位在樹林的另一端，踏出人行道後便可看見。那是一棟灰色長方體建築，男廁在右邊，女廁在左邊。

「你去吧，我在外面等你。」我說。

「我口好渴，你可以幫我買瓶水嗎？」

「上完再一起去買？」

「你先去買吧，我可能要一陣子。」

「好吧。」

芷怡快速吻了我的唇，丟下一個微笑後便往廁所的方向走去。我看著她的背影消逝，然後轉身朝公園外的方向走去。

不到三分鐘便出了側門，來到外圍的人行道；過了馬路後，我走進便利商店。

才剛離開昏暗的公園，明亮的店內讓我一時無法適應。我走到擺放礦泉水的架子前，開始挑選。因為芷怡不喜歡喝冰水，所以我不能買冰礦泉水給她；加上現在是冬天，買冰水也不適合。

就在我伸手要取水之際，突然外套口袋一陣顫動。有簡訊傳來。

我將手機取出，解開按鍵鎖。是芷怡傳來的訊息。

「廁所裡有奇怪的人，我不敢出去，快來。」

我往店門衝去，一名婦人手中的飲料被我撞飛。顧不得道歉，我奪門而出。

穿越了馬路，再度進入公園，取道原路，來到廁所前。不知道為什麼，我突然覺得這一帶比方才更為昏暗。

女廁的門口沒有人。

我放輕腳步，緩慢靠近女廁門口。從有限的視角往內望，並沒有看到任何人影。

我踏入裡頭。

裡面空蕩蕩的，只有一排或開或關的廁所門面對著我。

「芷怡？」我出聲叫道。

中間的廁門打開來，芷怡臉色死灰，走了出來。

「到底發生什麼事了？」我急忙問。

她撲到我懷中。「我在廁所裡……突然有人走進來，但他沒有進入任何一間隔間，就只是站在外面，」芷怡的眼神閃動著，似乎驚懼猶存，「他站了很久都不離開，我才開始感到不對勁，我想到之前被跟蹤的事，所以傳了簡訊給你，在你來之前他突然離開了。」

「可惡！」

「他才剛離開，會不會還在附近？我總覺得他往廁所後面那片樹林去了。」

我拉住芷怡的手，「我們走，去樹林看看！」

她露出疑惑的表情看著我。

「我一定要逮住那個人，但我不能把你丟在這裡，所以我們一起去。」

「可是……」

我沒有等芷怡回答便把她往外拉，她止住了話語，順從地跟隨著我的腳步。

我們又回到了剛才那片樹林，紛雜的樹影就像晃動的魂魄，分化著我的視線。在黑暗的輪廓中，大地的陰影與天際的微光靜默地對立著。

芷怡突然拉緊了我的手臂，伸手指向前方。我順著那個方向望去，赫然發現一道人影倚在樹邊，背對著我們。

我做了個手勢，要芷怡留在原地。她擔憂地望著我。我兩手放在她肩膀上，堅定地看著她，她才微微點頭。

我轉向前方，緩步向前，逐漸逼近那道人影。我發現自己的心臟怦怦直跳，愈接近那影子就跳得愈快。

就在我和他只剩下一公尺之遙時，那道影子突然一個閃身，消失無蹤。我往前躍去，繞過樹幹，捕捉到他逃逸的背影。

我卯足了氣力往前狂奔，很快追上了他，我一把抓住他的右手，奮力將他往回拖。那個人轉過身來。當我看見他的臉時，我的手鬆脫了！一時之間我整個人因為驚愕而向後倒退了數步，差點跌坐在地上！

那個人穿著黑色長褲、黑色羽絨外套、一雙運動鞋，戴著一頂深色鴨舌帽，在帽簷之下的那張臉，死灰異常，就像是一張木頭人偶的臉！

我喘著氣盯視著他，他靜靜地注視著我。那張臉上除了那對眼眸確定為血肉之外，其他都像是人造品。我這才發現他戴著一副套頭面具，就連耳朵都包覆在面具內，呈現出慘白色的死寂。

我試著說話，卻發不出聲音。就在那一瞬間，他轉過身，閃入另一棵樹後，消失了蹤影。

我放棄追蹤，在原地站了一會兒才往回走。

來到芷怡身邊，她急切地望著我。

「怎麼樣？」她問。

「他跑了，」我疲憊地說：「你有看到那個人的臉嗎？」

「當然沒有！」

「他戴著面具。」

「面具？」

「之前他跟蹤你的時候是在大街上，應該不可能戴著面具，但這次他很小心。」

「太不可思議了，這是怎麼回事？」

「這個人的目的到底是什麼？他單純只是你的仰慕者嗎？你最近真的沒有被任何人騷

擾？」

她搖搖頭，「沒有，沒有這回事！」

我沉默了半晌，才說：「我們先離開這裡吧。」

芷怡頷首。她拉住我的手，然後我們快步走出了樹林，出了公園。

2

二月一日

公園事件後，神秘人物沒有再出現，我鬆了一口氣。

我認為這個人應該是芷怡的仰慕者——雖然她極力否認——也許是芷怡認識的人也說不定。很多瘋狂的仰慕者會做出類似的變態行徑，這並不足為奇。

這個仰慕者在形跡暴露後，想必也不敢太明目張膽，因此銷聲匿跡。

經過了這件事，芷怡在我心中的地位更重要了。這證明了芷怡是個會讓人瘋狂的女孩子。我沉醉在她的黑色漩渦中，沉浸在她的蜜潭之中。

我想起雲臻。我對她，是否曾經有過瘋狂？答案是肯定的，但是，那時的瘋狂是一種迷惘，因為雲臻本身就是瘋狂的化身，我似乎是被捲入，看不清自己的方向，也不知道我與她之間，究竟是發生了什麼事。

但芷怡的圖像是明晰的。

二月十四日是我們交往滿四個月的日子，我倆決定慶祝一番。於是稍早的時候我打了電話給她，談談那天該怎麼慶祝。

寫到這裡……感到很幸福。

還有什麼事可以記錄呢？……對了，下學期要兼課的學校還沒找好，真的很傷腦筋，最近太沉浸在感情生活中了。我雖然還有存款，但不能這樣下去，現在等於是失業狀態了。要試試別的工作嗎？這個念頭其實也考慮很久了，兼任講師的收入實在太少。

算了，到此為止吧，我想暫時先擱筆了。

現在（五）・謊言

1

從鬼樓返家的途中，我的腦中不斷浮現湘影的臉孔。

不，應該說是芷怡的臉。

不，那名女孩明明就是芷怡吧？

但她不像！

不對，是看不見的地方不像！

心中充塞混沌。

等會兒我要怎麼跟芷怡解釋我的晚歸？芷怡？哪個芷怡？

我得穩住思緒。

回到租屋處，我在車棚下車，深吸了一口氣後，進入房子內。踩在樓梯上的腳步聲聽起來很沉重。

來到房門前，門往內開了。一張臉背著燈光望著我。

「怎麼這麼晚啊？你到底去了哪裡？」她的語調很尖刺。

「就談事情談到現在。」我走進房內，順便把門帶上。

「現在已經十二點多了耶！」芷怡站在門邊叫道。

「晚餐在這裡，」我走到書桌邊，將塑膠袋放在桌上，「不過……已經涼掉了。你有出去吃嗎？」
「當然沒有！我在等你啊！」
「我不是跟你說我會晚一點回來嗎？我有跟你說餓了可以先自己去吃。」
「我不知道你會這麼晚啊！誰想得到你會這麼晚？」
「你不用讓自己餓肚子──」
「我就在等你嘛！」
「那你趕快吃吧，」我脫下外套，掛在椅子上，「我想先洗個澡。」
「你到底跑去哪裡？」
「在補習班那裡啊，不是跟你說了。」
「怎麼可能談到那麼晚？」
「他們就有很多意見啊，我也沒辦法。」
「你眼睛幹嘛一直不看我？你是不是在說謊？」
她走到我面前來，一張氣鼓鼓的臉對著我。跟我等高的身高讓她渾身散發出壓迫感。
「你別想太多好不好？」我說。
「明明就有！你一副作賊心虛的樣子，白痴都看得出來！」
「你趕快去吃飯吧。」
我走到衣櫃前，準備拿取乾淨的衣服。突然身子被猛力向後拉扯，芷怡惡狠狠的臉瞪視著我。
「說！你到底跑去哪裡？」
「我已經說了，你還要我說什麼？」

「補習班老闆的電話給我，我立刻打去問！」

「你別鬧了好不好，人家都已經睡了。」

「那你給我，我明天打。」

我兩手放在女孩的肩膀上，「你冷靜一下。我們剛剛到了附近的咖啡廳去談，談到大概十一點左右，結果出來時我發現機車壞了，好像是沒有電還是怎樣，我在那邊弄了很久。」

她的唇線拉得死緊，面容緊繃著。

「我下次會先打個電話跟你講，」我說：「對不起。」

「你發誓你說的是真的？」

「當然。」

「你要說你發誓。」

「我發誓是真的，」停頓了一下，「我對你發誓，我說的是真的。」

「好吧，」她緊繃的面容稍稍鬆緩了，「我就相信你一次。」

「趕快去吃飯吧。」

「那你呢？你不是也還沒吃。」

「我想先洗澡。」

「不要，我要你陪我吃……難道你不想？」

「……嗯。」

芷怡的表情瞬間轉為歡快，她拉著我的手坐到桌前。

我凝視著她的側臉。

然後，我默默地動起筷子。

2

深夜。萬籟俱寂。

芷怡側身抱著我，身軀微微起伏著。口水流溢在唇角。

我瞪著天花板。

被思緒困住了。

在黑暗之中，旁邊的這名女人，散發出芷怡的氣息。但是，芷怡卻同時也在鬼樓。

為什麼我會對這名長相陌生的女孩產生那麼強烈的既視感？這一切究竟是怎麼回事？

我究竟該相信換腦說，還是相信這是一場騙局？

我感到自己的腦袋被兩股力量往相反方向拉扯，直到快要碎裂的地步。

黑夜不斷地流轉，我的心靈持續混沌。

頭痛欲裂，隨著陣痛，曙光慢慢灑進了室內。

當女孩身上的黑影褪去之時，芷怡消失了。

那是一名陌生人，最近才熟識的陌生人。

我緩緩下了床，全身一陣痠痛。徹夜無眠，頭腦昏沉。

簡單漱洗過後，我換了衣服，準備出門去買早餐。

當我買了餡餅跟三明治回來時，女孩還在睡。

我草草吞下食物，然後把她的早午餐放桌上，悄悄地出門。

來到樓下車棚，我仔細整理一下思緒。

今天不用上班，剛好排休。我昨天也沒機會跟芷怡說這件事。剛好趁著這時，再去鬼樓一趟。唯有更深入認識那名李湘影，也許一切才逐漸會有解答。

來到機車旁，我戴上安全帽，然後跨上機車。

車子駛上街道。

心中不斷浮現著紛雜的影像，其中一幅影像是芷怡的臉。是第一個芷怡，而不是第二個芷怡的臉。

我任憑心緒做出浮光掠影，而沒有深入反芻。街景不斷從身旁逝去，時間也不斷逝去。影像輪替，時空彷彿也跟著輪替。

直到鬼樓出現在眼前。

在陽光的照耀下，浮貼在門面上的屍體裝置藝術看起來不過是一堆破銅爛鐵，坑坑洞洞的傷口遍佈在其上，不但沒有驚悚感，反而顯得可笑。

我直接將車子騎入地下室。因為是大白天，室內的陰暗感減弱許多。

停好車子後，我走向樓梯間。

樓梯間仍舊相當昏暗，我放慢步伐，一階一階往上爬。

來到了三樓，踏上短廊。從右邊的窗戶望出去，山景映入眼簾，一派清新。

我往左走到迷宮前。其實這個迷宮不算複雜，在有限大的樓層內不可能設計出太複雜的路線，因此不用怕迷路。我憑著直覺前進，沒多久便出了迷宮。

來到七號室前，我用手背叩了叩門。

裡面沒有反應，我又敲了一次，這次用了點力道。

門往裡面打開。她站在門邊，胸口依偎著那只骷髏。

「進來吧。」

我走了進去。

她今天穿著一件藍色圓領上衣，灰色長褲。衣服穿得少的關係，身子看起來很清瘦。芷怡一向都很瘦的。

「我廚房還有些東西沒收好，」她說：「你等我一下。」

「好。」

她走進另一邊的隔間。我在沙發上落座。

「你今天不用上班嗎？」她的聲音從廚房傳出。

「我今天休假。」

「休假？難道是特地請假？」

「不是，剛好休假排在今天。我想說過來聽聽你之前要說的事。」

「這事什麼時候說都可以呀，又不急，你應該週末再過來。」

「我週末還得上班。」

「噢。」

她沒再回話，我也沒說話。幾分鐘後，女人再度出現。

「走吧，我們過去展覽館那邊。」

她走到了門旁的鞋架，從架上取下一雙高跟拖鞋。那雙鞋的鞋身呈現暗灰色，但鞋帶卻紅得似火，帶上揚起兩隻翅膀，就像帆船的風帆；翅膀前端的交集處繫著一顆白色棉球。這雙鞋看起來就像一對紅色的飛鳥。她的足踝套入鞋中，黑色腳趾甲從鞋子開口處探出，形成飛鳥的靈魂之窗。

「好特別的鞋子。」我說。

「我自己做的，」她微笑，「修羅派作風。」

「好美。」

「謝了，我也覺得很不賴。」

我們一同出了房間，往迷宮走去。

穿越迷陣的過程她沒開口，我也沒開口。

很快地，再度來到了那扇門前，那扇有著白色假面的門。門此刻是開的。

「噢，傑德大概在裡面。」她轉頭對我說。

「傑德？」我跟上她的腳步，走進展覽廳。

「就是上次我在時，打手機給你的人嗎？」

「我的工作夥伴。」

「對，我們最近正在整理一些作品。」

展覽廳的樣子看起來跟一年前完全一樣。一名綁著馬尾的年輕人站在左側走廊，雙手正在調整牆上的一個畫框。他戴著一副金邊眼鏡，穿著一件白色背心，手臂上有一個火焰的刺青。

「看來我們有客人。」他轉過頭來，對我笑道。

「這位是逸承，我帶他來參觀。」她說。

「你們慢慢看吧，我先回房去忙了。」

他對我點頭致意，然後看了女孩一眼，便走出了展覽廳。

「傑德也是最近才搬進來的，」她說：「我們一起合作，希望可以做出更好的作品賣出好價錢。」

「他看起來的確很像藝術家。」

「他的確是。那我像嗎？」

「像。」

「你是說真的？」

「嗯，你以前不像，但現在像。」

「你是說以前的芷怡嗎？」

「對。」

「有趣。」她淺笑。

我思索著該怎麼回答。「所以……你在電話中說你有一些關於面具科學家的線索要告訴我，是什麼呢？」

「對，就是這件事，你過來看看。」

女孩走到剛剛傑德正在調整的那幅畫。上面畫的是一副皮肉分離的骸骨，一名女人的皮肉與骨頭脫離，中間黏著細長的肉絲。畫風陰暗怪誕，我感到一陣噁心。

「這幅畫叫做『裂』，」她說：「我當時被囚禁在小房間時，牆壁就掛著很類似的畫，但不是這幅。大小一樣，畫的內容卻略有差異。」

「哪裡不一樣？」

「一樣是骨肉分離的情景，但是個男人，不是女人。」

「原來如此。」

「如果你想追查那個科學家的線索，也許可以從這幅畫下手。去畫廊追查有沒有人購買類似的畫。」

「這幅畫是哪裡來的？是複製品嗎？」

她搖搖頭，耳垂下的惡魔耳環跟著輕微晃動，「這不是什麼名畫，傑德最近從另一名朋友那邊買過來的。」

「芷怡……擁有你身體的那名女孩，說她被囚禁的房中掛的是女人骨肉分離的畫。」

「哦？那這是成對的畫作了。」

「你能請傑德問看看他朋友是從哪裡購得那幅畫的嗎？」

「我會幫你問。」

我沉默了一陣，「你怎麼突然願意告訴我這條線索？你不是不希望我把他找出來？」

「我們邊走邊聊吧。」她一邊說，一邊往展覽廊道走去。

我們兩人走著，踩在鬆軟的地毯上。我等待著她回應我的問題，但她沒有說話，只是兩手交叉在胸前，微微昂首。

空氣中彌漫著油畫、雕塑等藝術品的混合氣味。

「芷怡是個什麼樣的人？」她突然問。

我沒有料到她會這麼問，一時之間不知道該怎麼回答。停頓了一下，我才道：「她嗎？該怎麼說呢？滿任性、情緒化的。」

「哦？真的嗎？」

「她會有一些一廂情願的行為。」

「舉例？」

我把我跟她第一次認識的過程說了出來。
「很有個性的女孩子啊。」她評論道。
「我不否認。」
「她現在的這個身體……我以前的身體，你還習慣嗎？」
「我不知道該怎麼說，覺得很怪異。」
「怪異？」
「她的靈魂是我所熟悉的沒有錯，但當她不說話的時候就像個陌生人。」
「是因為身體不一樣的關係嗎？」
「應該是。」
這段廊道擺滿了雙重畫——人鬼面、蟲體船，還有其他形形色色的雙重相。一年前這些作品在這裡，一年後還是在這裡，是賣不出去，還是不賣？
「前面有桌椅，我們坐一下吧。」
走了一小段路，很快來到了觀景窗前。窗戶早已修補好，窗前改放著一張連著座椅的長桌，不禁讓我懷疑是否要避免有人再度舉起椅子砸窗戶。
「你還好嗎？」她問。
「很好，休息一下。」
我們兩人並肩在木椅上坐下，望著窗外。廣袤的天，挺拔的山，交織成美妙的畫作，攤開在眼前。上次是夜，這次是晝，展示了大自然與生俱來的兩種風貌。
「你說你曾來到鬼樓，是怎麼回事？」她再度將兩手交叉於胸口，兩腿交疊。
我把跟芷怡來到鬼樓歷險的事告訴了她。

「原來是這樣，」她點點頭，「你們的相遇過程還挺特別的嘛。」
「是很特別。」
「應該很難忘吧。」
「嗯，感覺很不可思議。」
「有這麼特別的共同回憶，應該會讓兩個人覺得距離更近。」
「我想是吧，」我看著她的側臉，「也許就是因為這樣，我覺得現在彷彿回到了那時。」
「哦？」
「我那時也跟芷怡坐在這裡。」
「真的啊。」
「彷彿……你就是芷怡。」
她笑了笑，但沒有回答。我看了她一眼，然後把視線轉向窗外。
片刻的緘默。
「也好。」
「回我那裡怎麼樣？」她說：「我買了些蛋糕，很好吃，我一個人吃不完。」
我們站起身，離開了休憩區，繼續往廊道裡走去。
來到途中，我看見了一幅畫。
是那幅裸體女人背影。她的右手提著一雙火紅的高跟鞋。
「怎麼了嗎？」女孩停了下來，順著我的眼神看去。
「沒、沒什麼。」
「喔，那幅畫啊，」她的唇角露出笑意，「叫做『慾望的顏色』，你喜歡？」

「畫得還不錯。」

她沒有回答，只是盯著我，兩手持續交叉在胸前。

「怎麼了？」我發現她的眼神有點怪異。

「你可以把我當成芷怡。」她突然說。

「什麼？」

「我雖然沒有芷怡的記憶，但我有芷怡的身體。對你而言，我難道不是芷怡？我只是失去記憶的芷怡而已，不是嗎？」

她胸前的骷髏凝視著我。

我沉默不語。

「如果芷怡失憶了，你還是會一樣愛她吧？」

她耳畔的惡魔凝視著我。

我依舊沉默。

「看著我。」

她手上的藍眼凝視著我。

我看著她。

「把我當成芷怡，」她說：「不，我就是芷怡。」

在她身後的那幅畫，隱隱約約在我視界邊緣形成影像。那是一名裸體女人的背影——右半身的背影，左半身以及頭部都被白色的牆遮擋住了。她的右手藏在身後，手臂貼在臀部上，手中提著一雙紅色的高跟鞋，鮮豔的紅，就像要從畫中流出……

火紅的飛鳥，有著黑色眼眸的飛鳥，凝視著我。

她……緩緩走了過來。

她的黑眼圈就像兩個深淵，蝌蚪狀的眼睛在深淵裡擺動，形成目眩的漩渦；這漩渦，捲起了她一身黑。

我還來不及開口，她已經迅速來到我的身前，兩手圈到我的後頸，那始終壓抑的嘴唇終於在我的唇上釋放了。

我盯視著對方。陰暗的展覽廳彷彿晃動著。

女孩掏出一根菸，點上火，然後兀自吞雲吐霧起來。

我的唇火燙地發熱，心也躁動地跳著。

她右手夾著菸，左手橫在胸前，呼出了一口白茫茫的煙霧。

「我喜歡你。」

她的語氣聽起來很隨性，就像是在講述一件不重要的事情。

「你說什麼？」

「我喜歡你。」她看向我，笑了起來。

但她立刻止住笑容。

「逸承，從現在起，我不是湘影，我是芷怡。你是在跟芷怡交往沒錯吧？你所認識的另外那個女人才是湘影，她不是芷怡，她只是擁有芷怡的記憶罷了。看清楚我的臉，」她的視線緊緊鎖在我身上，「是這個身體，跟你共享了以往的回憶，你剛剛所述說的許許多多的過去，都是這個身體經歷的。你很清楚這點，不是嗎？我才是你的芷怡。」

「等等……」我覺得目眩，「你現在是在……」

「我在告訴你我心中所想。」

「你到底想說什麼？」

「我不是講得很清楚了嗎？我喜歡你，我覺得我們也許可以在一起。不，如果我是芷怡的話，我們早就在交往了不是嗎？如果這麼認定的話，你必須立刻離開現在那個女人。她是李湘影，不是劉芷怡。」

「但是，記憶——」

「記憶可以被取代，記憶也可以重新被創造。我們可以重新創造屬於我們的記憶，而我會忘掉我過去的記憶。離開她吧，回到我身邊來。」

她把香菸扔在地上，一腳踩熄，然後一步步靠近我。

她逼近我的胸前，雙眼注視著我，就像要看穿我似的；然後她低下頭，伸出雙臂，環抱著我的身軀。

難以言喻的氣味噬去了周遭的空氣。

「你可以搬過來這裡住嗎？」

她趴伏在我的胸前，彷彿正在諦聽著我的心聲，彷彿要鑽入我的胸膛，流入我的血液……

我猛然將她推開，後退了數步。

她穩住身子，抬頭看著我，沒有說話。

我喘著氣，上下浮動的視線仍圈住她的身形。

微笑緩緩從她的唇角升起。

不是那壓抑的笑容，而是帶有自信的笑意。

「沒關係，」她說：「我隨時等著你。」

我看了她最後一眼，然後轉身，腳步快速挪動起來。

我奔出了展覽廳。

3

機車從鬼樓中狂奔而出，我覺得整個人快分裂了。

在一個小公園旁停了下來，我下了機車。這裡有一個水潭，環繞著水潭設有步道以及木製休憩座椅。午後的陽光斜射在大地上。

我在木椅上坐下，兩手抱著頭。

眼睛只要一閉上，芷怡——湘影的臉便出現在腦中。

那個人是芷怡，不，湘影。

不對，我現在用這兩個名字指涉的是她們的哪個部分？身體？還是記憶？

愈來愈混亂了！

鎮定！

我深吸一口氣，重整思緒。

看來，很難單獨用記憶或身體來認定這兩人的身分，有著芷怡記憶、湘影身體的人，既像芷怡又像湘影；有著湘影記憶、芷怡身體的人，也是又像湘影又像芷怡。

這就好像把咖啡跟牛奶混合在一起一樣，混合物到底是咖啡還是牛奶？不是咖啡也不是牛奶，但既有咖啡又有牛奶。

這兩個人，失去了「人格」，我無法決定她們的「人格同一」。

放下抱頭的雙手，我看著水潭中的倒影。那張臉看起來迷惑、徬徨。
仔細想想，不論這兩人是否真換了腦，我真正該在意的是什麼？當然是我愛的人是誰！
如果無法決定誰是誰，就當成是陌生人，重新愛上她不就行了？
這兩名女孩，我想跟誰在一起？
無法立刻回答這個問題。
兩個人各有一半羈絆。
可惡！
我站起身。
唯今之計，只能回家再好好審視「芷怡」，確定自己的感覺。
再做出決定。
花了一段時間反覆確認下一步後，我重新上了機車。
十分鐘後，我來到市區的自助餐店，買了兩個便當，然後再驅車返家。
當我在房門前脫鞋時，門往內打開了，芷怡一臉驚訝。
「咦？今天怎麼這麼早？」
「今天提早下班。」
「是喔……你已經買了晚餐啦？」
「嗯。」
她打開門讓我進去。
「你買什麼啊？現在還不餓耶。」
「便當。晚點再吃。」

我把塑膠袋放在桌上。
「你還好吧？」她問。
「很好啊。」
「你好像有點心不在焉。」
「有嗎？」
「明明就有！」
「是你的錯覺吧。」
「才怪！你不曉得在想什麼！」
「我很認真在聽你說話啊。」我走到門邊的衣架，脫下外套。
「那你告訴我，我剛剛說了什麼？」她追到我身邊。
「你有說什麼嗎？你不是在問我話？」
「你看你根本沒在聽！」
「我有在聽啊。」
「你幹嘛走來走去啦！都沒專心聽我說話。」
我停下腳步，轉頭看著她的臉。
這個人……到底是誰？
芷怡嗎？
我跟這個陌生人生活了一個多月。
一起生活了一個多月，還叫做陌生人嗎？
她有芷怡的心，我是喜歡芷怡的，不是嗎？

「喂喂！你到底是怎麼了？失神了？」芷怡右手在我臉前揮來揮去。
「啊，沒事。可能比較累吧。」我揉了揉眼睛。
「比較累？你不是提早下班嗎？」她瞪大了雙眼。
「可能壓力比較大，工作壓力。」
「我不相信，你哪來的工作壓力？」
「很難解釋，你不會懂的。」
「你什麼事都說我不會懂！」
「我沒有什麼事都這樣說。」
「反正不會是工作壓力啦！」
「你不是我，你怎麼知道不是？」我走過她身邊，來到書桌前，「要不要先吃飯？雖然還早，但飯菜會涼掉——」
「吃什麼！一定有別的事！你快告訴我，我快受不了了！」她在我背後跳腳。
「別想太多。」我將便當從塑膠袋內取出。
「你看著我！到底是什麼事？」
「工作壓力。」
「你看著我的眼睛，你沒有看著我的眼睛！」她突然拉住我，用力把我轉向她。
因為拉力過大的緣故，我手上的便當滑落了。
紙盒翻倒在地上，飯粒、青菜、肉排撒落一地。
我停頓了幾秒，然後才爆發。
「你幹什麼！」我大吼，「你鬧夠了沒？」

她睜著眼，像被定身住一樣，一臉不敢置信地望著我。
「你對我兇，你竟然對我兇……」
她跌坐在地上，稀哩嘩啦哭了起來。
我站著，注視著哭泣的女孩。
一瞬間，突然了解到一件事。
我對於她的任性，忍耐到了極限。

4

床鋪上，兩人背對背側躺著。
她應該睡著了，我可以聽見微微的打呼聲。
我仍然無法入眠。
湘影的影像不斷在腦中重現。
如此反覆，直到夜的某一刻，我才失去意識。

*

未來幾天，日子是難熬的，一開始，芷怡顯然還在生悶氣，我也懶得搭理她。但愈是不搭理，她的悶氣就更嚴重。她出入浴室時故意大力甩門，吃東西時摔碗筷，睡覺時甚至將枕頭丟到地上……我知道她要我對她道歉，就為了我大聲吼她這件事。
不道歉的話，日子相當難過，像是每天都活在低氣壓中。但我卻拉不下臉來，也沒那個心情。

我沒有安慰她的衝動，沒有向前擁抱她的衝動。

第三天，下班前我向老闆請了隔天的事假。

站在補習班大樓的門口，我撥了通電話。

「喂？」接通後，熟悉的女聲問。

「你明天下午有空嗎？」

「嗯，過去聊聊。」

一陣輕笑，「我還能去哪？你要過來坐坐？」

「我人不是在房內，就是在展覽廳。」

「好，晚點見。」

我切斷通話。

回家後，芷怡連門都不幫我開了，我得自己用鑰匙進去。

她坐在電腦前，頭也不回。

我也沒說話，將晚餐——排骨飯便當——放在書桌上。

當桌上的食物變成炒麵時，已經是隔日中午了。

我看了一眼還在熟睡的芷怡，然後悄悄離開了房間。

約莫半小時後，我人站在湘影的房間前。

我敲了敲門，門應聲而開。

「噢，你來了。」她用微笑迎接我。

「嗯，應該沒有遲到吧？」

「你早到了。」

「你在忙嗎？」

「沒有，快進來吧。傑德也在。」

我走了進去。那年輕藝術家蹺著腳坐在沙發上，手上拿著咖啡杯啜飲著。鼻梁上的金邊眼鏡閃閃發亮。他向我招招手。

「唷，坐吧。」

我在他對面落座，桌上擺著三個杯子，兩盤蛋糕，一個空盤子。顯然傑德已經吃完了。

「不好意思，打擾了。」我說。

「一點也不，我差不多要走了，」傑德放下杯子，『你們有事要商討吧。』

「逸承對展覽廳的作品很感興趣，」女孩走了過來，在傑德身邊落座，「他想要知道『裂』那幅畫是從哪裡購得的。」她在沙發上曲起膝，兩手抱著腿，沒有著襪的足部顯得相當白皙，腳趾上仍塗著黑色的指甲油。

「算你有眼光，」傑德說：「那是內行人才會喜歡的作品。」

「聽說是你從朋友那裡買來的？」我問。

「是的，他似乎對那幅畫失去了興趣，他知道我喜歡那類風格，於是廉售給我。」

「他是怎麼取得那幅畫的？」

傑德晃了晃後腦的馬尾，「這個嘛……我不是很清楚，可能得問他。」

「你能幫我詢問看看嗎？」

「可以啊，不過，你怎麼會想知道這個？」傑德銳利的目光打量著我。

「我只是想要……」我突然想不出個搪塞的理由。

「這不重要吧，」女孩說：「你只管幫他問就是了。」

「呵，也是，」傑德微笑，「不過我那朋友這一陣子人在歐洲，得等他回國。一旦有消息我會請小湘跟你聯絡。」

女孩露出慍怒的表情，「不要叫我小湘，我告訴過你多少次了。」

「哈哈！抱歉，」傑德摸摸後腦，「讓我們的客人知道一下你的秘密嘛！」

「這不叫秘密，而是你的低級玩笑，」女孩用黑色手指甲指了指桌上的蛋糕，「逸承，這是花蓮有名的提拉米蘇，我留了一些給你，吃看看吧。另外那杯是你的咖啡。你喝咖啡吧？」

「當然，謝謝。」

我捧起面前的盤子，將小叉子插入蛋糕中，鏟了一口。

「如何？」女孩問。

「很好吃，沒吃過這麼好吃的蛋糕。」

「咖啡呢？」

我放下蛋糕盤子，拿起杯子，啜了一口。「恰到好處，你泡的？」

「嗯。」

「你的生活真西式。」

「談不上吧，這愈來愈普遍了。」

「也是。」

傑德打了個長長的呵欠，「你們慢聊吧，」他伸了個懶腰，站起身，「我還得處理一些事，先走了。」

「晚點再跟你談。」女孩對他說。
「待會兒見，小湘。」
「去死吧你。」
傑德微笑對我抬個下巴後，出了房間。房門在他身後關上。
「今天又請假嗎？」女孩舉杯問道。
「嗯。」
「這樣好嗎？常常請假。」
「還好，我之前幾乎從沒請過假。」
「嗯哼。」
房內彌漫著一股菸味。我注意到桌上的菸灰缸內有兩個菸蒂。
「你們剛剛在聊些什麼？」
「也沒什麼，就整理展覽廳的畫，我們最近想在裡面闢一個小空間，專門展示及收藏我跟他合作的作品。」
「你們合作多久了？」
「也不長，大概才幾個月，還在尋找默契。」
我一口將蛋糕吞完，配了點咖啡嚥下。
「你什麼時候搬過來？」靜默一陣後，她問。
我停下拿咖啡的手，又是一陣靜默。
「再給我一點時間。」
「為什麼需要時間？」

「我不知道怎麼安排她的去處。」

「哦，這不難啊。你把她載到車站，要她搬到別的縣市去。」

「她不可能順從的。」

「這麼倔強？」

「我得花一些時間好好思考怎麼安頓她。」

「安頓她？你對她可真貼心。」她淺笑。但那笑卻有些刺。

「好吧，這麼說好了，我得花些時間思考怎麼處理她。」

「這樣聽起來好多了。好吧，再給你一些時間。」

五分鐘後，我的杯子空了，她的杯子也空了。

「你幾點前得回去？」她問。

「八點半。」

「那我們有六個小時。」

女孩的腿從沙發上放下，她站起身，朝我走了過來。

我凝視著那一片片的黑色趾甲。

斷片（五）

日正當中的時刻，卻仍是天色陰暗，綿綿細雨落著，大地一片陰慘。山間的空氣冷冽逼人，挾帶著懾人的凍寒。

立揚查了查手機中的通訊錄，叫出某個人的電話號碼，然後撥打過去。

等了一陣子，沒人接聽，正當他打算切斷通話時，對方應聲了。

「好久不見啊！」粗獷的男人聲音，一派爽朗的聲調。

「好久不見，最近如何？」

「老樣子，沒什麼值得一提的。你呢？怎麼會突然想到我？」

「不怎麼好，所以才需要你。」

「需要幫忙時才想到我啊？唉唉，真不夠朋友。」

「體諒我一下吧，我最近的生活一團亂。」

「我明白我明白，開玩笑的別在意……你跟你老婆還好吧？」

立揚嘆了一口氣，「我真的不知道該怎麼說。」

「你們不是搬去南投了？我記得上次通電話是將近一年前吧？那時你告訴我換住址了。」

「沒錯，我們現在住在南投的山區。我買了一棟便宜的房子。」

「你就這樣辭掉工作嗎？豈不可惜？薪水很優渥啊！」

「我算是請長假，這是特准。」

「因為你是優秀人才吧，研究中心也不想放掉你，畢竟是美國頂尖大學栽培出來的博士啊！」

「這不是重點。」

「抱歉抱歉，」對方乾笑了一聲，「立揚，你有什麼困難，我一定會幫你，你儘管說吧，但我不覺得你會需要我徵信社的服務。」

「你知道……崴喬發生了什麼事吧？就是一年多前那件事。」

「我當然知道，我有去醫院探望她，你忘了嗎？」

「嗯，那你還記得當時那件車禍是怎麼發生的嗎？」

「我想想……崴喬那時候開車，結果不曉得為什麼衝出護欄，連人帶車摔下山坡，車身起火，她全身灼燒。是這樣沒錯吧？」

「沒錯。事後根據崴喬的說法，她是為了要閃躲一輛機車，才會撞出護欄。」

「來不及閃躲嗎？」

「那輛機車沒有開燈。」

「……我懂了。」

「車禍現場找不到可供判認的跡證，搜查到現在還沒有結果……崴喬的行車紀錄器撞壞了，那個路段也沒有監視器。」

「你要我來調查嗎？」

「……我覺得警方很不積極，像這種沒著落的案件，他們一定覺得破案無望，我已經不想等他們的結果了。你是我的朋友，用心程度不一樣。」
「可是，警方都查不出來了，我能有什麼戲唱？」
「我最近看到一則新聞……」
立揚做了簡單的說明。
「原來你是想這麼做啊……傷腦筋耶，我真的不敢保證能不能成功。」
「我只剩這條路了。」
「……好吧，我就接受你的委託，不過可別抱太大希望。」
「我只抱一絲希望。」
男人停頓了一下，然後才問：「我很好奇，如果你真的知道了這人是誰，你又能怎樣呢？把他扭送警方？」
立揚沉默了一陣，「我會有我的做法。」
「好，我知道了，雖然我覺得這個調查不會有結果，但我會試看看的。」
「真的很謝謝你，酬勞我會照實給你。」
「拜託，錢不用這麼計較啦。」
「不，我不會要你做白工。」
「不談這個……崴喬現在狀況到底怎麼樣？她還有在畫畫嗎？」
「有，雖然工作停掉了，但畫畫成為她唯一能打發時間的消遣。」
「這樣也好，她情緒上還穩定嗎？」
「不是很穩定，但大體上還好。」
「……對了，你們家不是有個傭人，她也在南投的房子？」

「你是說莉曼吧？她當然在。崴喬出事後，我們更需要她。」
「我一直搞不清楚她是什麼來歷？」
「她是個可憐的孩子，曾一度差點死在街頭，我跟崴喬救了她的命。崴喬很喜歡她，所以請她來打理家務。」
「我了解了。既然有她幫忙照顧崴喬，可以減輕你的很多負擔。」
「精神負擔是減輕不了的，不光是崴喬的精神狀況，我的精神狀況也快出問題了。」
「這個我真的就幫不了你什麼忙，只能要你多保重。」
「我會的。」
「ＯＫ。那麼，針對那場車禍，我有很多細節問題要知道一下，要現在談嗎？」
「現在談。」

過去（六）・蒸發

1

二月二十二號

我快瘋了！

我得寫點東西整理思緒，鎮定下來！

今早打電話給芷怡，手機卻是關機狀態，我以為她還沒起床，或是手機沒電了，便打算下午再打過去。芷怡常常會睡到日上三竿甚至下午才起床，因此我不以為意。

下午一點我又打了一次，手機卻仍是關機的狀態。

四點我再打一次，依然關機。

等到六點再打依然是同樣狀態時，我開始感覺不對勁。

嚴格說，芷怡雖然看起來很散漫，但手機幾乎是隨身攜帶，很少會漏接我的電話，而且要出門前手機一定充滿電。

她出了意外嗎？會不會在浴室裡滑倒了？或者是突然身體不舒服而昏厥？

我想奔去她住的地方找她，但我根本不知道她現在住在哪裡。芷怡告訴我她上個禮拜又換了住處，但卻還沒帶我去過。她從很久以前就一直在抱怨原本的住處很吵鬧，但我沒料到她會突然搬遷。我那時疑惑怎麼沒有找我去幫她搬家，她則說上個月早就物色好新的住處，隨時要搬過去，上禮拜因受不了房客的吵鬧，等不及我下課就自己先搬了過去。由於她是蹺家少女，行李本來就少，因此用機車往返幾趟就把東西都搬完了。

我怎麼會寫到這裡呢？思緒恐怕真的混亂了……該想想怎麼找到她……

我沒有她任何朋友的電話，不，她好像沒對我提過她有任何朋友……

也許，她只是一時遺失了手機？就算是這樣，也應該借用別人的手機撥個電話給我吧？

網路上也沒看見她。她沒有登入任何聊天系統。

我留了個離線訊息，也寄了電子郵件。

接下來，似乎什麼都不能做了。

但是我發現自己無法等待。

我是不是該放下筆，到太平洋大學附近去找找？應該到她之前的住處去查看。

就這麼決定……

十五分鐘後，我駕車來到太平洋大學，把車子停在學校外圍的停車格。

下了車，一陣冷風拂面而來，我打了個哆嗦。

現在是晚上六點半，學校附近有不少學生在遊走。這裡位於花蓮市的邊陲地帶，不算是鬧區，一入夜後便顯荒涼。

我漫無目的地走著。附近的住宅也不算少，如果芷怡的新住處是在這附近的話，那到底是哪一棟呢？

我隨意拐入一條巷子，這裡是住宅區，隨便一棟都有可能出租給學生。

這樣大海撈針，要怎麼找到她？

我在巷弄中繞了一陣，冷風不斷颼搔著皮膚，面頰都快裂了。

轉出巷子，來到一條馬路上，我突然認出芷怡以前的住處。

也許可以去問問那邊的房客，甚至房東，搞不好有人知道芷怡現在的住處。

打定主意後，我立刻走到那房子前。

大門深鎖著，我按了按電鈴。

連續按了幾次後，終於有人來開門，是一個滿臉鬍碴、看起來學生模樣的年輕男孩。

「請問一下，」我說：「這裡上個禮拜是不是還住著一個叫做劉芷怡的女孩？」

男孩皺了皺眉頭，回答：「這裡是住了一些女學生，但我不知道名字。」

「一個黑眼圈很重、眼睛形狀像蝌蚪的女生，有印象嗎？」

男孩搖搖頭，「其實，我沒有很注意這裡的房客長相。」

「你有房東的電話嗎？」

「房東太太嗎？你等一下。」

男孩走回房間，不久後，他拿了手機出來，「這個號碼。」

我拿出自己的手機，輸入他手機螢幕上的號碼，然後按下撥號鍵。

「喂？」是一個粗嘎女人的聲音。

我向她描述芷怡的長相，問她記不記得。

「忘記了耶，」她扯著嗓門說：「那麼多房客，我只管收錢，不管長相的。」

「好吧，謝謝。」

我離開了那棟房子。

最後我又轉回到馬路上，再度來到環繞校園的公路。

我恍惚地走著，踩著馬路中央的分道線，突然覺得腳步不穩。一道紅色影子在前方閃起，一輛車子迎面衝來，猛按喇叭，從我身邊呼嘯而過！

我跟蹌地退到路邊，穩住身子，深吸了幾口氣。陰寒的冷風讓我打起冷顫，我決定回到車中思索。走到車邊，我用遙控器解開車鎖，然後打開車門，坐上駕駛座。我稍微打開了窗戶，讓新鮮空氣進來。

如果她真的出了什麼意外，我就不能一直坐在這裡等待。

我的腦海中浮現先前的面具跟蹤狂，不祥的預感升起。

到底、到底該怎麼辦？

我感到心急如焚，一股窒息感突如其來湧上，令人頭暈目眩。

會不會根本沒什麼事？也許芷怡只是手機壞掉罷了，也許她晚一點就會主動跟我聯絡。還是她的父母追蹤到她了？她一直閉口不提家裡的事，顯然跟家裡關係很不好。也許他們最近又發生爭吵，而芷怡不想牽連到我，怕我中途打過去，所以她把手機關機……

仔細想想，似乎真的有這個可能。

雖然面具跟蹤狂牽扯進這件事的可能性不是沒有，但是目前沒有任何證據可以顯示芷怡的失蹤跟他有關。不，我根本不能確定芷怡失蹤了。

我決定先回家，等待消息。

芷怡沒事的，我這麼告訴自己。

回家途中，我找了家麵館用過晚餐，然後才回到住所。

我洗了個澡，然後在房間踱起方步。接著，坐下來寫今天寫到一半的日記。

這就是今天發生的事……寫到這裡，我突然覺得手很瘦。

如果芷怡再不來電，我今晚可能會失眠……

2

二月二十三號

我想靠寫東西來穩定情緒，因為現在的我瀕臨失控狀態。

那一晚我根本沒睡，我在床上翻來覆去，整個人相當緊繃。有好幾次，我從床上跳起來，以為自己聽到手機鈴聲，但後來證明只是我的幻聽。

看著手機上的時間，凌晨兩點。

走到電腦前，動了動滑鼠，螢幕保護程式消失。沒有離線訊息、沒有電子郵件。

我坐了下來，感到一陣疲憊。

可惡！我重重捶了下桌子。

是不是該報警呢？可是，她失蹤不過才一天！警方會受理嗎？

不知道為什麼，我十分不信任警方。

突然，手機一陣嗶響，有簡訊！

我飛快抓起手機，點開一看，是芷怡傳來的！

我的手指劇烈顫抖，簡直無法抓緊手機。我把簡訊按開。

「我有一些私事要處理，不要等我，也不要找我，如果你試圖找我，我永遠不會再出現，也不會跟你來往，不用擔心我，我自己能處理，時候到了我自然會去找你。切記，不要找我，不然我不會再出現！」

這短短的訊息令我僵立在當場。

我立刻回撥，但芷怡的手機仍是關機狀態。

我快速輸入了一則訊息：「拜託，打給我，告訴我發生了什麼事！到底怎麼了？我得等多久？」

訊息送出。

我焦躁地等了十分鐘，完全沒有回應。我又撥打了一次手機，卻是關機狀態。

芷怡叫我不要找她也不要等她，她必定發生了什麼事。但是我一點線索也沒有。我們最近的相處沒有異常，除了面具跟蹤狂之外，沒有其他的異常事件。但她說是私事？什麼樣的私事呢？

可能性太多了。

芷怡沒有說多久之後才會再出現，這就是讓我焦急的地方。難道我要繼續等待下去？

但在訊息裡芷怡說不要試圖找她，否則她不會再出現！這究竟是什麼狀況？

也許芷怡是故意要安排什麼驚喜給我，把她找出來反而壞了她的計畫？想到這裡，我發現自己的思緒已經失控了。

我拿不定主意，焦躁感愈來愈強烈，胸口的壓迫感也益發膨脹。

我閉上雙眼，腦海中立刻浮現芷怡的笑容。

「從今天起，只愛我一個。」

整個人有一種說不上來的緊繃感，我感到胸悶、無法喘氣。

放不下心來，心中糾結無法解開。

待在房間這個小空間中，讓我有被困住的感覺。

凌晨四點時，我終於受不了了。

我需要離開這個靜止的空間，我需要分心！

也許我該開車出去狂奔，也許我該找個開闊一點的地方躺下來，總之我該離開這裡，出去透透氣。

不知道為什麼，我的腦中浮現了中橫公路，那個我曾經與芷怡有過美好記憶的地方。

我突然有一股衝動，想駕車急馳到那裡；我摸不清其中的邏輯，那是一種很自然的心理躍轉，也許根本毫無邏輯可言。

如果今晚芷怡還是沒有消息，繼續留在房間裡面一定會失眠。開車到山上消磨一晚，換個環境，或許會好一點。

打定主意後，我立刻開始換衣服。

3

打理妥當後，我離開了房間。

我上了車，將車窗打開，讓空氣流瀉進來，感覺似乎好了一點。

車行途中，路過了一家便利商店，我停下來，進去買了一瓶紅酒。

我一直以來沒有飲酒的習慣，但在雲臻自殺後，曾經有一陣子突然想體驗酒精的魔力，因此試著喝了幾次，雖並未成癮，但給我的感覺不差。此時此刻，我很想再度品嘗那滋味。

帶著酒瓶上了車，我再度急馳於公路上，超越了速限，許多車子對我按著喇叭，我一概忽視之，沉浸在飆車的快感中。

沒多久便來到了市郊，穿越了漢平路，我想起鬼樓，與芷怡的那個冒險夜晚。我也回想起與她一同到天祥遊歷的種種過程。我幻想著她就坐在我的身旁。

車子穿過太魯閣門樓，晚間山上的清涼空氣滲入車中，我大口大口地呼吸著，就像要把所有山中的精華氣息吸入似的，想要滌淨自己的心胸與雜思。

車子隨著山路繞轉，我幾乎是憑著本能在駕車，極快的車速讓我的身軀搖晃，有好幾次我差點擦撞到周邊的護欄。

拐過一個彎，前方出現了一個觀景平台。我憶起那是與芷怡曾經停留的據點。我將車子滑入平台旁附設的停車格。抓起了酒瓶，下了車。

山景很美，沐浴於一片黑暗之中，我站在欄杆前，打開酒瓶的木塞，開始灌起酒來。

胃灼燒著。

心也灼燒著。

但夜是涼爽的。

我坐在旁邊的木椅上，品嘗著整瓶酒，不知不覺，裡面的液體少了一大半，我感到全身被火焰燃燒，血管劇烈跳動。

那天與芷怡站在這裡觀看山景……芷怡……不，她現在不在這裡……

她到底去了哪裡？

我搖搖晃晃站了起來，走向前，雙手撐在欄杆上。那天芷怡就站在我的身旁，我可以感受到她的微笑。我轉過頭，彷彿能看見她……

突然，外套中的手機狂嘯起來，一陣雷電震動了我的大腦，我的右手慌亂地搆抓，卻伸不進口袋。好不容易伸進去了，卻又抓不穩手機。

我顫抖的手指握住手機，正要拿到眼前觀看來電者時，視線卻有點模糊。一瞬間，手機突然從鬆軟的右手滑脫，落了下去！它掉落到底下的山坡，一閃一閃的螢幕亮光還持續著，還在來電狀態。

可惡！

一陣氣急敗壞湧上心頭，如果對方切斷來電，光亮便沒了，我就很難找到手機。如果那是芷怡……

我得把手機拿回來！

我爬上欄杆，整個人站到欄杆上，瞬間，整個世界似乎都在我的腳下。我感到身子在搖晃。接著，世界突然反轉過來，視線被扭轉，身體失去了重心！

一陣劇烈的昏眩襲來，天旋地轉伴隨著一陣噁心感，世界翻攪著！

我墜落了。

現在（六）・破裂

1

我敲了敲門，門沒有開。

我再敲了一次。還是沒有反應。

我拿出鑰匙。

打開門後，走了進去，一眼就看見女孩盤腿坐在電腦前，右手動著滑鼠。

我走過她身邊，將晚餐放在與電腦桌連通的書桌上。

她仍面向著電腦，不發一語。

我在桌上鋪了幾張廢紙，然後默默將餐盒從塑膠袋中取出，把餐盒並排在桌上。接著，我把擺在桌上的筷子放在餐盒上。

「我今天買了炒飯，牛肉炒飯，你喜歡吃的那家。」我說。

女孩連動也沒有動，視線仍舊對著電腦，「你先吃吧，我不餓。」

「冷了就不好吃。」

她沒有答話。

我脫下外套，掛在椅子上，然後走進浴室洗手。接著，我走到書桌邊，拿起餐盒，準備落座。

一旁的女孩專心地打著電腦。

我捧著餐盒，離開桌邊，在床沿坐了下來，突然感覺到臀部底下有一團物體。

往下一看，是那兩隻縫到一半的熊娃娃，上頭還插著縫針。

我把兩隻娃娃丟到一旁，然後打開餐盒，食物香氣撲面而至。我動起筷子。

在接近尾聲之際，我停下筷子。

她的靈魂是我所熟悉的沒有錯，但當她不說話的時候就像個陌生人。

這樣的日子，要持續多久呢？

如果要搬到鬼樓，我就得想出法子安置她。我沒有好辦法。

我凝視著她的背影。

突然，一個念頭閃過腦際。

我反芻著這個念頭。

也許，就這樣持續冰冷下去吧。不用多久，她就會受不了的。她之前出走過一次，慣性行為會再發生，我只要等待就行了。

我只要保持冷漠就行了。

保持沉默。

2

最近工作請假的次數愈趨頻繁，我用的理由是病假，聲稱身體狀況不穩定，常常得到醫院接受檢查。老闆很關心地詢問，但我暗示這是私人病情不便多說，再加上我找了個朋友幫我代班，因此老闆也沒有多問。但我知道如果不想丟掉工作，這不是長久之計。

不過，這樣的狀況不會持續太久。

我可以感覺得到，芷怡——或者是說有著芷怡記憶的女孩——已經瀕臨極限了。

這幾天我們幾乎沒有做任何交談，就如同房間裡有兩個世界一般，各自活在自己的空間中。晚上睡覺時，兩個人刻意離得遠遠的，分據床鋪兩邊。午餐也不一起吃了，我直接出門到外面吃，吃完才去上班。晚上我開始漸漸拖慢返家的時間，在外面用完餐才回去。她則自己會出去吃晚餐。

這樣過了三天。

我知道她待不住了。今早出門時，她似乎在收整行李。我看了她一眼，便離開了住處。

我的目的地是鬼樓。

一路上，我思索著搬到鬼樓的事。

如果我真的搬過去了，原本的房間其實可以留給「她」住。但因為我的算計是要逼她自己離開，所以也不可能跟她商討房間要留給她的事。

隨著車速的加快，景物飛逝的速度也隨之加快。我把關於這一個芷怡的思緒拋到腦後，而將心思放在另一個即將到來的芷怡。

很快地，我又來到了「芷怡」住處的門口。我微微吸了一口氣，然後用手背叩門。

等了一陣後，我又敲了一次。

還是沒有回應。

我來到這裡前已經有用手機通知過她了，她理應知道我會造訪才是。

我掏出手機，快速找出女人的電話，又撥打一次。

將手機拿到耳畔，我的視線不自覺在短廊上游移。

耳中傳來一陣搖滾風音樂，那是對方的等待鈴聲。但同時，我卻聽到另一陣類似的音樂，就像兩首音樂分別傳入兩邊的耳朵似的。

那音樂是從門後傳出來的。

我握著手機盯著門，開始疑惑起來。

顯然手機放在房內，但女孩卻沒有接聽。難道她不在裡面？

還是說……她出了什麼事？

我結束手機的撥號，手伸上門把。

轉動之後，門應聲而開。

我滿懷著疑惑，悄聲走了進去。

「湘——」我止住了話，改口道：「芷怡！芷怡你在嗎？」

沒有人回應。

矮桌上放著一個菸灰缸，裡面有幾個菸蒂。

手機就擺在一旁。

房內窗簾依舊緊閉著，水晶吊燈亮晃晃的，為室內注入一股迷濛氛圍。

我走到客廳左邊的門前，小巧的廚房內空無一人。

我往反方向走，來到一扇紅色木門前。門後是芷怡的臥房。

我將門打開。

裡面沒有人。

床鋪有些凌亂，窗戶是關上的，書桌上的筆電似乎也是關機狀態。

我將臥房的門關好。

顯然不在房間裡，那她究竟去了哪裡呢？

也許稍等一下就會回來。我回到客廳，在沙發上坐了下來。

空氣死寂。

看了一眼手機，不知不覺過了五分鐘，我站起身來。

芷怡很有可能在展覽廳忙碌著，忘記了時間。我決定去展覽廳看看。

離開了房間，再度進入迷宮內，往展覽廳的方向走去。走過這麼多次後，發現這個迷宮的格局其實很單純，單憑方向感走就可以破解了。我很快地來到了展覽廳。門是輕輕掩上的，但並沒有密合。

我推開門，走了進去。

仍舊沒有看見她。我沿著廊道進去。如果這裡再找不著的話，就只能回她的房間內等待了。

廊道的盡頭就在眼前，必須右拐個彎才能繼續走。就在我逼近轉角時，突然聽到人聲。

我停下腳步，不自覺豎起耳朵靜聽。

那是女人的聲音，是女人的……呻吟聲。

在那一陣陣的呻吟聲中，夾雜著喘氣聲。

似乎……就在附近？

我繼續往前走，拐過轉角，沒有看見任何人，但聲音持續著。

我放輕腳步，但加快速度，沒過多久便來到了休憩區。

觀景窗前只有桌椅靜立在那裡。窗外的藍天延伸著。

轉入下一段廊道後，聲音愈來愈清晰，彷彿有人慢慢放大了電視機的音量。

前方又有一個轉角，我屏息著，放輕腳步，逐漸靠近轉角，直到整個身子貼靠在隔間板上。

我以極為緩慢的速度探出頭，往轉彎之後的方向望去。當那幅畫面映入眼簾之際，一道閃電貫穿了我的身軀。

廊道遠處，一名男人跪坐在地上，全身赤裸，一名女人躺臥在地上，也是全裸。兩人的身體接合著，男人將女人的雙腿架在肩上；女人白皙的小腿上有著蝴蝶刺青，隨著身體的擺動而搖晃，宛若正飛舞著。她的黑色腳趾甲就像火焰燃燒著，燒向天際。

長廊道由近而遠的視野形成了畫框，框住了兩人的左側面，兩邊陪襯著往後延伸、一排排的繪畫作品與雕塑品，整體形成了一幅動態的的畫作。

我看著那名男人不斷前後地蠕動，就像一條動作失序的蟲；女人的表情配合著呻吟聲而扭曲，扭曲了廊道上的畫作，這些圖畫旋裂出了無數的雙重身影……

我走出了轉角，直挺挺地站著，直勾勾地凝望著他們。

不知道過了多久，男人突然停下身體的動作，轉頭甩了一把汗。他注意到我，立刻瞇起雙眼。他抽離了女人的身體，一把撈起丟在一旁的金框眼鏡戴上，然後站了起來。

「唷，這不是逸承嗎？你怎麼會來這裡？」

我的視線避開他的下半身，沒有回答。

「喔，你是來找她嗎？」傑德滿臉笑容，用右手指了指地上的女人。

女人此刻左腳屈膝、右腳盤腿坐著，左手放在左膝上，右手向後撐在地上，側著頭看著我。銀色骷髏頭垂在微微隆起的乳房之間。

我想說話，卻發不出聲音，一陣風暴充塞在喉嚨。

「你終於來了，不過來得有點晚，」女人偏著頭說。笑意在她的唇上延伸著，延伸至懸吊在左耳之下的惡魔唇上，「來加入我們吧？」

「來吧，」傑德看著我，按起了手關節，骨頭咯咯作響，「這婊子浪得很，你一定會滿意的！」

「你不是叫我搬過來嗎？」我終於說出話了，我突然不認得自己的聲音。

「是啊，」女人抬高下巴，仍舊笑著，「我要你搬過來加入我們。」

「可別以為誰都能加入，」傑德也笑說：「你是經過篩選的，」他停頓了一下，「經過她的篩選。」

「你要我。」我對著她說。

「不，」她彎著嘴唇，「我沒有，你明明知道我沒有的。」

「我被你騙了，你根本不是芷怡！」

「我從來沒有騙你，是你被自己騙了。」

那幅畫就掛在女人身後，紅得像血的高跟鞋被有著死白肌膚的女人背影提著，鮮豔欲滴。

她的視線仍鎖在我身上。

她將右手食指伸入嘴中，舌尖輕輕滑過指甲面，「你要加入我們了沒？」

我凝視著她半晌。

「你們自己玩吧。」

語畢，我轉過身，邁開腳步離去。

男女的笑聲在身後響起，直到我走出了鬼樓才逐漸從耳畔消逝。

3

把鑰匙插進門把之際，我發現門口已經看不到芷怡的鞋子。雖然剛開始要她把鞋子脫在房內，但同居之後，我也不打算掩飾房內住有女人，因此她後來都把鞋子脫在房外。

我迅速轉動鑰匙，打開門。

芷怡不在裡頭。

心臟開始怦怦跳起來。

連門都沒關，我迅速奔至房間中央。芷怡放在床邊的背包不見了。

書桌上沒有留字條。

她去了哪裡？

我突然覺得一陣頭暈目眩，整顆頭脹了起來。

我將兩手撐在書桌上，喉嚨一陣乾渴。

電腦主機的運作聲傳入耳內。

她沒有關電腦。

我迅速直起身子，右手抓住滑鼠，黑漆漆的電腦螢幕畫面立刻切換出來。

Word檔打開著，上面大剌剌地打了一行字：凌晨一點，我在天河大學活動中心頂樓等你。

我反覆把這行字看了數次。

接著，我從口袋中掏出了手機，找出她的電話號碼，按下撥通鍵。

手機關機中。

我放下手機，在床沿坐了下來。

前方垃圾桶裡有一個紅色蝴蝶結冒出來。我站起身，走了過去。

那隻縫到一半的熊娃娃被塞進垃圾桶。

我把穿著裙子的熊娃娃拿出來。那隻娃娃看起來慘不忍睹，全身都被剪爛了，裙子、蝴蝶結都破碎，沒有右眼，也沒有右手跟右腳，看不出來是還沒縫上去，還是被剪斷。

沒有發現另一隻穿著吊帶褲的熊。

我轉身往房間其他地方搜尋，才發現另一隻熊站在桌燈旁邊。這隻熊也還沒縫製完成，衣服跟四肢都有缺損，但沒有遭到破壞。

我把小熊女孩放在桌上。

我走回床沿，再度坐下。

兩手揹在後腦上，背駝了起來。

視線開始黑暗、模糊……

斷片（六）

夜已深沉，雨猶未盡。

立揚在客廳獨坐了許久，直到天色完全暗了下來。

四年前，他以優異的表現從美國的頂尖大學取得博士學位，帶著名校的光環還有研究成果返台。崴喬跟著他出國，回國後兩人立即結婚。他被聘到醫學研發中心擔任專任研究員，薪水優渥。

一切都非常美好，直到崴喬發生了意外。

崴喬的狀況嚴重。立揚把住處搬到山區，盡全力照顧她。

他憎恨那個讓崴喬改變的人，但到頭來，他卻更憎恨自己，憎恨自己無能救她。

他不能枉費崴喬對他的愛！

他要讓那個人受到懲罰！

那一段日子是最黑暗的時期，崴喬的心智狀況變本加厲，情緒極為不穩定，時常陷入哭泣、憂鬱的狀態，而且嘗試自殺的次數愈來愈頻繁；她已經進入了連畫筆都拿不穩的狀態，動不動就情緒失控。

「立揚，你還愛我嗎？」

當他在廚房奪下崴喬手中的水果刀時，崴喬睜著眼這麼問他。她的面具扯落在地上，那張被火焰蹂躪的臉望著他。

反反覆覆的日子，他每天都聽到這句話……

那晚崴喬吃下安眠藥入睡後，立揚回到書房，在椅子上坐下。

五分鐘後，他竟然發現自己在流淚。

他很久沒有這樣了。上一次哭泣，是崴喬車禍後沒多久。他以為已經撐過了艱難時期，男人不能輕易掉淚，但現在他發現自己遠比想像中脆弱。

他摀住臉，壓抑住啜泣聲，眼淚、鼻涕從指縫中湧出。他放下沾滿黏稠液體的雙手。那一瞬間，一張面紙遞到他的面前。

他抬起頭來，發現莉曼站在他身旁，她的雙眼濕潤。

「你跑上來做什麼？」立揚有點慌亂地戴上鎮定的表情。

「我……我聽到您在哭，所以很擔心地上來……」

「我人在三樓你怎麼會聽得到？」

「我只是擔心，因為剛剛——」

「這不用你操心。」立揚不自覺抽了一下鼻子。

「啊，我幫您擦一擦。」

她傾身向前，拿起手上的面紙，輕輕地往他的鼻子下方抹拭。

立揚原本要抗拒，但全身的力氣卻突然消逝了。

她的臉就在他的近旁。眼睛專注在右手的動作上。

他默默地看著她。

當她結束動作後，身子往後退回，神情突然落寞了起來。

「怎麼了？」他問。

她看著地上，「莉曼有一件事，不知道該不該說，我怕會讓先生您不高興。」

「什麼事？」

「我怕說了您會解雇我，但我真的……忍耐了很久。」

立揚看著她的側臉，躊躇了一下，「你說吧，不會有事的。」

她沒有轉過頭來，而是繼續凝望著地板，「……看著您這樣照顧生病的夫人，心力交瘁，莉曼感到很心痛，真的不忍心看您這樣憔悴下去……」

立揚沒有說話。

「希望您可以好好照顧自己的身體……」她低著頭，「就是這樣了，很抱歉打擾您，請早點休息。」

當她轉身離去時，立揚開口了。

「等等。」

她停步。

「你要說的不只是這些吧？」

她沉默。

「你想說什麼，就直接說吧。」

莉曼緩緩轉過身來，定定地看著他，表情相當平和。

她微微欠身，「我想說的是，無論您的內心陷入多麼深沉的黑暗，莉曼還是像以前一樣愛著您。」

語畢，她轉過身，消失在書房門口。

那天之後，家裡的氛圍不一樣了。

立揚注視著背對著他、在水槽前洗碗的莉曼。

那道身影，那張臉，形成了一座冰山，緩緩從他的心海中浮了上來。

冰山悄悄地融化。

凍寒漸漸地消失。

當某一天夜裡，他把莉曼抱到床上時，只記得那夜的氛圍十分晦澀。

「你怎麼了？」莉曼問道，棉被蓋住她的身軀。

立揚站在窗邊，望著外頭，身上仍燒著餘溫。

「沒事。」他用背影回答她。

當他轉過身時，發現莉曼用棉被摀著嘴，臉頰上滿是淚水。

「怎麼了？」他趨上前問道。

「沒事。」她搖搖頭。

房內一片沉寂。

「莉曼，」許久過後，他說：「為了崴喬，你什麼都願意做嗎？」

她抬起頭來，點點頭。

他看著莉曼淚痕斑斑的臉……

一陣雷聲震碎了那張臉。回憶的玻璃碎裂。

窗外只有雨聲，除此之外是一片死寂，彷彿整間屋子只剩下他一人似的。

立揚拿起了面前的杯子，一口飲盡杯中液體。他向後靠躺。

他凝望著掛在牆上的「許願橋」，回想起最近許下的願望。

——把崴喬的腦換到莉曼身上……

中場・回憶

這條路看起來既長又窄，就像一條緊繃的直線在黑暗中延續，看不見盡頭。兩旁高大的林木直竄天際，滿佈在道路兩旁，一邊往山壁延伸，一邊則緩坡向下。

他騎坐在機車上，維持時速六十公里的速度，在夜幕下奔馳。車燈的光線劃破黑幕，開出前方的道路。

車前的擋風板阻攔住陣陣冷風。

望向前方，這條被森林包裹的道路無限延伸，與黑暗接壤。

單調的景色，單調的路況，讓他的思緒空白了一段時間。直至回神時，才發現自己差點往右偏斜撞上護欄。他趕忙將車子轉回到右車道正中央。

在寒冷的夜幕之下，他注意到唯一的光線來源是車頭燈，這條路並沒有路燈。

可以肯定今晚月亮缺席，這麼明顯的標的物，就算不仔細審視天空，還是可以注意到的。

既然車燈是唯一的光線來源，那麼如果把車燈熄掉，應該就什麼也看不見了吧？什麼也看不見的景況，就是完全的黑暗，完全的黑暗是什麼樣子呢？

他感到好笑。黑暗不就是什麼也看不見嗎？就如同晚上在房間內如果熄掉所有電燈，就會陷入伸手不見五指的狀態。但深入去思考，如果人處在室外時，好像幾乎沒有機會可以處在完全無光的狀態。

在一個開放性的空間，多多少少都會有光源存在；但此刻，在這條山區的道路上，唯一的光源來自車燈。

他厭惡這個世界，他寧願幽暗，不，甚至黑暗，也不願意因為光明而讓他見到這個世界的樣貌。

因為他厭惡。

他想要回去。

只要陷入黑暗，就看不到這個世界了吧？

他猶豫了一下，接著，戴著手套的右手拇指往上移動，觸碰到燈光鈕，按下。

瞬間，切開道路的黃色光暈消失了，取而代之的是陡然落下的黑幕，一切的一切都染上了漆黑的墨水，一切都消失了。

完全黑暗的恐懼感倏地爬上心頭，有那麼短暫的一瞬，他的手指幾乎要喚回燈光，但他壓抑住了。他想讓自己習慣黑暗，習慣它的摟抱，習慣它的存在，如此一來，他可以更看清它。

不知道奔馳了多久，四周景物的輪廓慢慢浮現出來：飛逝而過的林木，直線延續的道路，還有那無邊無際的天河……

轉過一個難得的彎之後，他突然發現機車已經偏移到對向車道，幾乎要撞向左側的護欄，他趕緊微調把手，但下一瞬間，一道刺眼的光線直直插入眼中，就像一把利刃刺入他的心。

一輛汽車正以極快的速度奔馳而來！

他下意識的動作，是趕忙扭亮車燈，讓對方意識到自己的存在，而不是快轉回原來的車道。為何做出如此選擇，經過後來的回想，他也不得而知。也許是因為對方離他還有一段距離的緣故吧。

但就在他喚回光線的那一剎那，震耳欲聾的碰撞聲響起，接著，他才快速將車子往右擺，然後煞車。

往左邊望去，那輛朝他而來的車輛早已不見蹤影，護欄裂了一個大洞，歪斜破裂的景況，慘不忍睹。

他全身顫抖，心跳加速，怦怦的心聲彷彿要震破胸口。下了車，他差點就站不穩、踩不穩腳步。

吸了幾口氣鎮定情緒後，他邁開步伐，緩慢地往護欄破裂處而去。

站在護欄邊，往下望去，隱約可見一輛車的身影夾卡在兩棵樹之間，車子的前端冒出火燄，就像以黑暗為燃料似的，緩緩地燒著。

他顫抖的幅度更大了。從他站立的角度，看不見駕駛座的人；從後車窗望去，也沒有看見任何人。

他又吸了幾口氣，一股暈眩感襲來，他趕緊穩住身子，做了個更徹底的深呼吸。

腦袋一片空白與慌亂，不過，他在慌亂中做出了決定。

他穿越護欄，跨出腳步，小心翼翼地踩上了緩坡；周遭的樹影猶如黑夜中的士兵，沉默地凝視著他。

緩坡的坡度不算陡峭，但若不留神的話，還是有可能整個人翻滾下去。他一邊撐著樹幹，一邊踩著雜草，往下而去。

車子衝下去的距離並不遠，因此沒多久他便來到了車體殘骸附近。火焰的光刺激著他的視網膜，也加快了心跳的頻率。

他仍然看不見車子內部的景象。挪動顫抖的雙腳，他在與車子保持一段距離的前提下，來到車子的側邊，往後座窗戶內探視。

在同樣顫抖的視線下，沒有出現任何人。

他向前挪動了一步，視線轉向前座窗戶。

他驚呼了一聲。

駕駛座車門的車窗上黏附著一片不規則的黑色液體，一名女人的身影映入眼簾，她的頭垂在胸前，兩隻手臂垂在身側，上頭沾滿黑色液體。女人一動也不動。

血泊。

就像被啟動開關的機器人一般，他的恐懼終於決堤。

他往回奔跑著，鞭策著雙腿，奮力往上走。沒幾分鐘的時間已經爬上斜坡，回到撞壞的護欄邊。他大口喘著氣，覺得自己瀕臨休克邊緣。

踩在堅實的馬路上，抬頭一望，自己的機車孤伶地挺立著，射出黃色的光束。

沒有半點猶豫，他奔向車子，跨上車，轉動把手。機車飛了起來。

飛向黑暗的彼端。

第二部
同一

「人世中最大的危難——失去自我——總是發生得悄無聲息，就好像這件事從來不曾存在過；任何其他事物的失去，一隻手臂，一條腿，五塊錢，某人的妻子……等等，都終將被發現。」

——齊克果（Soren Kierkegaard）

真相

1

我飆著機車在夜晚的街道上奔馳著，冷風透過安全帽的縫隙拍打著臉龐，宛如無數的鋼針迎面刺來。我繃緊皮膚，加催油門，整個身軀像火箭一樣前衝，筆直的道路化成線條，在腳下不斷飛過。

飛過了一片荒原後，地處偏僻的校園終於現身。我在校門口停下，將機車放在校門附近，然後徒步走入。

偌大的校園就像一大片迷陣，讓我回想起鬼樓內的迷宮。

天河大學雖大，但校區只集中在某一帶，我往建築物集中的區域走去，然後開始搜尋活動中心。雖然已經來過一次，但深夜的濃闇錯亂了我的記憶。

我走到每一棟建築的正面作確認，最後終於在第三棟找到。

在陰暗的樓梯間向上爬升，心跳愈來愈快。因運動而加快的心跳，加上因不安而加快的心跳，讓整個胸腔彌漫著濃濃的束縛感。

活動中心有三層樓，我很快地來到了頂樓。眼前是一扇鋁門，我將它推開來。

一陣冷風撲打著面頰。我縮了縮身子，將門帶上，然後往前走。

頂樓十分開闊，四周有著高及胸口的水泥圍牆；放眼望去，校園被群山所圍繞，夜幕下的連綿山丘就像連體的巨大黑影，蟄伏於大地之上。

我搜尋著芷怡的身影，繞過頂樓半圈之後，止住了腳步。

一道人影佇立在前方，背對著我，她站在圍牆之上，彷彿正俯瞰著校園。瘦長的身影在冷風中飄搖。

她宛若對著上天祈禱，也彷彿為了大地而哀悼。

「芷、芷怡？」我發出嘶啞的叫喚，聲音卻被風給淹沒。

當我準備再叫第二次時，人影移動了。

她緩慢地挪動腳步，似乎一點也不畏懼三層樓的高度；她轉過身，面對著我。

芷怡的裝扮跟後來再次重逢之時一模一樣，時光又像倒轉回那天。

她緊緊盯著我，我讀不出她的表情。

「你站在那裡做什麼？快下來！」我叫道。

「我打算跳下去。」她的語氣很平緩。

「快下來！不要做傻事！」

「是你讓我別無選擇。」

「芷怡，快下來！」

「芷怡？」她笑了，「現在又改口了？」

「我錯了！請你原諒我！」

「道歉無濟於事，不要以為我不知道你做了什麼。」

「你在說什麼？」

「你已經背叛了我！你自己心裡有數！」

我沒有說話，心跳再度加快。

「你以為我不知道你跟那個女人的事嗎！」她大叫，「你這個骯髒、卑鄙、下流的人！」

「不是那樣的！」我向前跨了一步。

「別過來！」她尖叫，「你再過來一步我就跳下去，我不會猶豫的！」

「芷怡……」

「別叫我芷怡！真噁心！你的芷怡在鬼樓那裡！很抱歉不是我！」

「她只是個騙子！我不會再相信她了！」

「你相信過我嗎？」

「我一直都是相信你的！」

「那你為什麼會被她給迷惑？」

「那是因為……」

「那是因為你迷戀的芷怡只是一具身體吧！你根本不愛我！」

「不！不是那樣！」

「如果我的身體毀了，毀到慘不忍睹的地步，你還會愛我嗎？說啊！說啊！你愛的不過是年輕貌美的身體！對你來說，『芷怡』代表的不過就是那個軀殼！」

「絕對不是那樣，」我扯開喉嚨高聲道，「如果是那樣，我也不會離開那個騙子，就是因為她只是徒具芷怡的軀殼，卻沒有她的記憶。」

「那你一開始就不應該被騙！這證明了你的脆弱！」

「我錯了！我向你道歉！難道就不能原諒我？」

「犯罪求原諒就沒事了嗎？你跟那個女人做的噁心勾當我一輩子都不能原諒！」

「你……是怎麼知道的？」

「你真的很蠢，你也以為我很蠢，你去了那麼多次，當真以為我是個傻瓜，不會自己調查？白痴都知道你在幹什麼事！」

我默不作聲，可以感覺得到身體在顫抖。

「男人是垃圾！」她尖聲道，「你也是個垃圾！就算你跪下來求我，我也不會原諒你！」

「我知道我是個垃圾，我知道我是個混帳，我也知道你不會原諒我……但我只求你不要做出傻事，拜託你，先下來好嗎？」

「你是出於什麼動機這麼說？」她的眼神像一把利劍。

「因為你是芷怡，我不能讓你再受到傷害。」

「那好，你可以做一件事情補償我。」

「……什麼？」

「我要你從這裡跳下去。」

我微微吸了口氣。

「……你真的要我這麼做？」

「你以為我現在還會跟你開玩笑？你不做就換我做！」

「你真的這麼恨我？」

「你覺得呢？」

我沉默半晌，然後說：「好，如你所願。」

我往前挪動腳步，視線鎖著她的身影。

「等等，」她突然說：「停下來。」

「怎麼了？」我停下腳步。

「你別想耍花招，你想乘機靠近我，然後把我拉下去對不對？想都別想！離我遠一點。」

我往右側挪移兩步。

「不夠！再過去！」

我再移了一步。

「好！往前走！」

我往前走，但視線仍鎖定在她身上。

我來到了圍牆前。

「爬上去吧！」她催促。

我快速估量了我與她之間的距離。

距離有點遠。如果現在衝過去，恐怕在碰到她之前，她就已經有足夠的時間跳下去了。

如果爬到上面再撲過去的話……

「快點！你在幹什麼！」

沒有餘裕再思索了。我雙手掌放到圍牆上，準備使力躍上去。

「等等！」

背後突然有人說道。

……是誰？

我轉過身，滿懷驚訝；芷怡似乎也愣住了，迅速地抬頭往聲音來源望去。

一道人影站在我方才站的位置，他穿著一件牛仔褲、一雙球鞋，套著一件連帽外套。

是林若平！

「我勸你不要爬上去。」他說。

「你是誰？」芷怡叫道，「不要來干擾我們的私事！」

「你是芷怡吧？我勸你先下來，我有話要對你們說。」

「你給我走開！別來煩我們！」

「很抱歉，我事情辦完了才會走。」

「你不走我就先跳下去！」

「請跳吧。」

此語一出，我的心頭抽動了一下。

「你說什——」我正要叫出聲時，對方又說話了。

「不用擔心，」林若平說：「你沒死之前，她是不甘心跳的。」

「你——」芷怡發出尖銳的嗓音。

「我說的是事實，你先坐下來吧，聽完我要說的話後，你要怎麼跳我不會管你，但有一些事我得先讓逸承知道。」

「你到底要說什麼？」我問。

「我是來告訴你真相的。」

「真、真相？」

「沒錯，就是真相。」

「什麼真相？」我感到心跳又加快了。

「陰謀的真相。你身陷一樁巨大的陰謀而不自知。」

2

「……陰謀？」我疑惑道。

「沒錯，就是陰謀。」林若平兩手插在外套口袋內，動也不動地說。

「我不知道你在說什麼。」

「你或許一開始有意識到，但愈陷愈深的關係，便看不清楚了。」

「我身陷什麼陰謀？」

「你跟芷怡都是陰謀的受害者。」

「我跟芷怡……都是？」

心底的疑惑愈發高漲，我微張著嘴，轉頭看了芷怡一眼；女孩不知在何時已經彎身下來，蹲踞在圍牆之上，兩手交叉靠在膝蓋，蹙著眉盯視著前方，似乎也陷入不知所措的狀態。

「你指的是假面科學家的實驗吧，」我開口道，「我跟芷怡的確是受害者，她是換腦手術的受害者，而我因為是她的男友，所以算是間接的受害者。但我不知道其中有什麼陰謀？難道這換腦手術背後還有什麼用意是我們不知道的？」

「基本上你說的沒什麼錯誤，但有一些隱情是你不了解的。我從頭開始說好了，就先從換腦手術開始。」

因為不知道對方葫蘆裡賣的是什麼藥，我保持沉默，靜待他繼續說下去。

「你真的相信芷怡動了換腦手術嗎？」他問。

「我……」

「當你第一次遇到身邊這名女孩時——姑且稱她為『芷怡乙』好了——你相信她的說法嗎？」

「你是指換腦手術這件事嗎？」

「對。」

「為什麼不相信？」

「我一開始不相信，但——」

「因為就我所知，現階段科技不可能有換腦的技術。」

「但你似乎逐漸改變了原初的想法，為什麼呢？」

「這……主要還是她心理狀態方面的表現，她的確有芷怡的記憶。」

「你測試過她嗎？」

「當然，連很瑣碎的事她也記得，找不出破綻。」

「我了解了，」林若平將站立的重心換到另一腳，「我得告訴你一件事，換腦手術以當今的科技來看，的確是不可能的。」

「這你之前就說過了，可是……」

「這項手術要克服很多困難，腦部跟其他器官不同，光是要把記憶完全無誤地載入另一人的身體就是極大的挑戰了。理論方面或許沒有太多問題，但主要是技術面的問題。」

「從這個前提出發來看，要合理解釋芷怡的記憶完整依附在另一個身體之內，大概只有兩種可能性。」

我原本有話要說，但忍住了。林若平的低沉嗓音持續著。

「第一，你的意識有問題。換句話說，你產生了幻覺。依照幻覺的嚴重程度來分，又有分兩種情況：重幻覺與輕幻覺。

「重幻覺是指所有關於芷怡乙的一切都是你自己產生的幻象，也就是說，芷怡乙根本不存在。但這點顯然無法成立，因為不管芷怡乙是否正確重現了芷怡的記憶，芷怡乙顯然都是一個確實存在的人物，而非你的想像。

「另外有一種情況是介於重幻覺與輕幻覺之間，亦即，芷怡乙其實就是真正的芷怡，但你產生了幻覺，把她的外貌看成是另一個人。但這也不成立，因為透過第三者檢驗就可以否證這個可能性。經過我的調查，這名芷怡乙在外表上確實跟芷怡不同。

「至於輕幻覺是指芷怡乙確實存在，但你誤以為芷怡乙所說的一切都符合你以往的記憶。」

「沒那回事！」我叫道，「這個假設太荒謬了！」

「的確很難成立，如果是這樣的話，我很難想像你們的對話要怎麼進行下去。例如，明明你們是在學校的公園內相遇的，但芷怡乙卻告訴你說，你們是在電影院邂逅的，而你卻仍然把電影院認為是學校公園，而且還可以繼續交談下去，變成『選擇性幻覺』，只要遇到對方談及過往記憶的部分，你就自動認定為真。要否證這個假設其實很簡單，只要你們實際在我面前進行一次記憶測試的問答即可驗證，但不需要。

「好，幻覺假設顯然不成立，我們來看第二種可能性：模仿假設。顧名思義，芷怡乙其實不是真正的芷怡，而是另一名女孩子，她模仿了芷怡。這如何可能呢？如果這個假設要成立，就只能是真正的芷怡將你們交往的所有細節都告訴芷怡乙，讓她來模仿真正的芷怡。」

「這個假設我早就考慮過了，」我無力地說：「要把那麼多瑣碎的東西記起來，除非芷怡身上有錄音筆，否則根本不可能完整記住！」

「你肯定她跟你在一起的時候，身上真的沒有錄音器材？」

「我不能百分百肯定，但我覺得這樣想很荒謬。」

「也許她有超強的記憶力，每跟你見一次面後就把當天所有的細節寫下。」

「好吧！就算是這樣，但有一些事情是不可能靠記錄模仿的，這也是我後來推翻這個模仿理論的主要理由！」

「是什麼呢？」

「就是她的個性、神韻……她的靈魂！」

「你所謂的靈魂，應該是指她的氛圍、氣息吧？」

「……是的。她的言行舉止跟芷怡一模一樣。」

「言行舉止還是可以模仿呀，這不是不可能。」

「在那之外還有別的，她給我一種很熟悉的感覺，再熟悉不過了。只要閉上眼睛，就會覺得她就是芷怡，那種既視感非常地強烈！我不認為這是模仿所造成的錯覺。這種打從心底湧上的強烈熟悉感，無論如何都不可能被偽造。」

林若平點點頭，「這種無法被否認的心理感受的確是強而有力的反證。所以說，模仿理論也被推翻了。如此一來，似乎就沒有其他可能性了。不過我剛剛已經告訴過你，換腦手術目前是不可能達成的。」

「你到底想說什麼？」

「我想說的是，在剛剛兩個可能的假設也被推翻後，你面臨了一個不可能的狀況：一個人竟然可以擁有另一個人的心理狀態。」

現場一陣沉默。我可以感覺得到一旁的芷怡也陷入極度的緊繃。

我原本相信換腦手術成立的說法，此刻逐漸被動搖了，我突然發現自己相信得太理所當然。但是，可能的兩種理論卻又被我自己所駁斥。

「……二十一世紀的科技辦不到換腦手術，你確定這是真的？無論如何都不可能？」我的語調顫抖著。

「二十一世紀末我不敢說，但世紀初絕對不可能。」

「那就只剩一種可能：那名科學家得到了外星人的科技！」我說出了這個連我自己都覺得荒謬的結論。

「很有想像力，不過可能性很小，而且你忽略了還有另一種可能性。」

「另一種可能性？」

3

凝結的空氣又爆發開來，暈眩感再度襲上。

林若平說：「要解釋為何芷怡乙擁有芷怡的心理狀態，可能性真的不脫剛提的兩種假設嗎？似乎是的，在換腦手術不成立的狀況下，要嘛不是你的意識出了問題，不然就是芷怡乙模仿了芷怡，不會再有其他可能性了，但這樣想就是陷入思考的死角，忽略了『中間可能性』的存在。」

「中間可能性？」我問。

「沒錯，也就是在可能性一以及可能性二中間的過渡地帶。」

「這是什麼意思？」

「你可以把真相的可能性設想成一個區塊，我們相當確定答案一定在區塊之內，而不會在區塊之外；而我們又根據線索將區塊劃分為二，斷定答案不是落在區塊一，就是落在區塊二。一旦區塊一跟區塊二都被反駁了，我們便會陷入迷惑中，無法找出答案。如果這個先決要件確定沒錯，那問題一定出在反駁的過程。

嚴謹一點看，區塊一跟區塊二事實上有可能是由複數的可能性組合而成的，在這件案子當中，真相的可能性是由幻覺假設與模仿假設組合而成，我們來看看這兩個假設的組成元素。

首先是S_1——幻覺假設。這個假設可以由好幾種可能性組成：

（P_1）對人的身體產生幻覺，這包括看見不存在的芷怡，或把芷怡看成別人；

（P_2）對人的記憶產生幻覺，也就是對芷怡所做的記憶陳述產生幻覺；

（P_3）對人的氛圍產生幻覺，也就是對芷怡所散發出來的氣息產生幻覺。

再來是S_2——模仿假設，這由兩種可能性構成：

（P_4）記憶模仿，這是指陳述出芷怡的記憶；

（P_5）氛圍模仿，這是指藉著模仿芷怡個性而產生相似的氣息。

再來是R_1以及R_2，也就是稍早用來反駁上述假設的理由：

（R_1）你沒有對芷怡的身體或記憶陳述產生幻覺；

（R_2）你確定芷怡的氛圍不是藉由模仿產生。

我們之前反駁S_1的理由，事實上只反駁掉了P_1以及P_2；而針對S_2，我們也只反駁掉了P_5。因此P_3＋P_4即是S_3——一個新的中間可能性。」

「你的意思是……」聽到這裡，我突然明白林若平想說什麼了。

「你也明白了吧？一方面，你沒有對芷怡的身體或記憶陳述產生幻覺，但你卻對她的氛圍產生了幻覺；另方面，芷怡的氛圍沒有被模仿——或者說模仿不完全，但她的記憶卻遭到了模仿！擷取兩個假設沒有被反駁的部分，我們拼湊出了一個新的假設，而這個假設便是事件的真相！」

「原來如此！但是……」

「我知道還有細節需要解釋，我會一一說明。首先是記憶陳述的問題，顯然芷怡乙記熟了所有關於你跟芷怡之間的細節，也知道芷怡的個性、說話方式才能加以模仿。在你測試芷怡乙的記憶時，你沒有發現不自然之處嗎？我們對於已經發生過的事情，多多少少會遺忘，她連相當細節的事情都記得，而且完全沒有錯誤，這反而顯得不自然。如果不是特意去記住，很少人會把所有發生過的細節都記住且不出錯的。」

我微微側頭瞥了旁邊的女孩一眼，她繃著臉，面無表情。

「我知道你會問，」哲學家繼續說：「芷怡乙是怎麼記住所有細節的，關於這點，其實也沒那麼難理解，她不過是每次跟你分開後，就寫下該次見面的所有細節。但這裡發生了一個『幸運的意外』，讓她不可能露出馬腳，這我稍後會解釋。

「接下來討論氛圍幻覺的部分。你為什麼會對芷怡乙那麼有熟悉感呢？你為什麼會產生這種幻覺呢？這部分有點複雜，」林若平停頓下來，然後突然問道：「你之前是不是在大學兼過課？」

「什麼？」突如其來的岔題讓我有點錯愕。

「在你認識芷怡那陣子，你在兩間學校兼過課對吧？」

「……是的。」

「是哪兩間學校呢？」

我疑惑地看了林若平一眼，「太平洋大學以及……」

「以及？」

「呃……」我靜默了一陣。

「第二個問題，你以前的手機是哪個牌子的？」

「……遺失那麼久了，我想不起來。」

「第三個問題，可以介紹一下你的父母親嗎？描述一下他們的長相以及職業。」

「你為什麼問這些問題？」汗珠！我的額頭怎麼會有汗珠？

「你還沒回答我呢！」

「我……我……。」

「你不記得了，是嗎？」

一陣沉默。

然後林若平開口了。

「我很遺憾必須揭露一件你特意忽略的事，但為了真相，我不得不說，」他的雙眼緊緊凝視著我。「你失憶了，對吧？」

4

林若平的話就像一記重擊敲在我的腦門上，我的意識搖晃起來。

「一年前你跌落山崖後，再次醒來時，你發現自己失憶了。」他說。

我又開始覺得目眩，整個人再次向後緊緊靠在牆上。心靈被掏空的感覺湧上，竄流全身。

有一種很強烈的空白感彌漫在意識裡，那就像是世界整個崩毀了，然後又重新開始的感覺。

我覺得自己漂流在大海中。

虛無的空間……一種奇怪的虛無感……

林若平的聲音繼續著，「依照我自己的分類，記憶可以分為兩種，能力記憶與事件記憶。前者是指如彈琴、游泳、開車等技能的記憶，後者是針對各種事件的記憶，主要是指一個人做過或經驗了什麼事件。你喪失的應該是事件記憶。其實所謂的『我是誰』這個概念，就是一連串的事件記憶之累積。知道『我是誰』，意味著知道我做過或經驗過什麼事；如果一個人只知道自己的名字，其他什麼都不知道，那他不可能知道自己是誰。只喪失小部分的事件記憶還不足以引發所謂的『完全失憶』，但你喪失的事件記憶多到足夠導致完全失憶。」

我沉默著，然後閉上雙眼。

「你可以描述一下當初醒來的感覺還有後續的行動嗎？」林若平問，「我知道這對你來說很痛苦，但如果你一直不能面對這件事，以後會更痛苦。你把它壓抑在潛意識中很久了吧。」

我感覺到腦袋中似乎有一個閘門在旋轉，很吃力、很緩慢地轉著；每旋轉一圈頭就陣痛一次。隨著旋轉次數的增多，紛雜的影像流洩了出來。諸多的斷片逐漸匯聚成流，形成一道巨浪，淹沒了腦海……

「睜開雙眼，」良久之後，我終於開口，「我只看到一片藍色的東西，花了好一會兒我才意識到那是天空，我坐起身來，全身劇烈疼痛，尤其是頭部，就像被什麼重物敲過一樣，沉甸甸的。就像你說的，我完全想不起來自己是誰，也不知道自己為什麼會在那裡。我非常慌，但強迫自己靜下來思考後，我知道我應該是從上面摔下來撞到了頭部，所以失去了記憶。我摸摸外套口袋，摸到了一串鑰匙，還有一個皮夾。我打開皮夾，從裡面的證件知道了自己的名字；但裡頭沒有多餘的文件可以告訴我更多的資訊。

「我抬頭往上望，發現跌落的高度不大，要爬上去並非難事。我很快地爬上了山崖，發現上面原來是一個觀景平台，一旁的木椅上有一個酒瓶，停車格內停著一輛車。我猜自己是喝了酒，失了神才跌下去。

「試了試車門後，門並沒有鎖，我打開車門，沒有在上面發現其他線索，我心中湧起一陣恐慌。那是一種……極度茫然以至於恐懼的感覺。好像自己突然被丟棄到了異次元世界，無助、害怕。」一陣胸悶席捲而上，我深深吸了一口氣。

其他兩人沒有出聲。

「我試著深呼吸放鬆情緒，但很快地，那種茫然無助感又湧上，我又再次深呼吸，如此反覆了無數次，才勉強可以開始運用理智思考。

「我不可能放任自己一直待在原地，無論我將何去何從，一定得先解決住的問題，但我不確定自己有沒有錢。對，錢是最重要的，要先確認這點。決定好初步行動方針後，我坐上車子，用鑰匙發動引擎，還好油量十分足夠。我驅車下山。

「找到了提款機，我拿出提款卡檢視存款，發現裡面有不少錢，我暫時鬆了口氣，於是開始思考後續的行動。

「下一步要開始尋找住的地方，花了一個下午，最後我在市區找到一個租屋處，暫時安定下來。我打算先休息一陣子，再試著去找工作。

「那一陣子我的生活相當簡單，不是在房內發呆，就是在外面晃蕩。我想藉著四處遊走來喚醒過去的記憶，但無奈什麼線索也沒有。

「不知道過了多久，某天突然有警察找上門，我那時候嚇傻了，以為自己失憶前曾犯了什麼罪，但後來只是虛驚一場。原來是之前的房東欲催繳房租，聯絡不到我，又發現我好幾天沒回住處，於是便報了警，警察循線找到了我。我繳過房租後，便搬回原來住的地方，在那個房間內有我所有的私人物品，包括電腦。更重要的是，我找到了一本日記。我迫不及待地閱讀了起來。

「日記補完了我過去的經驗。我當場就把日記讀完，但幫助沒有想像中大，日記畢竟不是檔案紀錄，有很多關於我的細節不會寫在裡頭。那本日記內容不多，從頭到尾只記載了我與一名女孩的相遇、交往過程，而且最後女孩還失蹤了。我猜自己應該是為了找她，陷入焦急，才會跑到觀景台喝酒，最後失足跌落山谷。

「當時闔上日記本後，腦袋一片空白，完全不知道自己接下來該怎麼辦。

「雖然房間內的物件還是沒有辦法告訴我過去的完整歷史。不過，我從電腦中的一些檔案發現自己的英文能力相當不錯，而且，我也從抽屜中找到了兩張疑似芷怡的照片，長相跟日記中描述的很像，可能是我先前趁她不注意時偷拍的，因為從日記中我得知她不喜歡拍照。

「我到處都找不到自己的手機，可能掉落在山崖下了。我後來跑回去找，仍舊找不到，只好辦了一支新的手機。之後，又在住處附近的英語補習班找到了工作。」

說到此處，我停頓下來，潤了潤喉嚨。禁閉許久的心靈，現下突然有將一切傾洩而出的衝動。

「我想……沒有人可以體會我當時的心境吧……我就像突然被扔到這個世界來，過去是一片空白；我就像飄浮在大海之中，處在一片茫然，充滿了焦慮。我到底是誰？我做過了什麼事？我本來打算做什麼？我未來該做什麼？每當夜深人靜之時，我坐在桌前，心中糾結著這些問題，無法看清自己的存在。我覺得自己好像少了靈魂，徒留著意識的空殼，就像行屍走肉一般……每每在這個時刻，我只能反覆翻讀著記錄我過去的唯一線索──那本日記。

「那本日記就像是我唯一可以抓牢的一片浮板。仔細閱讀著，重複閱讀著，我把每一個字句都轉化成具體的畫面在腦中呈現，就像電影一樣；與電影不同的是，我不是觀眾，而是經驗事件的主角。直到裡面的內容虛擬地內化成我過去的經驗。在日記的內容中，我遇到了一名叫做芷怡的女孩，而且愛上了她，還與她一同去歷險。閉上雙眼，我彷彿可以看見她的一顰一笑，彷彿可以感覺得到她就在我的身邊……她讓我的心靈終於有了一個憑靠。」

「真是一種很奇妙的心理，」林若平右手撫著下巴，緩緩開口說：「日記中的事件明明就是你曾經驗過的，你卻完全想不起來，但將日記內容內化的結果，你說服自己將它當成你的記憶，因而產生了一種你確實經驗過這些事情的幻覺。還記得哲學家帕菲的準記憶理論嗎？你在這裡虛構的記憶跟準記憶不同，準記憶不是被虛構的，因此你的虛構記憶或許可以稱為『偽記憶』，但很耐人尋味的是，這偽記憶的內容卻又是確實發生過的。」

我低下頭，「直到你剛剛點破之前，我已經把這偽記憶當成是真實的記憶了，否認它的意念已經被壓抑在內心深處，那關於日記內容的記憶是這麼真實，我幾乎不敢相信只是想像出來的。」我抬起頭來看著林若平，「若依照你之前告訴過我的心理持續說理論，我已經不是同一個張逸承了吧？我是個沒有身分的人……」

林若平凝視著我，「你遇上芷怡乙之後，一開始不相信她說的話，但她展現出符合過去的記憶陳述……你逐漸開始相信她。她的演技相當好，但演技再好的人也很難將一個人的氛圍、氣息完全模仿出來，不過事實上失憶的你根本未曾體會過芷怡的靈魂神韻，於是這部分就在你的腦中自動補完了。她的種種表現被你自動調整成與你從日記中形塑出來的芷怡形象一致。這就是你對她的神韻所產生的幻覺之緣由。

「你會相信她的換腦說，除了她的神韻說服了你之外，很大一個原因也是因為失憶的你急著抓住一個對於己身之存在的情感依附，因此很快地信任了她。

「你因為不知道過去究竟發生了什麼事，缺少了對於世界認知的確定性根基，因而產生焦慮與不安感，讓你覺得周遭所有事物似乎都是未知、飄浮不定，或有可能隨時改變，導致急著牢牢抓住一個事物，讓你可以藉由確定它的存在而心安。你一方面尋找著確定感，一方面又對所有事物感到不確定與茫然。

「……至此我們可以回來談另一件事。

「芷怡不需要錄音筆來記錄你跟她的一切，一開始她可能認為只憑自己的記憶來記錄便已足夠，但後來你會產生芷怡乙什麼細節都能記得的感覺，是因為你對芷怡的記憶只侷限於日記內容，你無法用超出日記內容的問題測試她，相反地，若芷怡乙回答的內容超出日記，你也無法反駁她。這就是我稍早所說的『幸運的意外』，這點對芷怡乙的偽裝來說是有利的，因為她事前不可能料到你會失憶。」

「等等……」我突然覺得不對勁，轉頭看向一旁的女孩，「可是照你這樣子解釋下來的話，便是兩個芷怡聯合起來騙我，這是怎麼回事？」

「既然沒有換腦手術的發生，這整個案件的受害者明顯只有你，你承受了難以形容的情感拉扯痛苦，為什麼要你受苦呢？就常理來說，答案非常簡單，當然是要報復。」

「報復？」我感到難以置信。

「嗯，假面為了向你報仇，才設計出這個陰謀。所謂以牙還牙，可以想見你讓他承受了類似的痛苦，所以他才會用這種奇特的方式奉還給你。」

「我……做了什麼？」

「那個不重要，」林若平說：「我們把話題轉回來。剛剛談到，你對芷怡乙的神韻主動認定為真，是因為失憶之後所帶來的心理作用而致，但實情遠比這更複雜。誠然，你對芷怡乙的那股熟悉感有很大一部分是你依照偽記憶虛構出來的，但其實也混雜了真實的感覺。」

「這是什麼意思？」

「你對芷怡乙感到熟悉，不完全是你自己的想像，其中的確有真實的成分。」

「你是說……」我感到空氣突然又凝結起來。

「芷怡乙是一個你早就認識的人。」

我轉頭看向芷怡，她面色凝重，低頭盯視著地面，彷彿我跟林若平不存在似的。

「雖然你完全失憶，但你對她的熟悉感卻沒有失掉；熟悉感算不算是事件記憶呢？我不打算在此討論這個問題。總之，她給予你的熟悉感不知何故被保留了下來，但其他關於她的記憶卻失卻了。也就是因為如此，當你再次面對芷怡乙時，你因為失憶而無法認出她來，但那股熟悉感仍保留著，導致你在接受芷怡乙的氛圍時，很自然地產生了移花接木的錯置效果，將對於她的熟悉感錯置到芷怡乙身上，換句話說，你將這股熟悉感歸屬於芷怡，而非以往你所認識的另一個女人。」

「我早已認識的人？那她……到底是誰？」胸腔內的心臟劇烈撞擊著！

「你雖然認不出她來，但你一定知道她的名字，」林若平的視線移到女孩身上，「她是你跟芷怡交往之前的女朋友——雲臻。」

5

雲臻……雲臻？

腦中的「記憶」湧現。

雲臻不是我第一個戀人，但卻是第一個以死亡來作為分手的戀人。

那名任性、脾氣多變的女孩；在日記中著墨不多，卻令人印象深刻的女孩。最後以死亡收場，卻沒有死亡的女孩。不知所終的女孩。

原來，她就是我後來遇到的芷怡？

「胡說！」女孩尖聲叫道，「你在胡說八道！我才不是什麼雲臻！」

「若平，」我的聲音在顫抖，「你說的是真的嗎？為什麼事情會變成這樣？」

「他在胡扯！」女孩又大叫。

「我的確可以證明你的身分，」林若平說：「我請偵探社調查過你的來歷了。」

「你——」

「若平！雲臻為什麼會跟這事牽扯上關係？你還沒回答我！」我叫道。

「如我先前所說，假面為了報復你，策劃了這整起事件，理所當然地他需要兩名女性幫手，他挑上了芷怡跟雲臻。假面查過你的背景，知道你跟雲臻的關係，希望藉此讓你更錯亂，而雲臻也願意接下這任務。她原本預期再度於你面前出現時，你會把她當成是雲臻，沒想到你竟然認不出她來，她應該感到疑惑，但還是照著劇本繼續演下去。不過後來她或許也發現你失憶了。這些是我自己的揣想。你要不要自己解釋一下呢？雲臻小姐？」

女孩仍繃著一張臉，怒目看著前方；她的拳頭緊緊握著，似乎因憤怒而顫抖，對林若平的話語置若罔聞。然後她抬起頭來，雙眼死盯著我。那對眼眸灼熱地燃燒著。

「即使是到了現在，你還是一點都想不起我嗎？」

「很抱歉……我的記憶真的喚不回了。」

我們兩人的眼神對峙著。我注視著她的臉龐。無論再怎麼努力，我還是沒有辦法想起雲臻的任何事。我想說些什麼，但卻語塞。

她突然露出了一個奇怪的微笑。

不知怎地，我全身的毛髮突然豎立起來！

「不！等等！」

我向前撲了過去！

但慢了一步。

女孩迅速在圍牆上站起身；就在我的手差一點就要碰到她之際，她已經展開雙臂，整個人墜了下去！

「雲臻！」

我趴在圍牆上，腦袋一陣天旋地轉，胸口宛若遭受重拳！

那道細長的影子就這樣落了下去，我沒有勇氣探出上半身，反而不自覺地闔上了雙眼……

我立在圍牆邊，身子顫抖著，心狂跳著，整個人被那瞬間的景象給撼動了。

閉著雙眼，我置身在更深層的夜幕當中。

突然，樓下傳來騷動聲，好幾個人同時說著話，卻聽不清楚說了些什麼。

林若平不知在何時已經來到我的身邊，他探出圍牆，伸出右手朝下方揮動著。

「沒事的，」他轉過頭來對著我微笑，「你往下看看。」

「什麼？……」

我帶著詫異與疑慮，緩慢地探出頭，將視線投到下方……

下方有好幾盞燈亮著，一群人圍著一個龐大的方形物體站著，雲臻就躺在那個物體的正中央。

「這是……」我抑制不住滿心的驚訝。

「我早就預料到會有這種狀況，」林若平說：「所以已經事先請消防隊在底下備好氣墊了。這裡的高度才三層樓，她不會有事的……我們下去看看吧。」

6

雲臻跳樓後，陷入了昏迷狀態，被送到在一旁待命的救護車急救，不過救護人員告訴我們，初步看起來她並沒有大礙，或許很快就會醒過來，但還是得先送到醫院檢查。我和林若平坐在救護車內，靜靜地注視著躺臥的女孩。

「我沒有想到……事情會演變成這樣。」我打破沉寂。

「這是命運的安排吧。」

「若平先生，我對雲臻的所知，也僅止於日記上短短的記述。你說你委託偵探社調查過她，可以告訴我更多關於她的事嗎？」

「我知道的也不算多。如果我拿到的資料沒錯的話，她在與你交往期間就已經有憂鬱症以及其他的精神問題。跳樓獲救後整個人的心智狀態變本加厲，除了偏執、憂鬱之外，還有人格分裂的傾向，或許這也是為什麼她能把芷怡的角色演得那麼好吧。她在休學之後休養了一陣子，身體復元後就逃家了，她的母親早已過世，父親似乎也放棄了她，因此她外出靠著自己打零工過生活，有多次自殺未遂的紀錄，」林若平說到此處停了下來，似乎欲言又止，「她在酒店工作了好長一段時間……不，別誤會，她並非以賣肉維生，而且就我所知，她在你之後就沒有再與其他男人交往過了。」

「真沒想到。」我嘆道。

「人世間想不到的事情太多了。」

我默默注視著躺在擔架上的女孩，她雙眼緊閉著，嘴微微張著，白皙的臉龐此刻更加蒼白。

「原來這整件事是兩個女孩所演出的騙局，」我說，心中湧起一陣感慨，「所以芷怡也是一個棋子了。那麼她接近我的行動，包括當初在鬼樓經歷的一切，應該都是設計好的了。」

「當然是假面在背後操局的。」

「如此一來，終於可以解釋日記中的幾個疑點。」

「你說的是手機吧。」林若平微笑。

「啊，你還記得這個細節……」

「我就是注意到這點，才懷疑芷怡是在設計你。」

「……我早該想到的。依照日記中的記載，我明明進鬼樓時將手機帶了進去，後來卻找不到，等出了鬼樓後才發現掉在車上。我想應該是芷怡趁著靠近我之際偷了我的手機藏在身上，之後才找機會丟在車上的。」

「她一定是利用了近身的機會。」林若平點點頭。

「我們在一樓時被一個天蛾人塑像嚇到，她緊抓住我的身子，應該就是那時下手的。還有，我們被困在展覽室時，門應該是從外面被反鎖，大概是假面買通了鬼樓的人幹的吧。這樣也可以解釋為何我們在裡面呼救、撞玻璃都沒有人回應。」

「現在你終於了解了。」

「還有後來在公園遇見假面的事，也是演戲。芷怡刻意將我支開到便利商店買水，好讓她有機會打電話給假面，讓他出場，然後她再引導我往樹林去追他……」這些都是「偽記憶」，接著我的腦中泛起「準記憶」。「後半段的戲碼也一樣，在焗烤店巧遇芷怡同樣是一場戲。雲臻故意要我去買需要等待的焗烤，以便讓芷怡有時間過來出現在我面前。難怪那個時候我在等餐時，打電話給雲臻，卻是通話中的狀態。她根本沒有朋友可以講電話！」

「過去感到不協調的小事，如今放在一起，全部都明朗了。」林若平評論道。

「但鬼樓的事為什麼要這麼大費周章呢？」

「為了要讓你快速跟芷怡產生感情，所以才採用這種限定空間的戲碼。」

「原來如此。」

「假面的劇本是要讓你相信換腦手術，並在兩名女友的折磨下產生精神錯亂，進而自我毀滅。」

「我想他一定是瘋了，為什麼選擇這麼麻煩、迂迴的方式？而且不一定會成功呀。」

「只能說他必定是瘋了，」林若平搖搖頭，「很多時候，別人的瘋狂是我們永遠無法理解的。」

「還有，為何芷怡跟雲臻願意協助他？」

「雲臻的話，等她醒來後你可以問她，芷怡我就不清楚了，也許她欠假面人情。」

我沉默半晌，然後問：「你究竟是怎麼把這件事的真相查出來的？你不是大學教授嗎？為什麼你給我的感覺像是偵探？」這是我老早就想問的問題。

林若平臉上露出靦腆的表情，「我只是對謎團感興趣罷了……如我之前對你說過的，哲學家跟偵探沒有什麼兩樣。我的確常常協助警方辦案，但也經常涉入私人委託——例如你這種案件。

你來找我那次，聽了你的述說，我便用剛剛告訴你的那套推理解析換腦之謎，得出結論之後，我認為兩名女孩聯手欺騙你的可能性很高。我不確定背後會不會潛藏著可怕的陰謀，因此認為有必要調查清楚。我委託了一名在偵探社工作的朋友去追查雲臻的身分，最後查出來發現是你的舊情人，但你似乎渾然無所覺。你告訴過我你曾摔下山崖，因此我推斷你可能因此失憶。」

「原來如此……你真的是很敏銳的人。」

「不，當局者迷，旁觀者清啊。」

「假面到底是誰？」

「你知道他是誰有什麼意義呢？」

「我到底……對假面做了什麼事？讓他這麼恨我呢？」

「這已經不重要了。」

「為什麼？」

「那是另一個人所做的事，不是你，」他停頓了一下，「你不再是同一個張逸承了。」

有片刻的時間，我什麼話都說不出，只覺得很疲憊，好想、好想躺下來休息……

我垂下眼神，注視著雲臻緊閉的雙眼，眼眸藏在單薄的眼皮之下……她的眼皮突然顫動了一下，然後，當那雙眼眸再度打開之際，她已經躺在醫院的病床，做過了檢查，安然無事。病房內只有我們兩人。

我立刻趨上前去。女孩注意到了我。她把臉別向一邊。

我吞了吞口水，默默凝望著她的側臉。

沉寂在夜幕中延續著。她就像一座冰像，凍結了時空中的一切事物。

「你還好嗎？」我問，「醫生說你沒有什麼事，真是太好了。」

她沒有回答。

我望著她，低下了頭。

「對不起。」

她沒有回答。

許久之後，她突然開口了。

「當我知道欺騙的對象是你時，」她的語氣微弱，「心中又喜又憂。經過跟你分開之後這段日子的磨難，我覺得自己變了。我想你也許會認不出我。我原本是想以這種陌生的姿態，以芷怡的身分接近你。

「剛開始的時候，我以為你是真的把我忘記了，但時間久了我才發現你似乎是失去記憶。我一開始很失望，但後來發現，這樣反而可以讓你重新愛上我。如果你認出雲臻的身體，也許我們很難再有進展吧。」

我默然不語。

她輕輕嘆了一口氣，「在原初的劇本中，我跟芷怡得要把你逼死，我曾經以為自己很恨你，所以可以做到，但直到剛剛，我才發現那最終還是不可能的，」她轉過頭來，看著我，兩眼通紅，「如果你真的跳下去，我不會原諒自己的。」

她轉過身去，側著臉，啜泣起來。

記憶——又是記憶——在腦中泛起。

我想起跟她「第一次」見面的場景，她揹著背包，欣喜若狂地在我面前出現，撲過來緊抓著我不放。

我想起我們在咖啡廳，她大口大口吃著三明治，喝著濃湯，然後述說著她的奇妙遭遇。我聽著她說故事，聽得入神。

我想起她進到我的房間，很快地倒在床上呼呼大睡的樣子。

我想起帶她去吃法式料理、買雪靴、看電影。

我想起等電梯時，她傳給我的簡訊。

我想起我們兩人共同度過的日子……一起賴床到中午，一起吃午餐，道別……在房間內，書桌前，一邊聊天一邊吃著我買回來的晚餐。

我想起她留下字條離去的那天，獨坐在涼亭上的身影。

我想起她幫我算塔羅牌的身影。

我想起每天上班前她站在門邊、向我道別的身影。

我想起她破涕為笑的身影。

我想起她縫著小熊娃娃的身影……

這段日子跟我一起生活的，不是芷怡，是雲臻。

「雲臻，」良久之後，我打破沉寂，感到口腔內一陣乾澀，「我知道我真的對你很壞，關於這點我要向你道歉……但，你相信嗎？你是我第一個很認真愛過的人。」

她的側臉微微顫動了一下，左眼角露出光芒。

「我喜歡你的陪伴。你或許會問，為什麼你常常陪在我身邊了，我卻還感到孤獨。其實不是你想的那樣，沒有了你，我連孤獨都承受不了。我需要你。」

「你……」她轉過頭來看著我，眼神露出驚訝。

「當你不再需要我時，我的世界就結束了。也許這樣對我也好，對你也好……你真的要離我而去了嗎？如果我能看得見你戴著這條吊飾，代表你還愛著我。對吧？也許我該抱著這樣的想望，繼續期待著。你說是嗎？你是愛我的，對不對？」

「你把我寫給你的信背下來了？」

「當然，這已經是我的『記憶』了。這一段文字是整本日記中我印象最深的部分，因為充滿了愛。現在，我用我的立場，告訴你這些話，因為那也是我的心聲，」我垂下眼神，「如果這是一部好萊塢電影，現在的我一定會像魔術師一樣，變出你送我的項鍊，掛在身上，讓你破涕為笑，演出圓滿的結局，可惜，這不是電影，而是現實。

「我知道我背叛了你兩次，我無法祈求你的原諒，我不敢像罪人一樣祈求著你再給我第二次機會。但是我只想告訴你，無論過去的我犯了什麼錯，過去的我都已經死了，我不再是同一個張逸承了。而現在的我，縱然做了令你傷心的事，但那是因為我失去了『自我』，才會在汪洋之中任意漂流，一時之間迷失了。自我的喪失，是一件十分可怕的事情，但是現在，我已經不怕了，」我伸出左手，托起她的左手，「嶄新的我，是由你所建立起來的，再次與你相遇後，我們一起過的日子，一起有的回憶，這些都是屬於我的一部分……因你而生的回憶給了我溫暖。」

她緊緊盯視著我，那對眼眸晶亮了起來；凝神的面容再度開始抽動，暫時乾涸的眼淚又從眼眶中泛出，嗚咽聲繼起，身子劇烈起伏。

我把右手覆蓋在她的左手上，然後湊近她的耳畔。

「我等著你把娃娃縫完。」

輓歌

1

花蓮的七星潭，只聽得見海潮拍打的聲音。

海風，浪花，夜。

這是個沒有照明的風景區，只要到了夜間便一片黑暗，是情侶的好去處。

我與雲臻坐在堤防上，肩靠著肩，望著黑色的大海。

靜謐中可聽見疏落的談笑聲，此時不知道還有多少對愛侶隱沒在附近。

我的左手掌貼放在冰冷的石塊上，她溫熱的手掌則覆在我的之上。

剛剛我們正討論著等會兒要吃什麼消夜，話題告一段落後，暫時陷入沉寂。

「已經一個禮拜了呢。」一兩分鐘後，她開口說道。

「是啊。」

距離那個驚心動魄的夜晚，已經過了七天了。

我並沒有對她追問假面的事，她也沒提。也許我們都認為，事情就該這樣結束了，知道再多也沒有意義。

這一個禮拜以來，我與雲臻的相處，充滿了奇妙的感覺。

不，正確說，自從我再次與她相遇後，奇妙的感覺便一直存在。

剛開始的時候，她對我而言是陌生人，如果我沒有失憶的話，我一定能立刻認出她是雲臻。後來，我逐漸從她身上找到熟悉感，感到似曾相識。相識感除了來自記憶的錯置外，也來自她模仿芷怡的言行。

當然，對於芷怡的記憶，終究只是我的想像。

現在，雲臻沒有必要再偽裝成芷怡了，她可以恢復自我跟我在一起；但事實上，我發現真正的她與芷怡似乎沒有太大差別。

也許這是因為這陣子我們相處慣了，也或許她們兩人原本就是同一類的人。

「如果我恢復記憶，」我告訴她，「會比較好嗎？」

她把頭偏向一旁，「如果是那樣的話，你就會討厭我了。」

「不，我不會。」我轉過身，兩手搭住雲臻，將她轉過來面向我，「無論發生什麼事，我對你的愛不可能改變。」

「別說那麼肉麻的話嘛！」她推開我的手，但還是笑了，「這樣好噁心！」

「我是說真的，不是在開玩笑。」我嚴肅起來。

她盯著我的眼睛，然後收起笑容，「我知道。」

「那麼，我們去夜市吃東西吧。」我站起身。

就在身子直立的那一瞬間，突然一陣頭暈目眩。

出於本能反應，我立刻坐了下來，如潮水般的虛無感湧上，視線模糊起來。

「逸承！你怎麼了？」

我感到身軀被人扶住，雲臻的聲音在耳畔迴響著，其餘則是一片昏花。

又來了，我又即將進入大海中泅泳……

不，不行。一股聲音在心中說道。

我感到有一隻手拉住我的腿，欲將我拖進海中，我奮力掙扎，抵抗……

大手沒入海中，視線回到現實。

「逸承！」

雲臻一臉擔憂地看著我。

「沒事，」我按了按頭，「現在沒事了。」

「是你摔下山崖的後遺症嗎？」

「沒事了，我們該走了。」我起身。

她把我按下，眼神嚴肅。

「有事，不是沒事。」她靜靜地說。

「沒有必要擔心。我們──」

「去醫院檢查。」

「什麼？」

她的雙眉鎖了起來，「你不是答應過我，如果再發生，就要去醫院檢查嗎？」

「不會有大礙的。」

她沒有回話，別開了頭，垂下了視線。「我知道你是害怕。」

「我……」

「如果你被治好了，你會想起我們以前的事，你怕自己會遠離我，因為你對『雲臻』並沒有愛。」

「不是那樣的。」

「『雲臻』對現在的你來講，只不過是個代號，我是一個全新的女孩，不是嗎？難道你要說你愛過以前的雲臻？」
「我剛剛說過，」我看著她，兩手握住她的左手掌，「我愛的人是你，你叫什麼名字，那不重要，如果我愛現在的你，我就愛過去的你，因為你們是同一人。」
她凝望著我許久，沒有說話。
夜晚的星空閃爍著。
「這是你說的。」
「我發誓。」
「那好，你該去醫院檢查，至少確定沒有生命危險。」
「但記憶——」
「記憶能不能回復，就再說吧，重點是要確定你的安全。」
「……嗯。」
「不要忘記你的承諾。」
「當然。你可以相信我。」
她撲向我懷裡，緊緊摟抱著我。

2

三天後，我趁著休假期間，與雲臻一同前往花蓮的綜合醫院，我掛了腦神經外科。
等待的期間，我感到惴惴不安，雲臻握著我的手，我可以感覺到她同樣緊張。
輪到我時，我們兩人互看了一眼，然後進了診療室。

經過醫生的初步診斷後，判定我的失憶是器官性原因所造成的「逆行性失憶症」。

「器官性原因？逆行性失憶？」我不解地問。

「是的，」年輕男醫師回答道，「失憶症一般以造成原因來說分為兩類，器官性原因指的是失憶由生理原因所造成，譬如頭部外傷或損害大腦的疾病、藥物；功能性原因是心理因素導致失憶。失憶症依照遺忘的類型又可分兩類，順行性失憶指的是患者無法記得發生失憶事件之後的事。你看過『記憶拼圖』這部電影嗎？那便是順行性失憶的例子。逆行性失憶則剛好相反。」

「那該怎麼治療呢？」

「你的狀況很有可能只是暫時性的失憶，因為腦部受到撞擊造成腦積血，記憶神經被血塊壓住，只要手術放掉積血，應該就能恢復。我安排個時間讓你先接受腦部電腦斷層檢查，再看看後續該怎麼做。」

結果果然如醫生所言，是腦積血所造成。我決定接受手術。

手術的過程十分順利，我在醫院住了一陣子，雲臻每天照料著我。

看著趴在床邊睡著的她。我感到心中五味雜陳。

她一直沒有問我記憶恢復了沒。她在怕。

我也在怕，因為我仍想不起任何事。

*

由於傷口痊癒得十分快速，我很快辦了出院手續。但記憶尚未恢復，醫師囑咐仍須追蹤檢查。他也告訴了我一些可以加快記憶恢復的辦法，例如，多利用一些過往的人事物來刺激回憶。

我向補習班又請假了一個禮拜，希望能在家靜養久一點。

「這樣真的沒關係嗎？」雲臻問，「你的存款夠嗎？」

「暫時還夠，不用擔心。」

「三餐我出去買就好了，你好好休息。」

她難得不像以前那麼任性。

那晚，我們兩人躺在床上，聊著天。

我側身面對她，看著她的側臉，「小雲，這陣子真的很謝謝你的照顧。」

她也側身轉過來，甜甜地笑，「不必客氣。」

我們的視線交會了半晌，然後我靠向她的唇。

那一吻點燃了從手術後到現在的乾渴，我壓在她的身上，悄悄地褪去了衣物。

當我進入她時，她的雙手緊緊箍住我的背，隨著我的前後擺動，她那尖銳的指甲滲入背部皮膚，女孩抬起身子，緊緊咬住我的肩膀……

那一瞬間，某種意識在腦中炸裂開來，一陣潮水如潰堤般湧出，迅速蔓延到心靈各處，我彷彿覺得自己的腦袋被置換。

我停下動作，看著眼前的女孩，說不出任何話語。

雲臻睜開眼睛，表情轉為疑惑，「喂！幹嘛停下？」

「我想起來了。」

「什麼？」

「我想起你是誰了。」

女孩抽離我的身子，從床上坐起，一臉驚訝。
「你恢復記憶了嗎？」她問。
「逐漸……我覺得所有事物漸漸回來了。」
「怎麼……這麼突然？」她那對鳳眼在黑暗中顯得明亮。
「你做愛的習慣，在一瞬間點亮了我的記憶。」
「原來如此！」
雖然在黑暗中光線不足，但我還是可以看到她露出一個標準的芷怡式微笑。在我的印象中，這是手術後我第一次看到她這樣笑。
那個笑容在我腦中又帶起了一陣洶湧。
「你怎麼還在模仿芷怡笑？」
女孩聳聳肩，「抱歉，我做習慣了，你不喜歡啊？」
「不……」我突然覺得有點頭暈，「我有點累了，我們先睡好嗎？」
雲臻斂起笑容，閉口不語，視線低垂著。
然後她凝望著我，眼神突然變得有些畏怯。「你沒事吧？你是不是……」
我握住她的手。「別忘了我發過的誓。」
視線交會了一陣後，她微微點頭。「嗯，去沖個身體，然後睡吧。」
我將她擁入懷中，「抱歉，請讓我適應一下，這一切來得太突然了。」
「沒關係啦！」她擠出一個笑容。
雲臻進到浴室，我躺在床上，陷入了思索。
我知道雲臻在擔心什麼。她害怕我恢復記憶後，會失去對她的愛。

但我在意的並不是這個。
我的確想起雲臻是誰了，身旁的這個女孩確實有著雲臻的長相。
但，她卻讓我想到另外一個人。

3

日子開始產生一股悚慄的感覺。
我不喜歡這種感覺，但它確確實實出現了。
休假過後，我恢復正常上班，與女孩的互動一切如常。
離家前她照舊在門口跟我吻別，下班後也與我一同共進晚餐。
這樣過了三天。
記憶，不斷地湧入腦中，我可以感覺得到，自己已經差不多恢復所有記憶了。
關於芷怡的記憶回來了，關於雲臻的記憶也回來了。
我發現了一件無法解釋的事，這是失憶的我不可能注意到的事。
這件事，讓我的背脊不自覺涼了起來。
這到底是怎麼回事？
離開補習班大樓後，我到附近的自助餐店買了兩個便當，然後踩著沉重的腳步走回家。
租屋處整棟房子此刻黑壓壓的，只有三樓一扇窗亮著燈，燈後閃過一道細長的女人身影。
凝望著那道影子，胸口微微起了寒意。

我走進屋子裡。

步上三樓時，房間的門向內打開了，雲臻笑瞇瞇地赤腳站在門後。

「我肚子快餓扁啦！今天買什麼？」

「便當，」我在門口脫了鞋子，「趕快來吃吧。」

「太好了！」她兩手拍在胸前。

我換了室內拖鞋後，走到桌前，在桌上鋪好報紙，然後把便當取出。雲臻則取出湯匙跟筷子，擺放在桌上。

「這個便當有排骨，另外一個是烤魚。」

「我吃魚好了！」

女孩蹦蹦跳跳地取了烤魚便當，盤腿坐在床上，大口大口吃了起來。

「你先吃，我把外套掛好。」

「喔！」

我走到門邊的衣架，脫下外套。

就在她埋首食物之際，我悄悄從外套口袋中掏出一個紙盒，將盒蓋打開，然後把盒中的東西倒在地板上。

我把盒子再塞進外套口袋。

回到桌邊，我默默地動起筷子。

「你是不是去二手書店隔壁那家自助餐買的啊？」雲臻說，嘴角沾黏著飯粒，「他們家的烤魚很好吃耶！」

「嗯，我是去那裡買的……那個是什麼？」我看向書桌底下。

一隻蟑螂快速爬行著，然後停在桌腳邊。

「是蟑螂啊！奇怪，以前從來沒見過呢！」雲臻將便當盒放下，「喂，你拖鞋借我。」

不等我回應，她已經逕自抽走我右腳的拖鞋，然後蹲下身子，朝蟑螂猛擊下去。

由於桌腳邊不好施力，雖然擊中了蟑螂，但沒有施予致命一擊。蟑螂快速朝床邊溜去。

「別跑！」

雲臻追擊著，右手的拖鞋不斷落下。在浴室前，那隻褐色生物終於被擊斃。

「呼！終於死了。」她吐了一口氣。

我繼續默默動著筷子。不知怎地，並沒有飢餓感。

處理掉死蟑螂後，雲臻回到桌前，捧著便當盒再度跳上床。她看了我一眼。

「怎麼啦？你今天都不說話耶。」

「沒什麼。」

「怎麼會沒什麼？你一副心事重重的樣子。」

「有嗎？」

「你記憶恢復後……」她臉色突然變了，「我就知道，你不可能遵守你的諾言！你

——」

「等等！不是你想的那樣。」我放下便當盒，直視著她。「你先聽我說。」

她睜著大眼凝望著我，似乎在警戒著什麼，嘴唇抿得緊緊的，沒有說話。

「你知道嗎？」我語氣平緩，「根據我的記憶，雲臻最怕的東西就是蟑螂。她看到蟑螂會尖叫、會發狂，會立刻奔離現場。」我凝視著她手上的便當盒，「她看到蟑螂時如果手上有東西，早就掉下來了。」

「啊……那是以前吧，我現在才不怕呢。」

「要克服這種恐懼並不容易。」

「人家現在不怕了嘛！」

「雲臻最討厭的食物是魚，她曾經被魚刺鯁到喉嚨，差點送命，從此不吃魚。」

「人家現在喜歡吃了嘛！」

「還有別的，雲臻絕對不會不穿室內拖鞋。」

「習慣改變了不行嗎？」她皺起眉頭，「我們都那麼久沒見面了。」

「習慣是很難改變的，重點是……你現在所表現出來的樣態，活脫就像是芷怡，而不是雲臻！」

「當然呀，」女孩輕快地說：「我扮演她的角色很久了，會無法自拔是正常的。」

「不不，不是那樣，」我發現我的額際竟然滲出冷汗，「再怎麼模仿，下意識的本能動作是自然流露的。你還記得幾天前我是怎麼恢復記憶的嗎？」

她嘟著嘴，「不就愛愛的時候恢復的嗎？」

「我說你的做愛習慣讓我回想起失去的記憶，但我並沒有說，那正是芷怡的做愛習慣！」

「那有什麼好奇怪的啊？自從我們再次相遇以來，不都是這樣做的？」

「你說你演芷怡演得太入戲，但也不至於連這種生物性的動作都還能入戲吧？模仿是有個限度的！」

「你到底想說什麼啊！」

「讓我告訴你最弔詭的地方！在我失憶之時，我只能根據日記內容來判斷你是不是芷怡，但是日記內容提到的事物有限，你所表現出來的許多言行舉止，並沒有記錄在上面，對當時的我來講，只能自動認為那就是芷怡的習慣。現在我恢復記憶後，發現你真的是十足十的芷怡，這實在太令人無法置信了！」

「這有什麼好大驚小怪的？當初林若平不是說了嗎？另一名女孩記錄下你們相處的種種，她當然也把自己的各種特徵與習性告訴我了呀！」

「盲點就在這裡，很多差異沒有辦法用文字傳達出來，這是我恢復記憶後深深感受到的。人在說一句話時，會有動作、表情、抑揚頓挫、咬字，還有說話的速度跟頻率、強弱，這些構成了個人特徵。就算不說話時，也會有一些特定的行為動作，可供辨識。

「文字頂多可以做出這些特徵的記錄，但絕對無法將它們具體呈現出來。就像我可以用文字描述某個人的長相給畫家聽，但他永遠無法畫出百分百正確的臉！你這個畫家正確畫出了芷怡的臉，這不可能是模仿！」

「你在說什麼啦？我聽不懂啦！」

「很簡單，我在失憶之時，只能認得關於芷怡記憶的記錄，而要模仿記錄的內容不難，因此我被你騙了，」我深吸一口氣，「但要模仿記憶的呈現是不可能，我發現你除了長相之外，一點都不像雲臻，而是芷怡。」

「可是我的確是雲臻啊！我習慣了芷怡的表現方式不行嗎？」

「我剛剛已經強調過了，你現在的模仿境界是不可能達到的！這太匪夷所思了！」

她沉默了，兩隻眼睛定定看著我，臉色驟變，「你是不是故意這麼說的？因為記憶恢復了就要把我逼走？說到底你還是喜歡芷怡對吧？我根本不該相信你的！」

「我沒有說不愛你，你不要誤會，」我的語氣急促起來，「我只是……覺得不可思議。」

我兩手壓按著太陽穴，「太不可思議了。」

女孩安靜了一陣，才回答：「也許是你記憶剛恢復，感覺系統還不正常吧，再休息一陣子看看。」

「……有可能。」我放下雙手，抬起頭來，「抱歉，」我停頓一下，又補了一句，「抱歉最近一直說抱歉。」

「算了啦，趕快吃飯吧。」她沒有再說話。

我默默地拿起便當盒，這陣子蘊生的悚慄感，瞬間盤踞在背脊。

4

我給了自己一個禮拜的觀察期。

我愈來愈肯定自己的感覺是對的。

這名女孩，以外貌看來，絕對是雲臻沒錯。但是她所表現出來的言行舉止，絕對不是雲臻，而是芷怡。

我試著要女孩恢復雲臻的言行，但她卻說做不到，她已經做芷怡做慣了。我覺得那是遁詞，在沒有必要模仿的前提下，怎麼可能放棄自己原本喜歡的事物，而去接受自己不喜歡的事物？

更重要的是，她竟然模仿出不可能模仿的事。每個人與生俱來特有的說話方式、肢體動作、習慣、好惡、特殊專長、談吐、心智層次、知識範圍……等等。

這個女人不是雲臻，是芷怡。我無法接受這個結論。

這不可能發生！

當我想到另一件事時，無以名狀的恐懼感便愈形擴大。

鬼樓的那名女人雖然外表是芷怡，但……

實在是難以再繼續思考下去，令人頭痛欲裂！

整件事簡直是瘋了！我完全不知道接下來該怎麼做！

雲臻似乎意識到我最近與她的疏離感，她也收起平日的笑容，漸漸冷淡了。我知道日子不能繼續這樣下去。

這天下班後，買好了晚餐，踩著沉重的步伐，再度往租屋處而去。

抬頭一看，三樓沒有燈光。

我感到疑惑，快步進了房子，上樓。

來到房門前，沒有動靜。

我用鑰匙開了門，打開電燈。

雲臻不在裡頭。

走入房內，看了一眼浴室，裡面沒人。

我突然覺得不對勁，房內的物品似乎少了許多。

環視一遍後，我總算知道少了什麼。

女孩的背包不見了。

我走到衣架邊，打開衣櫥，她的衣服也不見了。

……她再次離家出走了嗎？

我走到桌前，將晚餐放在桌上，這才發現上面留有一張字條。

到鬼樓展覽廳找我。

＊

站在鬼樓的展覽廳前，我感到自己的生命樂章中吊掛了許多反覆記號，一遍又一遍，奏著相同的旋律。

雲臻要我到鬼樓？又是鬼樓？我跟這棟詭異建築物的緣分，究竟還有多少？

門是開著的，裡頭亮著燈光，我走了進去。

我往左邊拐去，上次芷怡展示給我看的畫「裂」還在原位，骨肉分離的女人在昏暗的燈光下猶如接受地獄的酷刑。

繼續往前走。

很快地，來到了展示著雙重相作品的走廊。

一名女人站在對邊，兩手垂在身側，面對著我。

芷怡。

她穿著我那時再次遇到她的打扮：黑皮外套、藍色牛仔褲、黑色短靴，惡魔耳環、骷髏項鍊、藍眼戒指都在原位。

我的胸口突然充塞著奇怪的感受。

「好久不見。」她向前走了幾步，嘴角掛著微笑。

「雲臻不在這裡？她叫我來這裡找她。」

「雲臻？我就是雲臻。」

「你是芷怡，你騙了我。」

「我說過了，是你自己騙了自己。」

「你為什麼要欺騙我？你真的只是聽令行事？到底是誰派你來？」

「那不重要。重點是你一直搞錯了一件事。」

「什麼？」

「你真的以為我是芷怡嗎？」

我回答前猶豫了一下。心，怦怦跳了起來。

「你的長相是芷怡沒錯，」我緩緩說：「但你打扮的風格，是雲臻以前的風格。」

「你恢復記憶了，你應該還記得別的。」

「你要我說什麼？」

「你認為我是芷怡還是雲臻？」

雲臻的影像出現在腦海中，跟她在一起的那段日子，我永遠也忘不了，那就像是甜蜜的地獄……也許骨肉分離的人，是我，而不是她。

「需要我談談過往的事嗎？」她說：「交往那一年，你送給我的情人節禮物是一件白色外套，對吧？那時我在飲料店打工，你獨自一人到街上選購了好久，那件外套花了你幾千塊……」她的臉上混雜著揶揄與神往，「你以為我會很感動，沒想到我竟然把那件外套摔到地上，因為實在醜斃了！」

女孩眉飛色舞地述說著往事，這件說完又換另外一件，好像我是個永恆的聽眾。

我的十指緊握了起來，心跳愈來愈劇烈。

「……夠了。」我說。

她沒有聽見，仍自顧自述說著。

聲量她才會停止。

「夠了！」我大吼。

她停下來，看著我。

從前我與雲臻爭吵時，她總是旁若無人，我說什麼都沒有進去她耳朵，非得等到我提高聲量她才會停止。

就像現在這樣。

「所以，」她冷冷地說：「怎麼樣呢？」

「你到底是怎麼辦到的？回憶起你的言行舉止，過往的這幾個月，直到現在，你一直都是雲臻，除了你捏造的身世背景外。除非我的記憶出錯，否則我無法相信這種事！」

「你是相信自己，還是不相信自己？」她笑道。

「他一直不相信自己。」另一個聲音說道。

我猛然轉過頭去。

雲臻站在背後。

「他始終不相信自己的感覺。」雲臻說。

「雲臻？」我望著她，「所以到頭來你跟她還是一夥的？你終究還是在騙我？」

「那不重要，」她說了跟芷怡一樣的話，「重要的是，我很愛你，我想跟你在一起，而對面那個女人也這樣想，但你只能挑選一個人。」

「你要做決定。」芷怡說。

「你要決定你愛的人是誰。一旦你決定了，另一個人就會永遠退出，結束這場遊戲。這是我們兩名女人的協議。」雲臻說。

「等等！」我聲嘶力竭，「先回答我一件事情，你們到底誰是誰？你們自己應該很清楚。」

雲臻露出了不露齒的微笑。

芷怡撥弄著骷髏微微淺笑。

「我是芷怡。」雲臻說。

「我是雲臻。」芷怡說。

「為什麼你們會錯置？這不是一場騙局嗎？」我的頭痛了起來。

「唉唷！不是已經跟你說過了嗎？」雲臻持續著芷怡式的笑臉，「我們兩個人換了腦呀！」

「不，不可能！林若平明明說——」

「他搞錯了，自以為揭穿真相，其實答案一直擺在眼前，我只是將錯就錯罷了。」

「你為什麼要騙我？」

「我一開始就說實話了，但你不相信我呀！既然林若平的說詞你能信服，而且你也接受了我，那我為什麼不照他的話演下去？不這樣的話，會引來他的懷疑！」

「但現在——」

「我真的不懂你為什麼相信林若平的話，而不相信我的話？事情的真相跟我當初說的都一樣，根本沒有什麼復仇計畫跟設局，就只有科學家的人體實驗而已，」雲臻說：「事情就是這麼簡單。」

芷怡兩手交叉在胸前，開口：「我早先沒有對你坦承真實身分，純粹是想欺騙你，沒想到你也真的相信了。我恨你當初愛上別人，你明明知道我很愛你的。」

「你們……」

芷怡說：「你不能一次擁有兩名女人。」
「你得做出決定。」雲臻說。
「我們讓你下最後一次判斷。」芷怡說。
我來回看著這兩名女人，心跳已經到了極限。
「我問你，」芷怡說：「你認為我到底是芷怡，還是雲臻呢？」
「我問你，」雲臻說：「你認為我到底是雲臻，還是芷怡呢？」
「你愛的人是芷怡，還是雲臻？」
「你愛的人是雲臻，還是芷怡？」
掛在周遭的畫如波浪捲了起來，人鬼面、蟲體船、雲臻的臉，芷怡的臉……全部成了摩天輪的座艙，順時鐘快速旋轉，就像一幅混亂的臉譜。
「從今天起，只愛我一人。」
「你愛的到底是她的心還是她的身體？」
「我知道你只愛芷怡，如果我不是芷怡，我便沒有資格得到你的愛。」
「如果我的身體毀了，毀到慘不忍睹的地步，你還會愛我嗎？」
「我從來沒有騙你，是你被自己騙了。」
「他始終不相信自己的感覺。」
混亂的臉譜，鋪捲成一張醜惡的臉孔，不斷浮動著，那是一張我無法正視的臉，張著血盆大口，啃噬著我的心。我抱著頭，頭痛欲裂，放聲大叫。
「別說了！」
血液似乎從腦中迸出。

我喘著氣，耳鳴頭脹。

兩名女人靜默下來。摩天輪停止旋轉。

我的雙腿動了起來，奔過雲臻身邊。

身後的展覽廳形成了漩渦，我在被吞噬前奔離。

5

頭痛欲裂，頭痛欲裂。

胸口滯悶、酸澀。

整個人像被巨手掐住般，無法解脫。

我跨上機車，連安全帽都沒戴，狂奔起來。

世界開始變得虛幻，真實感逐漸消逝，我懷疑自己是否在一場夢境裡。

頭部彷彿被鑽了一個孔，之前手術的部位此刻劇烈疼痛，意識又昏花起來。

黑暗的天際無窮盡地擴散，身旁的一切開始像波浪般翻湧。

失憶後的那種奇怪漂泊感突然又襲上。

一輛轎車迎面而來，狂按著喇叭，我竟然騎到中線了。

我將機車龍頭一轉，對準了轎車。

喇叭聲愈來愈急促，我閉上了雙眼。

接著，我感覺到自己飛了起來。

落幕‧救贖

當我睜開眼睛時，發現自己躺在一個潔白的房間。

我不知道這是什麼房間，不太像是居家的臥房。沒有窗戶，也沒有裝飾，有點像監獄，但感覺上又不像是牢房。

怎麼會是牢房呢？真是個可笑的念頭。

對了，這麼乾淨的地方，倒是有點像病房。

我發現頭部有束縛感，伸手一摸，頭上纏著繃帶，床邊一台機器發出嗶嗶的聲響。

我閉上眼睛，仔細回憶，終於回想起失去意識前最後的畫面。

所以說，這裡的確是醫院了。看來我沒死。

我感覺到手腳關節都還能活動，身體機能似乎也沒有缺損，在那樣的車禍中還能毫髮無傷，只能說我的毀滅性行徑徹底失敗了。

不過我的頭部很有可能受了傷，不然也不會被纏上繃帶。

這時，左側的牆前突然閃出一道人影，我這才注意到那裡有一扇門。一名男子走了進來，來到床邊。

是林若平，他依舊戴著那副銀框眼鏡。不同於以往的休閒穿著，他今日西裝筆挺。

林若平拉了張椅子，在床邊坐了下來。

「好點了沒？」他問。
「我沒事。」
「我看得出來。」他微笑。
「我怎麼會在這裡？這是哪裡？」
「如你所見，這是醫院。花蓮的醫院沒辦法處理你的狀況，所以我們只好把你送來這高級醫院。」
「你又怎麼會在這裡？」
「這說來話長，你現在有精神能跟我談嗎？」
「當然可以，我現在狀況很好。」
「看來止痛藥很有效，應該不久後就能出院了……好，我來這裡，是打算告訴你整件事情的真相。」
「你上次不是說過了？但你的說法跟後來的演變不太一樣。」
「那也是真相的一部分。」
「我不懂，可以請你說明白一點嗎？」
「我知道這樣說很混亂，那就讓我從頭說起吧，這次我會把所有細節交代清楚。」
「我在聽。」
「基本上，整個事情的來龍去脈跟我上次談的一樣，那就是，這是一樁報復計畫，而被報復的人是你。」
我搖搖頭，「這跟雲臻後來的說法又不同了，她說你推理錯誤，她只是在演戲騙我們，一切純粹是假面的人體實驗。」

「你不該這麼輕易相信她的話，先聽我說下去。」

我嘆了口氣，「只能這樣了。」

「一切起因於你好幾年前的肇事逃逸。關於這件意外，我想你應該不記得吧？」

「完全沒印象。」

「看來你記憶恢復得還不完全……」林若平若有所思地說：「這是個重點，不過那晚點再談。」

「等等，你知道我恢復記憶了？你為什麼知道那麼多我的事？」

林若平搖頭，「這個，就不是重點了，稍後你就會知道，讓我們回到那件車禍。」

「……好吧。」

「那件車禍，嚴格說來，應該是你的錯。」

「我不知道發生了什麼事。」

「你在一條沒有路燈的山道上騎車，沒有開車燈，還騎到對向車道，一名女駕駛為了閃避，撞出護欄。」

「……」

「我想你應該不知道那輛車中的人是誰，報紙並沒有公佈她的名字。」

「她是誰？」

「她是假面醫生的妻子。」

「……果然。」

「她在出事前是一名美術老師，畫藝精湛，與假面十分恩愛，出事後，她全身百分之六十五的皮膚二到三度灼傷，臉部幾乎全毀，雖然撿回一命，但從此得用衣物及面具包覆著全身。」

我沒有說話。

「身體的其他部分就算了，可以用植皮手術治療，但臉部的毀傷尤其嚴重，左耳都燒去一半了，就算再怎麼用手術補救，那仍是一張慘不忍睹的臉。

「她原本是相當活潑的人，但發生這件事後整個人都變了，簡直是到了精神異常的狀況，她傷後的畫作，明顯呈現出她的心理狀態。她認為自己變成了怪物，她無法接受自己變成了怪物。她在人與怪物的自我認定中做掙扎。」

林若平停頓了下來。我靜靜地看著對方的臉龐，他似乎也因為這哀傷的故事而陰沉了起來。

「假面發現自己也有類似的狀況。他每天所面對的妻子，已經不是從前的妻子，她看起來就像是另一個人，一個戴著面具的怪物。但他知道她是誰，她不是怪物……他一直想著拯救她的方法，卻無能為力。他有一段時間常幻想著，如果可以把妻子的腦，甚至記憶，移植到一個嶄新的身體，那不知該有多好，但他隨即又陷入困惑，這樣一個新的人，還是他妻子嗎？每天看著戴面具的妻子，日子久了，他開始產生錯覺，那似乎不是妻子的身體，她的身體不是這樣的。他覺得他不是在跟妻子相處。假面陷入了茫然。人，到底是什麼？心理與生理都產生劇烈變化的妻子，到底還是不是同一人呢？

「假面絕對不是失去了對妻子的愛，相反地，他就是深愛著她，才會為她做出這一切。假面在心中暗暗下了決定，只要抓到車禍肇事者，一定要讓他嘗嘗一樣的痛苦！」

我閉上雙眼，感到身軀隱隱發燙，然後睜開眼睛。

「怎麼樣？你還好嗎？」林若平問。

「沒事，你繼續說吧。」

「好的……那時候，假面還不知道具體該怎麼做，直到有一天偶然讀到了洛克的理論，才知道原來哲學家針對人的本質、人格同一做了很深入的研究。而最吸引他注意的是他們在討論過程中提出的許許多多的思想實驗。他被換腦手術的例子給吸引住了，雖考慮過換腦的事，但只想過換單一大腦，沒有設想過可以將兩人的大腦做交換。朦朧的想法一直在醞釀，直到他終於查出肇事者的身分後，計畫才逐漸成形。」

「警方都查不到，他是怎麼查到的？」

「這點我要先保留，這牽涉到之後要談的另一件事。」

「好吧。」

「假面認為既然他要報復的對象是男性，那事情就更好辦，只要用女人來誘惑，便沒有失敗的可能。如果將這不可思議的換腦實驗付諸實行，施加在肇事者身上，他便可以經歷那種身分混淆的痛苦了！他原本的想法是這樣的，將你熟識的兩個人換腦，這兩人最好都是你愛過，或厭惡的人，如此一來，讓你相信兩個人換過腦後，那種矛盾衝突感才能發揮到最大。但由於你當時並沒有交往對象，所以假面決定替你製造一個，他派出了芷怡。」

「派出她接近你，讓你們發展，確定你愛上了女孩後，再讓女孩突然消失。這名女孩不能留下任何可以讓你追查的線索，例如照片、居住地址或友人。」

「在徹查你的背景時，他發現了雲臻這號人物，雲臻曾與你交往過，更重要的是，她相當恨你。」

「有沒有愛我不清楚，但恨是一定有的，也許這就是女人的複雜心思吧！總之，假面試著與雲臻接觸過後，雲臻表明願意加入這場計畫，她可以藉著這個機會來報復你。」

「等等，他怎能確定我會愛上芷怡？」我才剛問完，就想起林若平先前似乎說明過這個問題。

「芷怡是個美女，光是這點，就可以解答你的疑問。」哲學家苦笑，「我不是在貶低男人，但這就是男人的天性。不過以防萬一，假面在劇本中增添了一個元素。他租下了鬼樓的一個房間，讓芷怡把你引誘到那裡。他知道那個地方很詭異，是適當的場所。兩個人在有危險、需要互相協助的封閉空間中，可能會擦出情感的火花，再配合芷怡的主動，應該可以產生效果。」

「所以那時我們遇上的鬍子男人，應該是他安排的？」

「對，那是他的徵信社朋友。」

「我們在那裡所留下的殘局也是他收拾的？」

「假面跟那裡的人做了條件交換。他妻子傷後迷上了修羅派的創作風格，在網路上也跟那些藝術家有交流；假面怕留下那些恐怖的畫作對她的心靈會更有負面影響，因此把它們全給了鬼樓的藝術家，他們早就對這些作品很有興趣。他以這些畫交換鬼樓一個晚上的使用權，那些人還送了假面一副面具。」

「面具？」

「你有沒有發現假面所戴的面具就是鬼樓展覽廳門口的圖樣？」

「啊……」我到現在才赫然領悟。若早知這點，便可發現鬼樓與假面的關係。

「那麼……芷怡，她對底是誰？」

既然林若平要解釋真相，既然我已經來到了這步田地，乾脆把所有疑問一次傾洩而出。

「她是假面雇請來照顧妻子的看護，『芷怡』原本不是她的名字，是為了接近你才改的……好幾年前，假面夫婦某天晚上發現她倒在人行道邊，奄奄一息，他們叫了救護車救了她。她精神耗弱加上營養不良，又嗑了一些藥，還好沒有生命危險。假面的妻子很喜歡她，她們年紀很相近，也談得來。後來假面便讓芷怡打理家務，並給她薪水。假面的妻子出事後她幫了很多忙。她是個可憐的孩子，對他們相當忠心。

「假面擬定好換腦計畫後，苦於尋找適當人選，一度曾想放棄。芷怡察覺到他多日的苦惱，於是便向他探問。一聽到是要懲罰令假面之妻陷入苦痛狀態的人，她立刻就說無論如何都要接下這個任務。我想，她或許是愛上假面之妻了吧。」

我想說些什麼，卻吐不出來，芷怡的影像盤旋在腦海。

林若平凝視著我，「也許該讓你知道，芷怡曾經是……性工作者。」

「……這……」我覺得喉嚨乾渴，好一陣子說不出話來。反芻了一陣後，我才說：「我知道我所做的事情讓假面的家庭破碎了，但……我還是不能了解，如果他這麼恨我，為什麼不直接把我殺了？就算他想慢慢折磨我，也可以把我綁架，再慢慢凌遲啊！何必用這種大費周章又不一定會成功的方式？這中間的時間整整橫跨了一年啊！也許我早就把芷怡忘了！」

「好問題，」林若平微微一笑，「會選擇這種方式自然有其原因在，不僅只是單純的瘋狂……不過你的說法要成立，前提奠基在這兩名女孩是用偽裝以及模仿的方式來欺騙你，也就是我先前跟你提過的解答。用這種方式來報復的確顯得很可笑。但是，如果這兩名女孩真的換了腦，那這種方式，可就變得很惡毒了。」

「不……這不可能。」

「不可能嗎？你恢復記憶之後，應該也感受到這兩個人所表現出來的錯置性了吧？」

「……就是因為這樣，才覺得瘋狂，」我的聲音顫抖著，「我才覺得不可能。」

「不可能換腦，但又不可能存在著高超的模仿者，這個矛盾，讓你陷入極端的迷惑與恐懼了。」

「……」

「這種效果，才是假面一開始要的，你的突然失憶壞了他一切計畫。但是他很聰明，讓戲繼續演下去，並等待轉折的機會。」

「難道……我的記憶恢復也在他的算計之中？」

「沒錯，他讓雲臻慫恿你去醫院檢查。」

「這……」

「後來的發展我也不用多說了，假面當然無法算計你會自殺，但出現毀滅性的後果是可以預期的，他可以讓兩名錯置的女人繼續折磨你，你遲早會出事。算你運氣好，現在還能躺在這裡，不然你早死了。」

「等等……等等！」我大叫，「你說得好像換腦一事是真的一樣！你告訴過我換腦是不可行的！這不是你親口說的嗎？」

「換腦的確不可行，但芷怡跟雲臻的確換了腦。」

「這是矛盾句！你不是邏輯學家嗎？怎麼說出自相矛盾的話！」我覺得自己的情緒快失控了！

「冷靜，換腦之謎的真相遠超乎你的想像，你要有點心理準備。先穩定一下情緒，可以嗎？做個深呼吸。」

我照做了。但身體的緊繃卻沒有鬆懈下來。

林若平凝視著我，「假面的確用了某種方式交換了兩人的大腦，但這按下不談，讓我先把他的計畫說完。為免混淆，底下我提到芷怡時，指的是擁有芷怡大腦、雲臻身體的女孩，同理用於雲臻身上。

「芷怡人間蒸發後，他的徵信社朋友密切監視著你的行動，並將結果回報給假面。他很有可能發現你墜崖了。如果你就此死去，那復仇計畫也就提早結束，但你後來又回去了。此時他們並不知道你失去了記憶。

「芷怡動完手術再次與你相遇時，一定訝異於你竟然沒有認出雲臻的身體。芷怡將此事回報給假面後，假面才推斷出你很有可能失去了記憶，並憑藉著日記內容來記憶芷怡的事。

「按照原來劇本，芷怡得盡全力讓你愛上這名擁有雲臻身體、芷怡記憶的女孩，達到此目的後，再放出雲臻，讓她巧遇你，再去誘惑你。兩邊拉鋸，讓你產生錯亂。不管你最終愛的是芷怡還是雲臻，你都只能得到其中一人的一半。然後兩名女孩會壓迫你，要你只擇其一。就像後來發生的那樣。

「但是因為你失憶了，計畫雖然可以繼續進行，卻無法達到原本要的效果。這時候雲臻採取了一些自己的行動。

「雲臻知道你失憶後，決定不對你洩漏她的真實身分，反而編了假名騙你，還故意在你面前跟別的男人發生關係。她原本接下假面的任務，就是想利用這個機會來報復你。不過，她對你的心態比較複雜，可以說是愛恨交纏吧。

「由於發生了這些事，假面決定修改劇本，讓劇碼有不一樣的發展。他要芷怡去跳樓，然後再安排『名偵探』林若平出場，給了你一個假的解答……」

「你說什麼？你是他安排的？你不知情嗎？」

林若平突然露出詭異的笑容，「你聽過林若平這個名字嗎？」

「不就是你的名字嗎？」

「林若平是一個大學教授，也是很有名的業餘偵探。」

「我當然知道啊，這是你告訴我的！」我不明白林若平為何做起自我介紹？

「他也寫推理小說，我一直很喜歡他的作品。」

「你喜歡他的作品？……你不就是林若平嗎？你到底在說什麼？」

「你為什麼認為我是呢？」他突然收起笑容。

室內的氣氛突然凝結起來。

霎時，我明白他的意思了。

「你終於懂了，」他凝視著我，「沒錯，我不是林若平，我是假面。」

＊

室內的白色牆壁彷彿散發出寒氣。我覺得自己被拋入了大型冰櫃。

「你從頭到尾接觸的林若平，都不是真正的林若平。」對方靜靜地說。

「那篇網路上的文章……」我全身的皮膚再度緊繃。

「那是我寫的。但我沒有料到你會讀到，假扮林若平這點子完全是臨時起意。」

「可是……」

「你寫信來問我文章的事情時，我便發現可以利用這點。我一直想跟你見個面，了解我詭計進行的狀況還有你被欺騙的程度。此外，為了讓你對芷怡屏棄懷疑、投入感情並不執著於她的身分，我們見面時，我多談了帕菲的哲學。但現在看來，你並沒有完全參透。」

「你、你……」

「別激動，」他微微笑道，「我認為或許不是你沒參透，而是他的理論錯了。這就是為何我們兩人到現在都還走不出人格同一的迷宮。」

「……你第二次出現的用意是什麼？」

「就如先前所說，因為你失憶的關係，原來的效果無法達成，我只好改變劇本，讓你相信芷怡就是雲臻，讓你因為這些曲折更投入感情，然後再設計使你恢復記憶。從你的失憶成因來看，應該只是暫時性失憶，我是研究醫學的，這點很有把握。」

「你的把戲演得太過火了！為什麼不早點讓我恢復記憶？」

「我發現依當時的情況，後來的劇碼可以讓你愈陷愈深，最後你才更有可能自我毀滅。老實說，我陷在欺騙你的快感中，才會讓這場戲失控吧。」

假面摘掉銀框眼睛，收入胸前的口袋。他的雙眼底下有著深深的眼袋。他的唇角彎起。

「你徹底瘋了！」我的胸口一股緊繃拉扯著！

「要不是你瘋了，我又怎麼會瘋呢？」

「你到底想怎麼樣？」我的音量愈來愈高。

「別激動。等等你就會知道了，現在，我想把事件最後的餘數解釋清楚……關於換腦這件事，你一定還是很困惑吧？」

「我受夠了！你從頭到尾都在胡言亂語！你到底想把我怎麼樣？」胸口的緊繃開始劇烈震顫，像是要把骨肉扯開！

「換腦手術的成立，你一直忽略了一個可能性，」彷彿沒有聽見我的嘶吼，假面微笑，自顧自繼續說：「一個最簡單的可能性。」

「別說了！」胸腔因憤怒而爆破了。「已經夠了！你這個騙子！」我大叫，「我不會掉入你的陷阱的！你從頭到尾都在騙我！我不會讓你如願！」

我迅速掀開棉被，跳下床，赤裸的足底貼在冰冷的地板，一陣寒意襲上。

「你要幹什麼？快躺回去！」假面從椅子上站起身。

「你這個傀儡師玩弄我夠久了！我不會再讓你掌握住！」

我快速奔向房門！

一隻手伸了過來，扯住我的右手臂，我奮力甩開，往銀色的門衝去！

來到門前，我卻尋不著門把，就在茫然的一瞬間，門突然自動往右邊開啟！

我沒有想太多，立刻奔出房間，來到一條狹長的走廊上。淨白的壁面讓人誤以為這是一座雪城。

奔跑的途中突然覺得胸部有奇怪的束縛感，但緊迫的場面讓我沒時間多想。

我取道右側。

左右兩側有許多銀色門扉，不斷從身旁閃過，偶爾有人從房間內走出，用錯愕的眼神看著我，但他們隨即退到門前，似乎生怕被我撞倒！

我瘋狂地往前奔跑，來到了走廊盡頭，前方是一個天花板挑高的圓形大廳，大廳中央展列著奇異的景象！

有兩個形狀像漏斗的物體，一個黏在天花板上，一個貼在地上，像沙漏一般上下對立著，兩個漏斗的尖端中間漂浮著一些影像，宛如3D電影般立體。那是許多顆星球的影像，似乎是太陽系的行星，我認出其中一個是地球。立體星群緩緩旋轉著，彷彿伸手就能碰觸。

「在那裡！」

背後傳來假面的吆喝聲，我回頭一看，他帶領著一群穿著銀色制服的人員奔了過來！

我繞過沙漏裝置，發現右邊有另一條走廊，於是立刻往那方向而去。

才剛衝入長廊，立刻被某個堅硬的物體絆倒，我摔跌在地上。

由於沒摔到要害，我立刻爬了起來，順勢瞄了一眼地上的物體。

那是一台圓柱形的藍色機器，約一公尺高，機體兩側延伸出兩條長管，就像兩隻手臂一樣，其中一條尾端接著一個方盤，在地上前後滑動，滑過的區域異常潔亮。

那群人通過大廳，立刻發現在廊道上的我。我只得轉身繼續逃命！

跑了沒多久，長廊盡頭有一扇銀色的門，看起來像是電梯。按下牆上的鈕後，門果然往兩邊打開了。我趕忙進入。

門闔上的那瞬間，我從縫隙看見假面跟那群人差半公尺就要擠進來了。

我還來不及按下任何鈕，電梯就動了起來。牆上竟然沒有看到任何樓層鈕可供選擇，難道這電梯只能前往特定樓層？

兩三秒後門開啟了，我立刻跨了出去，然後愣住。

這是一個十分開闊的空間，似乎是這棟建築物的頂層，整個樓層包覆在一層巨大的球體玻璃內，就像是透明的巨蛋，玻璃上延伸著銀色線條，區隔出數個觀景窗。許多穿著白色病患服裝的人散佈在四周。這裡看起來像是休憩室，地上鋪著棕色木板，有些人坐在觀景窗前看著窗外景色；有些人則坐在沙發上，用手指觸碰著桌面……桌面似乎是電腦螢幕。

我一邊帶著詫異，一邊往觀景窗前走去，有幾個人抬起頭來，瞄了我一眼後又低下頭去。

我來到窗前，外面廣闊的景象頓時像電流般竄過腦際……

這個像燈泡一樣的休憩室高高聳立著，高度少說也有四五十層樓，往外望去，到處都是雄偉的摩天大樓，中間穿梭著許多彎來繞去的公路；市容壯麗的程度就像紐約市一樣，但不管是摩天樓或公路的樣式都前所未見……

公路上頭奔馳著各式各樣的機車與汽車。汽車造型宛若流線型的子彈，少了稜角，外觀上也看不出車門的痕跡。機車則全部都是三輪式的，前面兩輪，後面一輪，車身與車頭渾然一體，如同戰鬥機的駕駛座前還有高聳的擋風鏡。

「很美吧？」假面的聲音在後頭響起。

我猛然轉身，他就站在我身旁，同樣看著窗外。那一群制服警員不見了。

「這裡是病患的休閒交誼廳，」他繼續說：「大批人馬進來會驚動病人……你看到公路上那車子嗎？那是用電力驅動的汽車，主要是通過燃料電池將氫能轉換成電力，不同於以往用汽油或柴油發動的汽車，這種氫動力車不會造成空氣汙染，只會排出水蒸氣。很不錯吧？」

我的頭痛了起來，頭皮逐漸緊繃……

「還有那機車，是現在很通行的三輪電動車，也是零碳排放的載具，透過安裝在底盤的電池和動力組件來降低車子的重心，比兩輪摩托車更為安全穩定。前面的擋風鏡在停車時會自動向後升起，包覆整個車艙，達到防盜效果……你當年肇事時騎的就是那型的機車吧？」

「……」

假面注視著我，「回到我們剛剛的話題。換腦之謎的答案很簡單，它是可能發生的，不是在二十一世紀，而是在未來的某個時候。」

他停頓下來。我感到全身的血管膨脹。

「既然換腦手術真的發生了，」假面說：「那意味著，『未來』已經成了『現在』。」

腦中某種壓抑的影像再也控制不住，朦朧、模糊地升了起來。我感到雙腿痠軟無力，整個人不自覺朝地板跪了下去，上半身趴在玻璃窗上，茫然望著外面的世界。

劇烈的頭暈目眩襲上，腦袋發出轟隆的鳴響。在我失去意識之前，隱約聽到對方輕柔地做了結語。

「沒錯，現在時間是西元二一〇六年，跟你之前生活的二〇〇六年相差了一百年。」

＊

當我再次醒來時，發現自己又回到了先前的房間。

假面坐在老位置望著我。

「才剛大病初癒，就受到這麼大的刺激，也難怪你會昏厥。」

現場一片死寂。我只能聽見自己微弱的呼吸聲。

假面雙手放在膝上，雙眼隱約發出亮光，盯視著我。

時間彷彿凍結。

「你想起所有的事情了嗎？」他問。

「你、你在說什麼？」

「你想起你所處的年代了嗎？」

凍結成冰的空氣碎裂，碎片刺痛了我的面頰。

「我活在二〇〇六年，不是二一〇六年，」我虛弱地說：「如果現在已經是一百年後，我早就應該死了啊！不可能活這麼久……」

「你還是要繼續選擇遺忘嗎？放棄抵抗自己錯誤的想像吧！」

「你、你說什麼我聽不懂……」

「其實要讓你活一百年也不是不可能，你知道人體冷凍技術嗎？把人體放在攝氏一九六度以下的極低溫環境保存，讓生命暫停，解凍後生命會重新啟動，二十一世紀的國外就已經有一些大型的人體冷凍機構提供這種服務，不過主要是冷凍死者。」

「難道你要說，我意外在山谷跌落昏迷後，就被冷凍起來？芷怡跟雲臻也是？然後一百年後才接受換腦手術？莫非之前多次陷入昏厥後感受到的奇怪狀態，就是我在解凍後頭次睜開雙眼的『意識重現』？因為被冰凍太久，腦部受損，所以產生了不定時昏厥的後遺症？」

「很有聯想力，不過我勸你別繼續自圓其說。」

「不對！我先前所處的時空完全不像是一百年後的世界啊！而且，難道你也把自己冷凍了一百年？」

假面笑了幾聲，「人體冷凍技術跟換腦手術一樣，都是可能實行，但以二〇〇六年的科技仍辦不到的技術。人體細胞在冷凍時間那麼久的狀況下是否能完好保存，大有疑問。其實要把人體保存一百年，還有冬眠基因的技術可以利用，不過二十一世紀初的科技都辦不到，」假面搖搖頭，「我不明白答案這麼昭然若揭，你為什麼會想這麼久。要填補這一百年的鴻溝，方式非常簡單。」

「你倒是說說看啊！」

「你如果讓思緒一直陷在『如何維持一個人的生命一百年』這個問題，那你就永遠找不到答案了。真正的答案在另外一個思考方向。」

我只能瞪視著他。沒有回話。

假面回看著我。

「答案很簡單，自始至終你都活在『未來』，但你誤以為自己活在一百年前的時代。」

＊

我想說話，但乾啞無聲。事實上剛才再次醒來時，可以感到心中某個閘門打開來了，只是我一直徒勞無功地想將它關上。

「唯有如此才能解答你的困惑。」假面說：「你遇到的兩名女孩不可能錯置得這麼完美，除非換腦，而換腦不可能發生於二〇〇六年，因此，你所在的年代要更往後推些──現在知道是二一〇六年。

「既然你所處的年代是二一〇六年，而任何延續生命一百年的技術在二〇〇六年還不可行，那麼你便不可能從二〇〇六年活到二一〇六年。

「結論：你所出生的年代一定是相對於二〇〇六年的近未來。簡單、清楚的邏輯。

「但仍有一個疑問，你之前所在的世界看起來不像是未來，對吧？這就是癥結。事實上，台灣在二一〇六年的國土，已經不僅限於一個小島了。有鑑於科技對自然生態的破壞在二十一世紀中期變本加厲，過度開發的結果讓昔日的福爾摩沙滿目瘡痍，政府決策的結果是，讓『本島』成為所謂的『舊時代保留區』。當時想要過舊式生活的人便離開本土、或者留在台灣島。這政令決定於二〇六〇年，政府整整花了十年的時間才讓台灣島倒退回二十一世紀初的樣態。二〇七〇年開始大遷徙。

「第一代住民的共識便是將台灣島留在舊時代，希望能將它發展成一個自給自足的地方，並在發展之餘注重環境保育。

「當然，住在島上的人知道此島不過是個舊時代保留區，該區保留的主要是『事物外觀』以及『生活方式』，就連衣著、手機、電腦軟硬體都是復古設計，簡言之就是一個時光完全倒退的小島。這樣的地方有沒有可能隨著時間再進化還未可知，得看之後的政策決定，但那是另一個話題了。

「雖然島內的風氣盡量避免談論真相，但此事也沒有被刻意隱瞞。裡面的人可以遷徙出去，外面的人也可以遷徙進來。」說到此處假面的神色突然變了樣，我無法解讀出那是什麼樣的表情，「而你，恐怕是這個島上唯一不知道自己生活在什麼年份的人。」

我默然無語。

「我剛剛說過，你『誤以為』自己活在一百年前的時代，照理說，你不可能不知道這件事。但其實你知道的，只是你忘了。

「我查過你的背景後，發現你的父母在二〇七二年遷入台灣島，二〇七六年生下你。二一〇一年，你父親罹患肝癌，同年十月你搬出台灣島，離開保留區。在本土住了半年不到，你又搬了回來，並辦理復學。隔年你父母雙亡——你父親酗酒後誤殺了你母親，後再自殺。」

我的身軀顫抖起來。

假面繼續說：「而我妻子出事的時間，正是你在本土居住的最後一個月——二一〇二年一月。換句話說，你不可能不知道自己住在舊時代保留區。但你為什麼會不知道呢？

「如果我猜得沒錯，那是因為你故意選擇『遺忘』自己其實是活在二十二世紀這件事！那件車禍對你造成了很大的心理影響，以致產生心因性失憶，或者功能性失憶。」

功能性失憶？我想起花蓮醫院的醫生不久前才提過這個詞。

假面繼續說：「心因性失憶症是指患者對重大事件因震撼過大而產生部分性的選擇性遺忘，或是暫時性將記憶解離，使其不出現在意識中，屬於解離型疾患的一種。你的個案很離奇，在同一人身上同時出現了器官性與功能性失憶，形成了難以分析的複雜心理狀態；並且，因為造成的原因不同，後者失去的記憶當然沒有因為前者的治癒而回復。

「我推測你的狀況應該是這樣：你從小在舊時代保留區生活，你喜歡舊時代，但是後來研究所畢業後，你父親罹癌，需要大筆醫藥費，你被迫前往本土工作，希望在先進都市中賺到多點錢。但你討厭未來世界，你無法適應，會發生車禍，也許是你無法熟練操作二十二世紀的機車吧？」

「不……」我閉上雙眼，「我關掉車燈，因為我想讓這個世界……消失……」

「很好，經過剛剛的刺激，你的記憶終於回來了……我剛剛說到哪？對了，若沒有前往本土，你或許就可以制止家庭悲劇的發生，你心中懷有強烈的罪責感，這罪責感又與肇事事件累加，形成強大的心理折磨。前往本土、肇事逃逸、親人離去這些陰影都是來自『離開過去、進入未來』這件事所引發，你開始對未來世界產生極度厭惡，你選擇遺忘車禍，連帶地也遺忘了你其實是住在舊時代保留區這件事。你催眠自己一直活在二十一世紀初，並且從來沒有離開過台灣島，因為如果真是這樣，後來那些不幸的事便不會發生了。」

痛苦的潮水湧入腦中，那失卻的記憶躺在岸邊乾渴地喘息著，我感到疲憊。

「你怎麼能夠知道我患了選擇性失憶？如果你不能事先知道這件事，你的換腦詭計也無法成立。」

「是雲臻告訴我的，她跟你交往時發現你對於任何舊時代保留區外的事物或話題都採取忽視的態度，因此她後來也避免在你面前提到那些事。事實上，對於住在舊時代保留區的人而言，遺忘自己活在二十二世紀並不妨礙生活，你只要避免接觸會透露年份的事物就行了，例如報紙、電視、網路新聞或科技研究。

「我妻子車禍後，為了尋找一個可以靜養的地方，我們便從台灣本土搬到台灣島的南投山區。在那裡的日子，除非刻意上網搜尋特定的資料，否則根本沒有生活在一百年後的未來感。我想對你這個想遺忘未來的人，繼續在舊時代保留區生活的確是個很好的選擇。」

「……我終於明白了，你是利用新型科技查出我是肇事者的吧？」

「說對了。我跟妻子在南投靜養的期間，某日從新聞得知已研發出某種裝置，可以準確分析現場殘跡來追查肇事逃逸者，但還在測試階段。我說服我的偵探朋友動用人脈去商借使用。」

「……我不懂，既然換腦手術已經可行，為什麼不安排幫你妻子換腦呢？」

假面露出一抹悲苦的微笑，「你想得太簡單了。這個手術在當時還沒有被政府核准，就算核准了，也不是說要進行就能夠隨便進行，因為牽涉到倫理道德和法律上的身分認定問題。而且，不管未來法律上如何規定換腦人的身分，那終究是規定，而不是完美的答案。可以預見，換腦手術初期必須在某些嚴格條件下才能獲准執行，例如腦死、身體毀壞等狀況，而且得要取得換腦者的同意。

「我在醫學中心所主導的研究計畫的確是換腦手術，這也是我在美國所研究的領域——順帶一提，這裡正是研究中心的附屬醫院——我們已經幾乎完成了，但在這關鍵時刻我太太卻發生事情。我不得不暫時請假。目前技術已經絕對沒有問題，只差在要有兩人當換腦的受試者，願意簽下受試同意書，並在術後接受觀察，證明結果可行，這樣換腦手術才算是完全成功。

「我當然不願意讓我的妻子成為試驗者，更重要的是，她遲遲無法簽下受試同意書，顯然她對於交換身體這事還無法接受。我得另外找人。

「芷怡明白我的苦惱後，很快便答應了，她似乎能為我太太犧牲生命。另外，雲臻也同意換腦，也許她也對你說過，她對自己的身體感到厭倦，她原本就是精神異常的人。

「由於術後必須進行一段觀察期，我突然想到，為什麼不利用這個機會順便展開對你的報復呢？原本異想天開又大費周章的復仇計畫，正好趁此之便達成。」

「你贏了，換腦手術很快就會被政府核准，你的妻子很快會重生。」

「不，我輸了，」他停頓了一下，「她自殺了。」

一陣沉默。

他垂下眼神。「傷後她就已經自殺多次未遂，但最近比較穩定一些，所以對她比較鬆懈……不久前——就是你發生車禍前一天，她趁我不注意時跳樓了。也就是因為這件事，讓我決定救你。」

「……你到底想做什麼？」

假面從外套口袋中掏出一張白紙，展示給我看。紙張最頂上寫著「腦部移植同意書」，下頭則是密密麻麻的文字，最下面有一個草寫簽名，我發現那是我自己的簽名！

「你車禍後，全身多處骨折，脊椎斷裂，就算治好也會癱瘓一輩子。我替你申請換腦手術許可，也獲得你的簽名，你是手術核准後的第一位病人。」

「我什麼時候簽了這東西？我完全不記得！」

「一定是某個時候簽的，我要芷怡找機會讓你簽下。」

突然，我想起來了，芷怡幫我算塔羅牌時，曾要我在一張紙上簽下名字，那時整張紙全部被紙牌蓋住，看不見內容。我還以為是某種占卜方式……

「你為什麼要事先讓我簽下同意書？」我顫抖地說：「你又料不到之後會發生的事！」

「只是先讓你簽下，再等待機會使用。」

有好一陣子，我感覺不到自己的呼吸。

「你把我換到誰的身體？」我勉強吐出這句話。

「跟你相撞的汽車駕駛，頭部受到猛烈撞擊，陷入腦死狀態，但身體是完好的。我把你的腦移植過去。」

我的胸口膨脹起來。

「多麼諷刺，」他說：「你連自殺都害死了另一個人，不，這個人死了嗎？這是個人格同一的問題。」

「你說謊！」我終於爆發出來。「你說的這一切，全部都是騙人的，對吧？你這些胡言亂語——」

他站了起來，很快按下床邊一個鈕，一面鏡子從天花板緩緩降下，立在我的面前。

雖然鏡中人頭上纏著繃帶，但我仍能看出那是一張陌生年輕的臉龐，臉上寫滿了驚愕。

那張臉的五官十分細緻，那是……那是一張女人的臉！

難以言喻的悚然充塞胸口。

我的手不自覺移到胸前，顫抖觸摸著。我終於明白方才奔跑時的奇怪感受代表什麼。

她，是誰？她是沒有名字的女人。

我的身子癱軟無力。

假面突然笑了，那笑容十分地苦澀。「你知道我太太為何突然自殺嗎？」他停頓了一下，然後緩緩說：「因為她發現我跟芷怡發生了關係。」

室內再度陷入沉寂。

在我能夠開口說話之前，對方繼續說了。

「你一定覺得很可笑，對吧？但這似乎就是人性的公式。」他用右手撐著額頭，彷彿那顆頭顱瞬間有了千斤重，「原本我打算，換腦手術批准後，要將我太太的腦移植入芷怡的身體內，再將芷怡的腦移植到其他完好的身體……芷怡完全願意這麼做，她簡直比古代的忠臣還要忠心。」他抬起頭來，「重點是，我自問，當我面對擁有我太太記憶、芷怡身體的人時，我所面對的人是誰？我愛的人是誰？」

他從椅子上站了起來。

「**一個人失去了什麼，就不再是同一個人了？**我現在把這個問題交給你，希望你總有一天能告訴我答案。」

說完，他轉身離開了房間。

冰鏡莊殺人事件

林斯諺◎著

知名企業家紀思哲，意外地收到了怪盜 Hermes 的挑戰書，上面不但言明將盜走他收藏的康德手稿，甚至還大膽預告了下手的時間。紀思哲決定親手逮捕 Hermes，並邀請眾多賓客來到他位於深山中的別墅「冰鏡莊」，一同為他作見證。其中，也包括了業餘偵探林若平。

隨著時間一分一秒過去，預定的時刻終於來臨，但怪盜 Hermes 不但沒現身，就連珍貴的手稿也好端端地放在桌上。就在眾人以為是開玩笑之際，一具具的屍體卻陸續被發現了：躺在紫色棺木裡、死狀猙獰的女人、中彈而死的男人、被麻繩勒頸窒息的女人……

芭達雅血咒

林斯諺◎著

度假勝地芭達雅的知名飯店，發生一起靈異事件。男子被藍色鬼火纏身，自飯店十樓陽台墜樓而下，更令人感到匪夷所思的是，墜樓之後人間蒸發！台灣一位熱愛拍攝靈異照片的攝影師，陳屍在自宅暗房中，屍體旁有個血紅英文字「SOI」……

分別發生在泰國與台灣的兩起案件，看似毫不相干，但經過林若平與國際偵探阪井誠司追查後發現，兩案的關係人竟有著連結！經過他們抽絲剝繭，那錯綜複雜的難解絲線，牽扯出不尋常的情感關係網。死亡，伴隨著失落的愛情而來，動機，如迂迴曲折的迷宮……

國家圖書館出版品預行編目資料

無名之女 / 林斯諺 著.--初版.--臺北市：皇冠文化.
2012.09
面；公分（皇冠叢書；第4257種）
（JOY；146）

ISBN 978-957-33-2929-9（平裝）

857.7　　　101015193

皇冠叢書第4257種
JOY 146
無名之女

作　　者—林斯諺
發 行 人—平雲
出版發行—皇冠文化出版有限公司
台北市敦化北路120巷50號
電話◎02-2716-8888
郵撥帳號◎15261516號
皇冠出版社(香港)有限公司
香港上環文咸東街50號寶恒商業中心
23樓2301-3室
電話◎2529-1778　傳真◎2527-0904
責任主邊—盧春旭
責任編輯—金文蕙
美術設計—程郁婷
著作完成日期—2012年6月
初版一刷日期—2012年9月

法律顧問—王惠光律師

讀者服務傳真專線◎02-27150507
電腦編號◎406146
ISBN◎978-957-33-2929-9
Printed in Taiwan
本書定價◎新台幣320元/港幣107元